四度目は嫌《イヤ》な死属性魔術師

7

Death attribute Magician

Written by Densuke Illustration by BANI

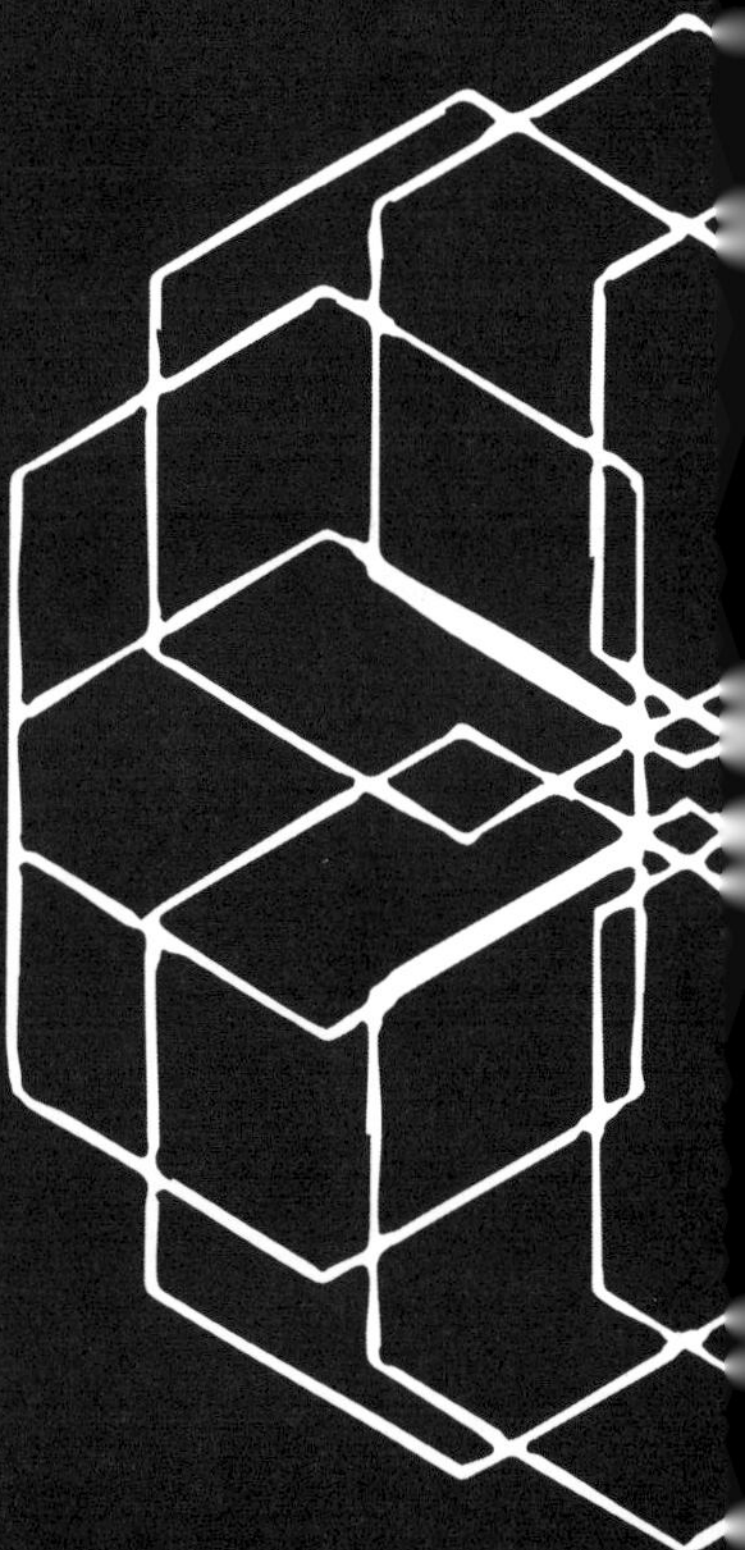

Character Death attribute Magician

ヴァンダルー

天宮博人の二度目の転生先の姿。莫大な魔力で死属性魔術を操る、吸血鬼とダークエルフの間に生まれたダンピール。一時は諦めかけていたジョブチェンジに成功し、ついに名実ともに死属性魔術師となる。

ダルシア

ヴァンダルーの母親。非業の死を遂げたが、ヴァンダルーの死属性魔術により、霊体として自身の遺骨に宿り現世に止まっている。

ザディリス

グールの集落の最長老。外見は小柄な美少女だが、年齢は290歳。外見に引っ張られているのか実年齢程精神年齢は高くない。

バスディア

ザディリスの娘。長身に鍛えられた筋肉と女性らしい豊かな曲線を併せ持つ女戦士。ヴァンダルーを気に入っている。

ヴィガロ

グールの集落の若長。若い男衆の信望が厚く、女性陣からも人気の高いリア充グール。実はバスディアの父親でもある。

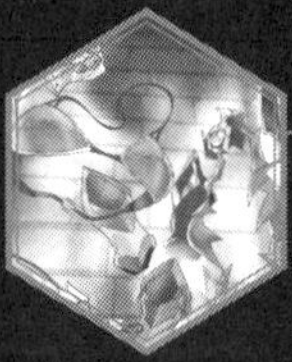

サリア&リタ

サムの娘達。ダンジョンで手に入れた鎧を肉体として与えられたリビングアーマー。【霊体】スキルを得たことにより輪郭が可視可された。

タレア

王の器を見たヴァンダルーに入れ込み、仲間に加わった元人種のグール。武具職人として高い技術を持つ。

ボークス

タロスヘイムの英雄の1人で〝剣王〟の異名をもつ巨人種アンデッド。ヴァンダルーに絶大な信頼を寄せる。

エレオノーラ

原種吸血鬼ビルカインの配下としてヴァンダルーの命を狙っていたが、その強さに心酔し忠誠を誓う。

Summary

あらすじ

転生した世界ラムダで母ダルシアを人間達に殺されてしまい、復讐を誓ったヴァンダルー。新たな仲間との出会いを経て、エブベジアの街へ復讐の第一歩を果たした後、旅に出た一行は、グールの長老ザディリスと出会う。集落の危機を救い、発展に貢献しグール達との絆を深めたヴァンダルーはグールキングになると、自身に迫っている人間の討伐隊との決戦に向けて、仲間達を伴い新天地を目指すのであった。

かつて太陽の都と謳われたタロスヘイムへと辿り着いた一行は、ボークスをはじめ多くの仲間を加えると、戦力の強化に成功。

タロスヘイムが大きく発展を遂げる中、ヴァンダルー抹殺の命を受けた父の仇でもある貴種吸血鬼セルクレントを、新たに獲得したスキル「魂砕き」で返り討ちにし、タロスヘイム王城の地下では神のアーティファクトである魔槍アイスエイジの魂をも消滅させた。

こうして、タロスヘイムの王となったヴァンダルーは、母の仇であるゴルダンとライリー率いる帝国軍のタロスヘイムへの侵攻を食い止めると、周囲がタロスヘイムの国家体制を強化に息巻く中、冒険者登録をするべくハートナー公爵領へと向かうのであった。

そして、冒険者として訪れた開拓村で奇妙な事件と遭遇したヴァンダルーは、人助けのために事件を解決していく。だがその原因は開拓村を巡る公爵家のお家騒動であり、それを知らずのうちに潰したことで、ヴァンダルーは開拓地の救世主となった。その後、輪廻転生の神ロドコルテによってヴァンダルー抹殺のために送り込まれた地球からの転生者、海藤カナタと対峙したヴァンダルーは二度と転生が出来ないようにカナタの魂を砕いたのだった。

CONTENTS

Death attribute Magician

Written by Densuke Illustration by BAN!

Death attribute Magician

第一章
奴隷鉱山を蝕む影

ジョブチェンジを済ませたヴァンダルーは、第七開拓村から【飛行】して先行したエレオノーラ達を追いかけていた。

ただ今日はやけに大鴉が多く、木の上を飛ぶとぶつかりそうで面倒なので、木の枝よりも低い高さを縫うように飛んでいた。

すると、ぽとりと後頭部に違和感を覚えた。

「ん？」

鳥の糞か木の実でも落ちて来たのかと思ってその場で止まり、髪を手で払うが何も無い。しかし、何かが這い回るような感触がする。その感触を指で追っても、【幽体離脱】して自分の後頭部を目視で探しても、落ちてきた何かの姿は無い。

「……まあ、いいか」

【危険感知：死】に反応は無いし、こそばゆいがあまり気にならない。放っておこう。

海藤《かいどう》カナタの魂の消滅を、ロドコルテは輪廻転生システムが警報を上げるよりも早く確認していた。

何故ならカナタがアンデッドにされる事はないにしても、ヴァンダルーに魂を砕かれたりヴィダの新種族にされたりする可能性がある事に彼は気がついていたからだ。

勿論、それはカナタがヴァンダルーを始末出来れば要らぬ心配だったのだが、結果は敗北。しかもただの敗北ではない。

『状況は最悪一歩手前か』

魂が砕かれた事は残念だが、カナタの輪廻転生は彼がヴァンダルーを始末した場合渡す報酬……地球に似た魔術も魔物も存在しない世界の富豪の元に絶世の美少年として転生させる準備のため、システムから外していたので大きな障害にはなっていない。

問題なのは、カナタがヴァンダルーに対して転生者全員がこれから彼を殺しに行くような事を口走った事、更にラムダで殺されてもすぐに再び転生出来ると宣言した事だ。

お蔭でヴァンダルーの警戒心を煽り、更に転生者は魂を砕かなければ際限なく向かってくると思わせてしまった。

『実際には、そう上手くいっていないのだが』

カナタがラムダに転生した後も、三人の転生者がオリジンで死亡している。どうやらオリジンでは、獅方院真理《しほういんまり》がカナタを殺した事と、そしてその動機、カナタが裏でやっていた悪事が明らかになり、その結果ロドコルテの予想より犠牲者の数は少ないが、転生者同士の仲違いが起きたようだ。

同じ地球からの転生者で、同じ船に乗っていたとはいえ、共通の思想を持っていた訳ではない集団だ。それにオリジンに転生してから三十年近くたてば、価値観にも変化が出る。

今まで纏まっていたのは、他の転生者から抜きんでた実力を持つ雨宮寛人《あめみやひろと》の存在が大きかったからだだろう。

問題なのは、三人の転生者はロドコルテの依頼に良い顔はしなかった事だ。

あのアンデッドの正体が自分と同じ転生者である事には驚いていたが、ラムダでも殺して欲しいと言われると首を横に振ったのだ。カナタが要求したような報酬も提示してみたが、それでも良い返事は聞けなかった。

成人の身体で転生して今すぐカナタに協力する事は勿論、通常通り子供からやり直してもヴァンダルーを殺すつもりはないと答えたのだ。

『もう、殺し合いには疲れたの。普通の人生を生きたいのよ』

『あいつから俺達を見分ける手段は無いんだろ？　だったら、関わりたくないな』

『カナタに協力？　冗談じゃない、元はと言えばあいつがしでかした事のせいで、あんな目にあったんだぞ』

一人目は戦いそのものを拒否し、二人目は自分には関係無いと関わりを拒否し、三人目はヴァンダルーと言うよりも、カナタ憎しで協力を拒否された。

オリジン同様、同じ転生者同士生きていれば再会するように運命を与えたが、彼らがヴァンダルーに対してどう出るかは不明だ。

宣言通り関わらないようにするかもしれないし、逆もあり得る。ヴァンダルーが彼等の転生した先の国や町に大きな不利益を及ぼす存在となれば、彼らも無視は出来ないだろうが。

逆に仲間になろうとするかもしれないが、オリジンで死んだ直後の狂態を思えば、ヴァンダルーが彼らを受け入れる可能性は低いはずだとロドコルテは考えた。

『もっとも、どうなるかは様子を見なければ分からんが。ヴァンダルーは本当に何を考えているのか、予測が出来ん。まさか、魔王の封印の一部を解き、しかも吸収するとは』

ラムダでも何人かは魔王の欠片を利用している者は存在する……しかしいくら魔力が多くても、普通なら体内から魔王の一部に乗っ取られ徐々に正気を失うはずなのだが。

『まあ、良い。これも転生者達の説得材料に使えるだろう』

ヴァンダルーは魔王の封印を解く危険な存在だと説く訳だ。もっとも、この情報をラムダの神々に教える訳にはいかないが。

アルダ達に知られると、ヴァンダルーだけではなく他の転生者も駆りだされかねない。

カナタの無思慮な行いのせいで嗅ぎつけられたのではないかと肝を冷やしたが、どうやらまだアルダ達は転生者の存在に気がついていないらしい。

カナタをただのユニークスキル持ちの犯罪者だと思ったのか、ロドコルテが思っている以上にアルダ達には余裕が無く、信者数名の記録を見る暇もないのかもしれない。

『何はともあれ、次の転生者からはヴァンダルーが魂を砕ける事、更にオリジンでの力を取り戻し、一部は超えつつある事を告げるべきか』

怖気づかれて困ると考えてカナタには黙っていたが、その結果カナタはヴァンダルーを過小評価しすぎて緊張感も無く、無策に攻撃しその結果敗北してしまった。

魂を砕かれる危険性について告げておけば、転生者達も警戒するだろう。告げた結果、依頼を断られる事も多いだろうが、無駄に転生者の数を減らされるよりはまだ良い。

『オリジンでの仲違いは表面上は収まったか。では、また暫く待つとしよう』

ゴブリンキングに占拠されていた廃墟は、すっかり様変わりしていた。城壁の外側は同じだが、内側は幾つもの建造物が立ち並び、見張り櫓も建てられている。

まるで町が復興したかのようだ。

しかし、その町に集まった者達の姿を見たらとても街が復興したとは思わないだろう。

『ああ、皆……無事ではないけれど、また皆に会えるなんて……』

中心で感動に声を詰まらせているのは、一見すると炎のような色の髪と瞳をした、起伏に富んだ褐色の体をやはり炎を思わせるレオタードのような物で包んでいる巨人種の美女だ。

だが膝のやや上あたりで足が途切れて、空中に浮かんでいる。炎を思わせる髪やレオタードは、実際に炎で出来ている。

タロスヘイムの元第一王女レビア、彼女は海藤カナタを倒した事でランクアップし、ランク5のブレイズゴーストにランクアップしていた。

『王女様っ！』

『レビア様、俺達はっ……！』

『オノレ、ハートナー公爵家メ！』

そしてレビア王女を囲む数百人の巨人種アンデッド達。

『すまない、お前達っ！　俺達はお前達に託された者を、誰一人守れなかった！』

『言うな、悪いのは公爵家の裏切り者共だ！　お前達を殺し、レビア様を焼いた畜生共だ！』

『ウオオオッ！　坊主っ、今すぐ奴隷鉱山に殴り込んであいつらを助けたら、この公爵領を蹂躙しようぜ！』

「まあまあ、落ち着きましょう。前にも言ったけれど、ハインツ達が居るから公爵領を蹂躙するのは危険です」

怒り狂うボークス達をヴァンダルーと、彼の頭に乗っているレフディアは宥めた。実際、ここにある戦力だけでこのハートナー公爵領に甚大なダメージを負わせる事は出来る。

ランク10の上位アンデッドであるボークスが剣を一振りすれば、どんな城壁でも打ち崩せる。兵士も騎士も、肉の壁にもならない。

そこに他のアンデッド達と、ヴァンダルーが加わるのだ。

業病猛毒をばら撒いて老若男女を殺し尽くし、犠牲者をアンデッドにして殺戮を繰り返す。殺した分だけ味方を増やして行進する、死の軍勢だ。

だが実質S級冒険者と同等の実力を持つハインツ達〝五色の刃〟に、他にもA級やB級の上級冒険者が居るはずだ。それに、大事になれば選王国の他の公爵領からも応援が駆けつけて来るだろう。

そうなると負ける。

「なので、今回は奴隷鉱山を襲撃するだけで抑えましょう」

『それでも良いっ、早速行こうぜ！』

「だからダメですってば」

そうボークス達を止めるヴァンダルーだが、それは失敗を恐れての事ではない。ボークス達の戦闘能力なら、最前線でもない奴隷鉱山を守る兵士や砦くらい、苦も無く残骸に変えてしまえる。

「巻き込まれて奴隷の皆が死んじゃったら、悔やみきれないじゃないですか」

しかし強引に攻め込むと、それで発生したパニックで何が起こるか分からない。混乱した兵士が奴隷を盾にしようとしたり、どうせ死ぬならその前にと女の奴隷を襲ったりするかもしれない。

それに、奴隷達がボークス達を自分達を助けに来たのではなく、殺しに来たただの魔物だと勘違いしてしまうかもしれない。

それで、「どうせ助からない、生きたまま喰われるよりは」と自害でもされたら事だ。流石にボークス達にはそこまでは言えないが。

「っと、言う訳でまず潜入して、大人しく助けられるようにと理解を求めます」

『ぬぅ～……仕方ねぇ。だが公爵家はどうする？』

「そっちは、スキャンダルを公にしたり城を物理的に傾けたり、奪われた宝物の一部を取り返したりしてきたので、今回はそれぐらいにしましょうよ」

ヴァンダルーは【ゴーレム錬成】で簡単に建物を建て、若しくは直し、更には移動させる事も出来るのであまり実感は無いが、魔王の封印が解けた事を偽装するために地下墓地を潰して城を傾けた事は、誰もが青ざめるような損害だ。

すぐに崩れると言う事はないだろうが、城はハートナー公爵領にとっての国の象徴で、いざという時の守りでもある。

だから新しく建造しなければならないが、莫大な費用がかかるだろう。それこそヴァンダルーが助力でもしない限り。

『ところで坊ちゃん、取り返した国宝ですが……』

「はい、とりあえず今は俺が持っています」

城から取り返した国宝は、奪われた内の半分程度だ。残りは褒美として他の貴族家に下賜されたり、ポーション等は使用された後だったり、中央の選王領へ寄付（という名目で援助を受けるために売った）等して、散逸していた。

残っていたのはアイテムボックスのような高価で貴重なマジックアイテムではなく、殆どが宝飾品だった。最近まで公爵に憑いていた霊によると実際にはアイテムボックスもまだあるらしいが、旧サウロン領と接している軍事拠点に物資の輸送をするために使用している最中らしい。

それに二百年前の戦争でボークスがミハエルに砕かれた魔剣もタロスヘイム王に下賜された国宝だったので、タロスヘイムの国宝は元々マジックアイテム類が少なくなっていたらしい。

巨人種は第二王女のザンディア等の一部の例外を除き魔術に向いていない種族なので、約十万年も孤立していたタロスヘイムはザッカートの遺産を除けば魔術の後進国だったのだ。

「でもブラガ達に持って行ってもらいましょう」

ブラガ達ブラックゴブリン部隊は、マリー達恋人を連れて先にタロスヘイムに戻る予定になっている。マリー達には一応最終的な意思確認をしておいたが、彼女達の意思は変わらなかった。

「大変だと思うけど、生まれ変わったつもりでこの人と生きていきます」

「きっと大丈夫よ。だってこの人ったら、人間じゃないのにあたしが今まで会ったどの男よりも優しいのよ」

「俺っ、二人を大切にする」

二人の夫になったブラガが、急に大人びて見えた。これがモテる男の貫録か。

そんな事を考えているヴァンダルーを、ブラガは一転して半眼で見つめ返す。

「キング……何考えてるか分からないけど、俺よりキングの方がモテてる」

「……自覚が無い訳じゃないです」

両サイドからむぎゅっと抱きしめられているヴァンダルーは、豊かな谷間に埋もれるような格好のまま言った。

『ふぅ……久々の坊ちゃんは効きますねぇ～』

『うう、本当に。ダメなのに離れられない～』

リタは恍惚とした顔で、サリアは若干恥じらいつつも欲求に逆らえない様子でヴァンダルーを抱きしめていた。そろそろ異性を意識し始める微妙な歳なので、人前では止めて欲しいのだが。

「二人とも、いい加減にヴァンダルー様を離しなさい」

『エレオノーラさんとレフディアは今まで一緒だったから良いじゃないですかっ！　私達は留守番だったんですよ！』

『私達メイドは主人から三日以上離れると禁断症状が出るんです！　二人とも知らないとは言わせま

せんよ！』

「……メイドってそんな職業でしたっけ？」

ヴァンダルーが冷静に突っ込むが、何故かエレオノーラは二人の言い分に理があると認めたようだ。レフディアも、たじたじと彼の頭から背中に降りていく。

「仕方ないわね。でもヴァンダルー様が疲れないようにするのよ」

仕方ないらしい。

『『はーい』』

若干力を緩めてくれたので、呼吸はしやすくなった。鎧以外の部分は霊体で出来ているリタとサリアの身体は、夏には丁度良い冷たさなので、呼吸さえ出来れば抱かれ心地は良い。

『坊ちゃん、タロスヘイムにはグールの皆さんやラピエサージュ、パウヴィナちゃん、そして誰よりもダルシア様も待っていますので……今の内にご覚悟を』

「わー、俺ってモテモテですねー」

どうやら、タロスヘイムに帰ったら皆に熱烈な抱擁をされるらしい。ハートナー公爵領でささくれ立った心が滑らかに研磨されそうだ。

（俺って、何か身体から出しているのかな？　ヴァンダニウムとかビタミンVとか、ヴァン酸とか）

ラムダには検査機器が無いので確認は出来ないが、未知の栄養素やミネラルが存在するのかもしれない。

キチキチキチ。

『あ、坊ちゃん、髪の中に大百足が居ますよ』

大百足。ランク1の魔物で、中型の蛇と同じくらいの大きさの百足である。主食は鼠や昆虫などの小動物で作物に無害な事から、益虫扱いされる事が多い。ただ、時折木に登って下を通る動物に掴まり移動する事がある。

『そう言えば【蟲使い】にジョブチェンジしたんでしたね。早速テイムしたんですか？』

「はあ、いつの間にかしたみたいですね」

大百足はレフディアと遭遇し、暫く異種コミュニケーションを試みたが失敗。レフディアに追い掛け回された後、再び髪の中に潜って行った。

「俺の髪の中は一体どうなっているんでしょう？　まあ、別に害は無いようなので良いですけど」

「本当に害は無いのっ⁉」

大百足を探してヴァンダルーの髪をかき分けているレフディアに、エレオノーラも加わるが見つからないようだ。

「大丈夫ですよ、痛みも何も無いですし」

ただ皮膚の下を蟲が這い回っているような、こそばゆい感触がするが。

「ピートと名付けよう」

そう言えば、日本に髪の中に百足を忍ばせた神様が居た気がする。あれは何の神様だったろうか？

『あ、あのー、宜しいですか？』

ふと記憶を掘り起こしていたヴァンダルーに、レビア王女がずーっと近づいてきて遠慮がちに話しかけてきた。

『王女様もですか？』

ただし話しかけたのはヴァンダルーではなく、リタ達だった。

『はい、今はまだ陛下とは手をつなぐ以上の事は……でも、そうなるのが自然な事だと思いますし』

炎の明度を上げてそう言うレビア王女。表情と仕草から推測すると、多分頬が赤くなる代わりに恥じらいを表現しているのだろう。

「そうなるのが自然……まあ、そうよね」

『旧王族の姫君が、新国王と……歴史上珍しい話ではありませんな。大抵は悲劇か、ただの政略結婚ではありますが』

エレオノーラとサムによると、ヴァンダルーとレビア王女がそうなるのは自然な成り行きらしい。

「わー、話が纏まっていきますねー」

どうやらそう言う事になるようだ。別に不満は無いし、それどころか【死霊魔術】スキルを使うためにはレビア王女の存在は欠かせないので、彼女が一緒に居てくれる事は好都合だ。

心情的にも美人に慕われて嬉しい。肉体年齢の関係でその手の欲求はまだ微妙だが、美しいと感じる人を好むのは当然だ。

それに元々、レビア王女の妹のザンディア王女の左手からアンデッド化したレフディアも託されている。

『おーし、娶っちまえ坊主っ！　ザンディアの嬢ちゃんよりも先にレビア様を自分色に染めるとは思わなかったが、それでこそ男だぜ！』

「ボークス、さっきまでの怒りと怨念は何処に？」

『それはそれ、これはこれだ』

『わかりましたっ、一緒に坊ちゃんを支えていきましょう』

『ありがとうございます』

『生まれも死に場所も違う私達ですが、死後は一緒です』

「私はまだ死んでないけど、ヴァンダルー様に尽くすのなら私達は同士よ」

『ところで、そのお召し物は……もしかして私達への対抗意識ですか？』

『いえ、これは私の炎で出来ていて、ドレスのような形にも出来るのですが面積を多くするほど魔力を使うので、節約です』

女性陣の話は纏まったらしい。レフディアは参加していないが、不満はないようだ。

『末永く、よろしくお願いしますね。出来れば、姉妹共々』

足があれば二メートル半ば以上ある巨人種の美女の抱擁は、埋もれると表現出来る抱かれ心地だった。

「俺の末は長いですよ。千年単位で生きますし」

因みに、レビア達の身体の温度は調節が可能で、下げれば風呂ぐらいの熱さを保つ事が出来る。触れても温まる程度で火傷しない自分の炎と霊体に包まれているヴァンダルーに、レビアはくすくすと笑った。

『それを言うなら、私達にはもう寿命もありませんよ。死んでいますもの』

「それは一本取られました」

和やかな二人とそれを祝福するエレオノーラとアンデッド達の外で、危機感を覚えている者達が居た。

「あなた、もしかしてヴァンダルー様って、手当たり次第なの？」

それは移住する国の統治者の異性関係に不安を覚えたマリー達だった。政治の知識などほぼ無い彼女達だが、古来統治者の女癖の悪さは、国が乱れる原因の中でも代表的に語られている。

「そんな事無い、キング、ちゃんと選ぶ」

そう言ってブラガ達はマリーを説得するのだった。


ハートナー公爵領は、境界山脈に接していながら鉱物資源が限られている。それは山脈が地中でさえ魔物が跋扈する危険地帯であるため発掘事業を行う事が出来ない事と、山脈以外の山から有望な鉱脈が発見されないからだ。

だからハートナー公爵領では幾つかのダンジョンと、公爵領南端の鉱山に鉱物資源を頼っていた。

もっともその鉱山の産出量は、約二百年前に大きく減り、以後現在まで横ばいのままだ。タロスへイムとの交易がまだ続いていた頃は金属を輸入しながら、鉱山に新しい鉱脈が無いか調査していたが、今ではそれも諦められている。

鉱山から坑夫達の姿は消え、代わりに姿を現したのは監獄のような壁と兵士達と、奴隷達だ。

現在では正規の坑夫ではなく、犯罪奴隷を主に使って鉱石を掘り、製錬していた。

ただ、初期は犯罪奴隷ではなく濡れ衣を着せて犯罪奴隷に落としたタロスヘイムの女子供で運営していた事から、通常とは違った処置が取られている。

監獄のような外観の内側には、奴隷達の村が存在する。普通なら鉱山では牛馬以下の扱いを受ける犯罪奴隷だが、当時の公爵には「もしタロスヘイムに生き残りが居たら」と言う危機感があった。

特に、当時A級冒険者だった〝剣王〟ボークスや〝聖女〟ジーナ、〝小さき天才〟ザンディアの生死がまだ不明だった。

実際にはミハエルに三人とも殺されていたのだが、原種吸血鬼グーバモンの手の者がジーナとザンディアの遺体を盗み、致命傷を負って一人撤退してきたミハエルと鉢合わせして殺し合ったため、正確な情報が伝わらなかったのだ。

そのため万が一生き残りが居た時のための人質が必要だった。レビア王女でも良かったが、彼女を生かしておくと他の公爵領の手の者が彼女を旗印にしてアミッド帝国ではなくハートナー公爵領を糾弾する可能性が捨てきれない。

それに、頑健な肉体を持つ巨人種は子供でも人種の大人以上の肉体労働をこなす。そのため簡単に使い潰すような事は極力避けて鉱山の運用が行われた。

そして時が流れるうちにそのまま慣習となって続き、奴隷鉱山の奴隷達は他の鉱山よりも生き長らえる環境が与えられていた。

生来の奴隷階級の一族を管理する、兵士の町。そんな状況だ。

「聞いたか、次に何時新しい『物資』が入るか分からないって話」

そんな奴隷鉱山で首輪を付けられた坑夫達が働くのを監視しながら二人組の兵士達が雑談に興じていた。

「ああ、町で魔物の暴走が起きたって言う話だろ。その話題は聞き飽きたよ」

昨日到着し、そして今日の朝発った食料品などを運搬する隊商から、ニアーキの町で魔物の暴走が起きた事は既に奴隷鉱山中に広がっていた。

ニアーキの町出身の兵士などは、行商人に頼んで家族に宛てた手紙などを渡していた。この兵士達は他の出身なので他人事だったが。

「代わりに煩い新兵やボンボンも来ないし、良いんじゃないか？」

「まあ、そりゃあそうだが……ゴブリンを殺すのにも躊躇って、吐くような奴もたまにいるしな」

この奴隷鉱山に配属される兵士は大きく二種類に分かれている。歳や怪我で厳しい前線では活躍できないだろうが、首にして食い詰められて犯罪に走られても困るので配属されたリタイア組と、土地が広くて魔物もゴブリン等弱い種族しか出ないので、演習と訓練をするために新兵が派遣されてくる。

この兵士達は前者で、新兵が派遣されてくるとその面倒を見なければならないので仕事が増えるのだ。特に、貴族家の三男以降の家は継げないがプライドが高いお坊ちゃんは、本当に面倒なのだ。

軍の序列ではただの新兵なのだが、同時に貴族である上に将来の仕官候補でもあるので扱いにも気を使う。

兵士達の上官がしっかりしていれば、その辺りも楽になるのだが……今の奴隷鉱山の代官はベッサー法衣子爵。ルーカス公子の派閥に居た軍系の貴族だったが、ヘマをやらかし左遷された、「貴族にあらずんば人に非ず」と公言する貴族至上主義者だ。

ベッサー子爵が彼等平民出身の兵士と軟弱とは言え貴族のお坊ちゃん、どちらの味方かは考えるまでもない。

「だが、『物資』が来ないのはなぁ……この頃狩りの獲物もゴブリンばっかりだしな」

「そう言えば、何故かゴブリンが多いよな。最近は減って来たが。近くにキングでも出たのかね？」

「止めてくれよ、縁起でもない。俺が言いたいのは、『物資』も美味い物も食えないなんて日々の楽しみが無いって事だよ」

「まあ、こんな所だしな」

奴隷鉱山は兵士達にとって十分な職場ではなかった。美味い物を食べたければ狩りに出るしかない。勿論日々の無聊を慰める劇場や見世物小屋、大道芸人も無い。

行商人が運んでくる支給品と、ちょっとした買い物。そして『物資』が兵士達の娯楽だった。

「しばらくは昨日運ばれてきた『物資』があるだろ」

「お前見てないのか？　昨日来た『物資』には上物が一人もいなくてな……」

「それはお前が欲張ってるだけだ。鉱山に回される奴隷に、上物が居る方がおかしいだろ」

兵士達が先ほどから言っている『物資』とは、奴隷の事だった。勿論芸をさせる等、そんな用途で日々の楽しみを兵士達に供する訳ではない。

「犯罪奴隷の女山賊が回されて来た時があったじゃないか」

「まあ、顔は良かったけどあれは腕が無かっただろ。頭の中身も壊れ気味だったし。そもそも、何年前の話だよ」

鉱山に回される奴隷は在庫と化し奴隷商人の負担になるような売れ残りか、元々誰も買いたがらないような犯罪奴隷が殆どだ。だが、その中には当然女もいる。

その女達が兵士達の慰み者になっていた。

「巨人種ならいるだろ」

そしてタロスヘイムの避難民の女も、そう扱われている。

「俺は他の奴らと違って、デカい女は嫌いなんだよ。なんだか見下されたような気分になるからな。それに、やりすぎるとこっちが懲罰の対象になるから、あんまり無茶は出来ないし。あーあ、また開拓村が廃村にならねぇかなぁ」

「いや、他の奴隷でもやりすぎたら懲罰の対象だけどな。あの時も無茶やって何人か死なせて、子爵が金切り声を上げてただろ。労働力を無暗に減らすなって」

「そうだな。仕方ない、とりあえず適当なのを見繕って……あれにするか」

兵士の片割れが目を止めたのは、白い髪で顔にボロ布を巻いた隻眼の子供の奴隷だった。瞳が死んでいるのは鉱山で働く奴隷では珍しくはないが、日にあたった事が無いような白い肌が気に入ったのかもしれない。

「おい、幾らなんでも小さすぎないか？」

「別に良いだろ、どうせ長くても来月まで持たないんだ。それがちょっと縮むだけで」

そう言うと、兵士は鉱石が入ったトロッコを押している白髪の奴隷に声をかけると引きずるようにして何処かに行ってしまった。

当然勤務中なのだが、こう言う事はずっと前から行われていた事なので、ベッサー子爵か新兵の見ている前でない限り見過ごされる。当然もう一人の兵士もそうした。

だが、ほんの十数分で同僚が一人で戻って来た時は妙だなと思って話しかけた。

「おい、妙に早いがあの奴隷はどうした？　死なせたなら、ちゃんと死体は処分したのか？」

子供でも奴隷の命が尊いとは欠片も思っていない兵士だったが、死体を放置するのは良くない事は知っていた。虫が湧くし、病気が発生したら彼自身の身も危ない。

確認された兵士は、まるで人形のような無表情のまま眼球だけを動かして話しかけてきた同僚に答えた。

「大丈夫デス、問題無イデス」

「……おい、本当に大丈夫か？」

「本当ニ、大丈夫デス。私ハ、何時モ通リダ」

「いや、どう見てもまともじゃないぞ。神官殿に診て貰え」

明らかに異常な様子の同僚の肩を掴むと、そのまま医者の役割も兼ねている神官の所に連れて行こうとする。他の兵士に一言声をかける。

「こいつの様子がおかしいんだ。ちょっと神官殿の所に連れて行って診せて来る」

話しかけられた兵士の一人が、手伝うつもりなのか近づいてきた。

「大丈夫デスカ、私モ手伝イマショウ」

「ああ、悪いな。おい、しっかりしろ」

その兵士の顔を見ないまま、友人でもある同僚兵士の様子を心配そうに見ながら、彼は歩いて行った。


戻ってきて何事も無かったように勤務を続ける二人の兵士に、他の同僚が話しかけた。

「大丈夫か？　顔色が悪いようだが……」

「ハイ、大丈夫デス。タダノ寝不足デス」

「神官殿ニ相談シタラ、良クナリマシタ」

「アナタモ神官殿ニ、相談シテハドウデスカ。気分ガ晴レマスヨ」

「そ、そうか、俺は、遠慮しておくよ」

話しかけた同僚は二人の薄気味悪い様子に顔を引き攣らせて、持ち場に戻って行った。

その横を白い髪と肌の子供の奴隷がトロッコを押しながら通ったが、そんな事よりも同僚の異常が気になっているらしい。

彼の後ろ姿を、幾人かの兵士達の虚ろな瞳が映していた。

《【精神侵食】のレベルが上がりました！》

・名　前：レビア
・ランク：5
・種　族：ブレイズゴースト
・レベル：0

・パッシブスキル
【霊体：レベル5】【精神汚染：レベル5】【炎熱操作：レベル6】【炎無効】
【実体化：レベル5】【魔力増強：レベル3】
・アクティブスキル
【家事：レベル5】【射出：レベル5】【憑依：レベル3】

奴隷鉱山の壁の内側にある奴隷達の居住区……奴隷村では、巨人種の奴隷達の中でも纏め役など主だった者が集まっていた。

本来なら居住区でも監視の目があり、反乱や暴動に繋がる事がないように巨人種達が命令以外で集まる事はないのだが、今見張りについている兵士達は皆人形のようにされている者ばかりだった。

「レビア様……レビア様じゃないかっ」

「おお、記憶にある姿と比べると少々違うが、間違いない。見間違うものか、レビア様だ」

「レビア様を連れて来たのと言うのは、本当だったのね……」

目を見開き、涙を流し、何処か呆然とする巨人種達にレビアは嬉しそうに炎を揺らめかせるも、悲しげに胸に手を当てた。

『皆……今日まで生きていてくれて、ありがとう。私があなた達を守れなかったばかりに、苦労を掛けてしまったわね』

二百年と言う年月は、三百年の寿命を持つ巨人種にとっても長かった。当時老人だった者はとっくに、大人だった者も全員亡くなり、子供だった者も大人になっている。

巨人種は十五歳程まで人種と同じ速さで成長し、それ以後はゆっくりと歳を取って二百歳前後で肉体のピークを迎え、二百五十前後から老けはじめる。そのため、外見が老け込んだ様子の者はあまりいないが。

「良いんだよ、皆ハートナー公爵が悪いんだ。あたし達を裏切った奴らがね。レビア様は死んだ後もあたし達の事を気にかけてくれてるじゃないか、それだけで十分だよ」

「そして、こうして助けに来てくれた。それでもう十分だ。お袋も、爺さんも、弟も、レビア様を責めるもんか」

巨人種達は一様に痩せ、血色が悪かった。腕や脚、顔に鞭や火傷の痕が残っている者も多い。奴隷鉱山での扱いは通常の犯罪奴隷と比べてある程度加減されていたが、その扱いは「死なせなければいい」「一人二人なら死んでも構わない」と言った過酷なものだった。

実際避難民の内老人は全て早死にし、女子供の中には耐えきれずに死んだ者が少なくない。勇者の結界のように魔術的に閉じ込められていた訳でもない彼らの霊の多くは、既に鉱山の何処にも残っていない。

「見張りの兵士もどうやったのか知らないけど人形同然だし、こうしてレビア様も連れてきた。あんたの言った事は全て本当だった。最初はあんたみたいなチビが言う事、とても信じられなかったけど……。じゃあ、この鉱山からあたし達を助けるっていうのも本当なんだね？　ヴァ……？」

「ヴァンダルーです、ゴーファさん。ボークス同様に坊主、でも構いませんが」

普通に奴隷に混じって兵士を【精神侵食】スキルで次々に廃人にしたヴァンダルーは、ボークスの娘ゴーファに答えた。

「でもチビは止めてください、気にしているのです」

巨人種や獣人種等は、大きければ強く小さければ弱いと言う価値観がある。女性でも二メートル半ばに達する巨人種と同年代の子供と比べても小柄なヴァンダルーでは、そうでなくても頼りなく見えるのだろう。

やはり【死属性魅了】の効かない、生きている人とのコミュニケーションは難しい。

（本当にレビア王女を連れてきてよかった）

そう内心思っているヴァンダルーに、ゴーファは苦笑いを浮かべた。

「あの親父らしいね、死んでも元気なんて。坊主は止めておくよ、レビア様が陛下って呼んでるのに、あたしがそんな風に呼んだんじゃ変じゃないか」

「その辺りは気にしないで良いですよ。それでこれからですが、皆さんを奴隷鉱山から解放しようと思います」

「いや、でもそう簡単な話じゃないだろう。あたし達の首には奴隷の首輪が嵌ってるからね」

奴隷の首輪、隷属の首輪、呼び方は様々あるが奴隷が主人に逆らわないように嵌めるマジックアイテムだ。

主人を害そうとしたり逃げ出そうとすると、首輪が絞まって窒息したり電撃が流れて感電したり、苦痛を味わう事になる。

外すには幾つかの方法があるが、主人の同意だけでは外せない。更に通常の解呪の魔術では解除できず、特殊な術が必要だがその方法は秘匿されている。

「代官を脅しても外せないだろうからね。幾らあんたでも簡単には――」

「外せます」

えっとゴーファ達が聞き返す間もなく、ヴァンダルーは黒い死属性の魔力を出して彼女達に嵌められている首輪を包む。すると、かちりと音を立てて首輪は外れた。

「う、嘘……」

重い音を立てて床に落ちた首輪を見ながら呆然と呟くゴーファ達だったが、勇者が施した封印も魔力による力押しで解除したヴァンダルーの手にかかれば、これくらい簡単な事だ。

「い、今のを一日で何回出来る？　あたし達は全員で五百人以上居るんだよ」

「一人を解放するのに魔力を千使うので、三十万人居ても余裕です」

「本当に出来るのかっ!?」

「すみません、時間的な問題もあるので一万人までにしてくれると助かります」

「良し、分かったたっ、一日で俺達全員を解放出来るんだな！　これで戦えるぞ！」

『皆、陛下はちょっと人見知りするから。それに見張りの兵士達は全員味方だけど、あまり声が大きいと……』

「分かってますよ、レビア様！　それであたし達は何をすればいい!?　何時決起するんだい！」

「武器は普段使ってるつるはしやスコップ、何なら石でも構わねぇ！　きっと今まで一番工具や石を軽く感じるだろうぜ！」

「奴らめ、目に物見せてやる！」

理不尽な支配からの解放と報復の機会が訪れた事に沸き立つ巨人種達に、見た目は無表情のまま泰然と、内心は話しかけるタイミングが掴めず狼狽えていたヴァンダルーは、何とか口を開いた。

「えーと……今夜、真夜中に」

「そうか、今夜か……って、ちょっと待っておくれよ。幾らなんでも早すぎるっ」

まだ真夜中には早いが、既に日は完全に沈んでいる。これから全ての奴隷の首輪を外して蜂起を呼びかけるには時間が足りない。

作戦も何も無く暴れれば、兵士としては二流以下の連中相手でも大きな犠牲が出る。それに、奴隷全てがすぐ蜂起に加わろうとする訳ではない。

「あたし達はともかく、奴隷の中にはもう全て諦めちまっている奴等も居る。そいつらを説得する時間が必要だ。協力しないでも良いから、せめてその間隠れていて欲しいってね。……まさか、あの兵士達を人形にしたのと同じ方法を使うつもりじゃないだろうね？」

ゴーファがそう言った瞬間、他の巨人種の顔にも疑念が浮かぶ。それはそうだろう、人を数十分から一時間で廃人の人形にしてしまう事が出来るヴァンダルーを、恐れずにいられる方がおかしい。

とても健全な反応である。なので、気にしない。

「いいえ、そんな事はしません。でも真夜中に決行します。問題はありません」

「だから、それじゃあ時間が足りないんだよ」

「いえいえ、時間はもう十分です。明日の早朝には俺達がこの奴隷鉱山を占拠しています。協力してくれない人が居ても関係無く、俺が呼んできた皆が実行し、完遂します」

「な、何だって⁉」

ゴーファ達は驚いた。彼女達はヴァンダルーが、自分達を助けに来た事は信じている。だが、そのために自分達の協力を必要としていると思っていた。

しかし、ヴァンダルーは協力を必要とはしていない。ゴーファ達が何を考えていようと勝手に時間を決めて、独力で奴隷鉱山を占拠すると告げたのだ。

じゃあ、何で前もって自分達を集めたのか？

そう困惑するゴーファ達にレビアが告げた。

『皆には、今夜じっとしていて欲しいの。そして、その後選択して。新しいタロスヘイムの民となるか否かを』


堅牢な要塞のようだった奴隷鉱山は、朝日が昇りきるその時には静かに陥落し、占拠された。

兵士達の夕食に毒が盛られていたのだ。無味無臭の毒に兵士達は気がつかないまま夕食を口にして、ベッドで昏睡状態に陥った。

極少数の耐性スキルを持っていた兵士達は異変に気がつき、自分達と同じように起きていた同僚の兵士達に異変を訴えたが、その同僚に……ヴァンダルーの人形と化していた同僚に不意を突かれて次々に拘束された。

眠っていたベッサー子爵や、その護衛の騎士、使用人も全員生きたまま拘束された。

そして起きたまま城壁で見張りについている兵士達は、本隊の異変に気がついても対応する事が出来なかった。

「ぶ、武装集団が近づいてきます！」

「あれは、巨人種……ひぃっ！　巨人種のアンデッドだ！」

正面から恐ろしい咆哮を上げながら、ボークス達が巨体に不似合いな速度で走って近づいてくる。

見張りの兵士達は笛を吹き、鐘を鳴らして緊急事態を知らせるが、応える者は無い。いや、彼らが望まない形で応える者達が迫る。

『どうせテメェ等は皆殺しだ！　だったら俺達の気晴らしに付き合って死ね！　【鋼断ち】！』

『【鎧砕き】ィィィィ！』

『【鉄穿】！』

ボークス達が次々と武技を使用して城壁を攻撃する。すると城壁も城門もまるで豆腐か何かで出来ているかのように断たれ、砕かれ、貫かれた。

兵士達が瓦礫に混じって吹っ飛ぶ様は、傍から見る分には滑稽にすら思えた。


そして翌朝、城壁と見張りの兵士を残骸に変えたボークス達は、

『……物足りねぇ』

昏睡状態で縛られているベッサー子爵以下奴隷鉱山の兵士達や非戦闘員百数十名の様子を見下ろしていた。そして、ボークスは剥き出しの頬骨を掻いた。

「ボークスが心行くまで楽しんだら、ここが更地になるじゃないですか」

『そこまで暴れねぇよ。瓦礫ぐらいは残るぜ』

「兵士は元から皆殺しにする予定ですけど、建物はまだ残してもらわないと困ります」

『ははは、そうだったな！』

恐ろしい事を言いながら笑うボークスと頷いているヴァンダルー。二人の会話を聞いて、元奴隷達の半分程は引き気味である。

「面は変わったのに、相変わらず子供みたいな事を言ってるね、親父」

引かずに話しかけたのはゴーファだ。彼女は半分が骨だけになったボークスを見て、苦笑いを浮かべた。逆に、ボークスは彼女の顔を見て笑い声を引っ込めた。

『すまねぇな、嘘を吐いちまって』

「ミルグ盾国の連中を追い返して迎えに行くって約束かい？　誰も本気にしてないよ」

『だけどよ、死んだ後二百年もお前等の事を放っておいた』

「いいって。レビア様とそこの陛下から聞いてるよ、ザンディア様達と、地下の女神の遺産を守ってたんだろ」

『そのつもりだったんだけどよ……』

実際にはザンディアの遺体は手首だけで、地下の遺産はボークスが守らなくても呪いの氷によって封印されていた。だが「気にする事じゃないよ」とゴーファは冷たい父親の背を叩いた。

「しょぼくれた顔を見せるんじゃないよ、親父らしくも無い。ザンディア様……今はレフディア様だけど、元気にしてらっしゃるじゃないか。それに、そんなんじゃ孫に紹介出来ないじゃないか」

『ま、孫？　孫だとぉっ!?　居るのか!?』

「ああ、三人ね。紹介出来るのは二人だけだし、誰が父親かは言えないけどね……」

奴隷鉱山では兵士達が女の奴隷を慰み者にしていた。この世界では避妊薬は高価なので、奴隷に使えるものではない。

そう言う事だ。

『そうか……坊主？』

ヴァンダルーは首を横に振った。奴隷鉱山で死んだ霊は、殆ど残っていなかったからだ。アンデッドが発生するラムダ世界では、犯罪奴隷が次々に使い潰されていく鉱山に神官が居るのは兵士や正規の労働者を治療するためだけではない。死者の霊を浄化するためでもある。

残っていた霊の中に、ゴーファの子だと名乗り出る者はいなかった。

『そうか……いや、良いんだ。きっと、ロクデナシの神の所じゃなくて、女神様の所に逝ってるはずだ。あれだけ祈ったんだからよ』

「そうですね……」

周囲では巨人種アンデッドとタロスヘイム出身の奴隷達の、再会を喜ぶ声と、この場に居ない者を悼む声が幾つも響いている。

（ハインツも殺せないし、輪廻の環に還った者を生き返らせる事も、アンデッドにして取り戻す事も出来ない。相変わらず、無力な事だ）

前者は当然として、何時かは後者も何とかしたいものだ。そう思いながら、そろそろかなとレビアに「お願いします」と促した。

『皆、私達は陛下と共にこれからタロスヘイムに戻ります。皆には、私達について来るかここで別れるか選んでください』

ゴーファ達タロスヘイムの避難民はボークスやズラン達の身内なので、当然連れて帰りたい。しかしそれはヴァンダルーが王として治める国に来ると言う事だ。ちゃんと意思確認はしないといけない。

『今のタロスヘイムは、ヴァンダルー陛下が治めるアンデッドやグール、陛下がテイムした魔物の国です。昔と違う事も多いと思います。私も生きていた時とは随分変わってしまいましたし、妹もこのとおり左手首だけになってしまいました。敵も多いです。ハートナー公爵は私達の事を知れば許さないでしょうし、ミルグ盾国を始めとしたアミッド帝国は変わらず私達の滅亡を望んでいます。陛下を狙う邪神を奉じる原種吸血鬼もいます。そしてこれからも敵は増えるでしょう』

「勿論、敵とは戦います。去年も六千人のミルグ盾国の遠征軍を迎撃しました。皆からの要望もあれば聞きます。ですが、何でも出来る訳ではありません。何事にも限界があります。それでも良ければ俺の国に来てください」

今のタロスヘイムは敵が多く、法律は借り物。問題だらけの国だ。とても理想郷や楽園だと胸を張って言える場所ではない。

暫くは良いだろう。だが何時か死属性魔術を知り尽くした転生者や、今よりもずっと強くなったハインツ達、そして〃法命神〃アルダや〃氷の神〃ユペオン等の降臨した神々に率いられた、一人一人が一騎当千の超人で構成された数千万単位の大軍勢が攻め寄せるかもしれない。

そんな国に来いと言うのだから、お願いするのが当然だ。

そうヴァンダルーは思うのだが、ゴーファ達は「何言ってんだい、付いて行くに決まってるだろ」と答えた。

「助けてもらった恩もあるし、親父にも会えたしね。それに、この鉱山を占拠した手並みがあれば大丈夫だろうさ」

「アンデッドと魔物の国って聞いて不安が無い訳じゃないが、親父殿達が見た目以外は生きてた時と変わらないからな。あんたを信じるよ」

「ザンディア王女様の残りとジーナ様も取り戻してくれるんだろう？　俺はまたお二人に会いたいんだ！」

「それに、ここで別れてもこの公爵領に……いや、選王国に生きていく場所が無いしな」

どうやら、元避難民組は全員ついて来てくれるらしい。

『皆、ありがとうっ』

喜ぶレビアとレフディアにこれからの予定の説明を任せて、ヴァンダルーは次のグループに向かった。

奴隷鉱山にはゴーファ達以外にも二種類の奴隷が存在する。普通の犯罪奴隷と、売れ残りここに送られた奴隷、そして元第一開拓村の者達だ。

（棄民政策すれすれじゃなくて、実質棄民政策だったのか。……もう少し城を傾ける角度をきつくしてやれば良かったかな？）

そんな事を考えながら、普通の犯罪奴隷のグループに向かう。彼らの奴隷の首輪は外さず、更に兵士達と同じように縛り上げ、人形兵士達に見張らせている。元凶悪犯だった連中なので、油断出来ないからだ。

中にはつい先日奴隷鉱山に連れて来られたばかりの者もいて、気力と体力が残っている者も多い。

「話は聞いていましたね？　ではこれから選別を行います」

「……俺達には選ぶ権利は無いのか？」

顔に傷のある髭面の奴隷の周りを見ながら、ヴァンダルーは答えた。

「選ぶ権利はあります。でも、それを叶えるかどうか決める権利が俺にはあります。他国での犯行でも、凶悪犯を迎えるつもりはありません」

タロスヘイムに酷い事をしたハートナー公爵領で酷使されていた犯罪者だから実は善人だなんて、そんな馬鹿な事はない。

余程の事情が無い限り、彼らを連れて行くつもりはヴァンダルーには無かった。

「そうかい。じゃあ俺はここでお別れさせてもらうぜ。餞別代りに兵士共の予備の装備と、食堂の食料を幾つか分けてくれないか？」

「分かりました。ハンナさん、彼はこの世とお別れです」

「なっ!?　ちょっと待て、そんな事俺は選んで――」

『はーい。分かりました♪』

「ぎゃあああああああああ!?」

フレイムゴーストのハンナに引っ立てられた傷跡のある男が、火達磨と化す。そしてすぐに倒れて動かなくなった。

「じゃあ、次の人――」

「ちょ、ちょっと待てっ！　お前何のつもりだ!?」

「何であいつを焼き殺したんだ!?　あいつは別にあんたに逆らった訳でも、金を寄越せって要求した訳でもないだろ!?」

驚愕し怯える犯罪奴隷達に、ヴァンダルーは瞬きを何度かした後答えた。

「貴方達の選択を叶えるかどうか決める権利が俺にはあると言ったじゃないですか。その権利に基づいて、あの人の選択を叶えないと決めました」

「だ、だから何で殺したんだ!?」

「だって、元々山賊だった人に武器と食料を与えて解放なんてして、この後また山賊に戻って人を害したら被害者の人達に悪いですし」

奴隷鉱山で死んだ霊は神官に浄化されてしまっているが、犯罪奴隷に憑いている霊はそのままだった。なので、凶悪犯の場合は、大体背後に憑いている人達の話を聞けば分かる。

ヴァンダルーはハートナー公爵領を諦めているが、悪人を野に解き放とうとは考えていなかった。それに、ここで悪人を解放すると一番近い人里の開拓村に迷惑がかかるかもしれない。

「で、でもあんたに助けられて改心したとか――」

「俺は貴方達犯罪奴隷を助けていません。ボークス達の身内を助けたら付いていた付着物を、一緒に連れて行くかこの場で捨てるか決めるだけです」

別にヴァンダルーは弱者の守護者や奴隷の解放者になろうと思っている訳ではない。目的はあくまでもタロスヘイムの避難民、ボークス達の身内だ。

そんな彼にとって、他の犯罪奴隷達はあくまでも「ついで」に過ぎない。生かしておくと害になりそうなら、奴隷鉱山の兵士共々殺して利用するだけだ。

「わ、分かった！　俺はあんたに付いて行くよ、何でも言ってくれ！　俺は役に立つぜぇっ！」

「じゃあ焼死してください。アリアさんどうぞー」

『はいはい、こちらですよ～』

「ぎやあああああああ!?　なんでぇえええええっ!?」

「いや、連続強盗強姦殺人犯に来られても困りますし」

タロスヘイムの女性陣は性犯罪者の首くらい軽く捻るだろうけど、パウヴィナ達の教育に悪い。

「では、次の方――」

「ま、待ってくれっ！　俺は奴隷のままでいいっ、解放して欲しいなんて言わないっ、だから火炙りだけは勘弁してくれぇっ！」

三人目の男はそう言うなり縛られたまま器用に額を地面に擦りつけた。その背には霊は付いていない。凶悪犯ではないかもしれない。

「因みに、奴隷落ちした罪状は？」

「ぬ、盗みだよ。宿に盗みに入って、金目の物を……それがたまたま貴族様縁の方の持ち物で……」

窃盗で鉱山行きとはやや罪に比べて罰が重い気がするようにヴァンダルーには思えるが、相手が貴族の関係者ならあり得るかもしれない。

「じゃあ、暫くタロスヘイムで労役に励んでください。でも、タロスヘイムでまた盗みを働いたら酷いですよ」

一年かそれぐらい働かせて、問題が無ければ解放する。ハートナー公爵領の貴族はタロスヘイムの貴族ではないので、こんなものだろう。

「は……へへぇ～っ！　謹んで務めさせていただきますっ！」

それで死ななくて済むならと、縛られたまま器用に平伏する男に頷いてから、次の犯罪奴隷に視線を向ける。

「俺はお前に付いて行くのは御免だぜ、薄気味悪い死体使いが。だが殺すならテメェの手で殺しやがれ、手下の手ばかり汚させやがって」

「えー」

「どうした、やっぱり出来ねぇのか。おいっ、巨人種共！　こいつに付いて行ってもいいように使い潰されるだけだぜっ！　だから俺達と、な、なにやがうげぎょっ」

ヴァンダルーはゴーファ達を扇動しようとしていた男の頭を両手で掴むと、そのまま【限界突破】スキルまで使用して一気に首を百八十度回転させ頸椎を破壊した。

経験値が入らないから自分の手ではやりたくないのにと思いながら、男の顔と背中にため息を吐き、ぽいっと捨てる。

「では次の方――」

その後、犯罪奴隷達は「奴隷のまま連れて行ってもらう」事が最善の選択肢だと認識したのか、全員それに習った。

もっとも、それでも凶悪犯はヴァンダルーにその場で始末されてしまった。

一方、ゴーファ達は犯罪奴隷の選別を終え、元第一開拓村の者達の所に向かうヴァンダルーの様子を、顔を引きつらせて見ていた。

「み、見た目通りと言うか、普通じゃないみたいだね」

表情一つ変えずに人を焼き殺させたり、自分の手で首を捻って殺したり、尋常ではないヴァンダルーの様子に彼女達はヴァンダルーの印象を改めていた。

「別に、奴隷の救世主様とか、そんな風に思ってた訳じゃないけどね……」

『そうか？　あれでも結構お前らを怖がらせないように配慮してる方だぜ』

「あれで⁉」

『ああ、さっき首を捻ったのだって血をお前らに見せないように気を使ったからだしな』

「……だったらこの臭いもどうにかして欲しいんだけどね」

当然だが、犯罪奴隷の肉が焼け焦げた臭いが周囲には漂っている。多少離れているので、マシではあるが。

『確かになぁ、腹が減って来るぜ』

そう答える父親に、ゴーファは「全くだよ」と答えかけて硬直した。そしてボークスの顔を二度見してから、レビア達を見る。

『？』

どうかしたの？　そんな表情のレビアと器用に手首を傾げて見せるゴーファは思わず天を仰いだ。

彼女が思っていた以上に、ボークスやレビア達は生前とは違う事に気がついたのだ。

「親父とレビア様達はちょっと違う種族に生まれ変わっただけだとでも考えて、慣れるしかないか。

しかし、あんたもとんでもない息子を産んだもんだね」

「……それは私に言っているの？」

急にゴーファに話しかけられたエレオノーラは目を瞬かせて振り返る。

「ああ、あんたが陛下の母親なんだろ？　やっぱり吸血鬼って若いね、羨ましいよ」

その言葉で、吸血鬼の自分がダンピールのヴァンダルーの母親だと勘違いされている事に気がついたエレオノーラはむっとして否定した。

「違うわっ！　私はヴァンダルー様の僕であって、母親はダルシア様よっ！」

肉の焼ける良い匂いに食欲を刺激され、バーベキュー食べたいと思いつつヴァンダルーは第一開拓村の面々と話を終えた。

彼らはかなりヴァンダルーに引いていたが、結局タロスへイムに来る事を選択した。ハートナー公爵領に残っても、彼らに生きる居場所が無いからだ。

捕まれば悪くて処刑、良くても再び奴隷の身、他の公爵領まで逃げようにもここから長い旅になる。なら、付いて行った方が生きられる可能性が高い。

「奴隷のままでも構いませんが、今より少しでも良いのでマシな扱いをして頂けますと……」

「いえいえ、身分は普通の人……自由市民で迎えますよ。犯罪者でもない貴方達を俺が奴隷にする理由はありませんし」

奴隷暮らしですっかり卑屈になってしまった村長の息子だと言う若い青年が頭を下げるのを止めて、そう約束する。

そのヴァンダルーに母親疑惑を解いて来たエレオノーラが囁いた。

「このまま連れて行っていいの？　彼らは将来ヴァンダルー様を裏切るかもしれないわ」

元第一開拓村の面々の行動を強制的に縛る枷は無い。ヴァンダルー達に奴隷の首輪を解除する技術はあっても、新しく作る技術は無い。サウロン領生まれの難民で、元々はヴィダを信仰していたとしても、それがヴァンダルーに忠誠を尽くす保証にはならない。

彼らには【死属性魅了】が効かないのだから。

「少し、【精神侵食】で縛っておいた方が……」

「いえいえ、そこまでしなくて良いですよ。タロスヘイムは国であって、秘密結社じゃないのですから」

だがヴァンダルーは別にそこまでの忠誠を彼らに求めるつもりは無かった。

「でも……もし将来裏切ったら……」

「もしもの時に裏切るかもしれない、それが人です。一応俺は王で、彼らはただの民。それならこんなものです」

ヴァンダルーの感覚では、犯罪者でもない一般人の意思を洗脳までして縛るのは異常だ。それに家族の命を人質に取られたり、法外な報酬を約束されたりすれば思わず揺れ、裏切る事がある。それが正常な人だろう。

その後本当に裏切るかはともかく。

もし裏切られたらその時はその時、ケースバイケースで対応すれば良いのだ。

しかしまだエレオノーラは納得していないようなので、続ける。

「それにほら、エレオノーラは裏切らないでしょう？　なら大丈夫」

ぱあぁっと効果音が聞こえそうな程、エレオノーラの顔が輝いた。そしてすぐヴァンダルーを抱き上げる。

「ヴァンダルー様っ、もう一生離さないっ！」

「……だんだん俺を抱き上げるスピードが上がって来ましたね」

リタやサリアとは違う温かさのある柔らかさに抱きしめられながら、一連の動きに無駄も淀みも無いエレオノーラにヴァンダルーは驚愕していた。彼も既に地球なら達人級の【格闘術】の使い手だが、エレオノーラの動きが見えなかった。

今も絶妙に腕を回して、ヴァンダルーが抜け出せないようにしている。

見事なものだ。抜け出せないので、そのまま最後のグループの所に運んでもらった。

売れ残って、若しくは最初から売れないだろうと思われて奴隷鉱山に叩き売られた奴隷達だ。その多くは娼館も進んで買わない幼い年頃の少女や、肉体労働に使えるまでに時間がかかりすぎる幼い少年。顔や身体に大きな傷や欠損がある奴隷だ。

それらの奴隷達は一様に目が死んでいて、何も考えていないようなぼんやりとした顔をしている。

通常なら、奴隷達の意思を確認するのが良いのだろう。自分で考える判断能力が弱っているが、それを奮起させ自身の意思で選択させる事で、立ち直れるよう促すのが最良だ。

しかし、奴隷達はヴァンダルーが近づくと一様に彼を見る。吐息を漏らし、呻き、待ち焦がれた何かのように仰ぐ。

【死属性魅了】が効いているのだ。

「どうしてもやりたい事、戻りたい場所、殺したい相手がいるなら言ってください。善処します。なければ俺に付いてきなさい。俺が与えるものを受け取って、やれと言われた事をやって、力を付けたら好きにしなさい」

【死属性魅了】が効いている以上、意思確認は形だけになってしまう。だから形だけ聞いて、後は命令にした。スキルの影響下にあっても、心身共に回復し読み書き算術が出来るようになれば、自分でも考えるようになるだろうと。

「はい……分かりました」

「ご主人様……」

人形状態の兵士よりも生気が薄い奴隷達が頷く。ここから移動する前に治せる傷は治療して、しっかり食べさせなければならないだろう。

その前に残った最後の一人の処遇が問題だ。

「……それで、何であなたがここに居るのですか?」

半眼になったヴァンダルーが見るのは、縛られて転がっている『退廃』のルチリアーノだった。

前触れも無く発生した魔物の暴走を、町に被害が及ぶ前に撃退する事に成功した騎士のカールカンは、微妙な事になっていた。

「何故このタイミングで魔物の暴走、新ダンジョンの発生が重なるのだ」

彼が率いる隊には重傷者は出たが、幸いな事に死者は出なかった。それも含めて領主のニアーキ子爵からは感謝された。

しかし手柄の多くはオルバウム選王国で二人目のS級冒険者になるだろうと噂される、〝蒼炎剣〟のハインツのものだ。何せ魔物が「ハインツを殺せ」と呪文のように唱えながらハインツに向かって襲い掛かって来たのだから。

それだとハインツは、魔物を呼び寄せ町に災いをもたらした男と後ろ指を指されそうなものだが、既に彼は名声を集め多くの人々に慕われている。

後ろ指を指されるどころか、「逃げずに魔物の大群を迎え撃った勇者達」とますます名声を高めている。魔物達がハインツを狙ったのも、魔王の残党である邪神悪神が彼らを狙ったから、つまり神にすら畏れられる英雄なのだと称えられている。

魔物の殆どを倒したのはハインツを含めた〝五色の刃〟のメンバーなので、賞賛を受けるのは当然だが。

だったら他の冒険者やカールカン達は何故迎撃に出たのかと思うかもしれないが……それは結果論である。魔物が本当にハインツ以外を狙わない保証が無かった。あったとしても、「じゃあ、我々は関係無いので」と知らん顔を出来るはずがない。

そしてカールカンの隊は激戦を経験して疲弊し、ハインツ達は町の近くの森で発見された禍々しいダンジョンの攻略をしている。

そしてカールカンはこう言われた訳だ。もう次の演習をする必要はありませんね、と。

「実際、演習などしている場合ではないのは確かだ。隊の者の怪我はフロトの治癒魔術で完治しているが、軽々と動ける状況ではない」

魔物の暴走の出所はまず間違いなくあの新ダンジョンだろうが、確定ではない。ハインツ達が戻るまで、町の防衛戦力としてあてにされているカールカン達が動く訳にはいかない。

ハインツ達が戻って来ても、新しいダンジョンの管理や警備体制を整えるまで時間がかかる。それにカールカンが協力する義務は無いのだが、彼らを頼るニアーキ子爵の期待を無下に扱うと彼の立場がまずい事になる。

かと言って、期待に応えてもこれがルーカスからの評価に繋がる確証が無い。何せ、彼が担当するはずの南の開拓事業が放置されているのだから。

「動けるのは早くても冬か……」

何度目かの溜め息を吐くカールカンが居るニアーキの町には、まだナインランドの公爵城が物理的に傾いた事件や、魔術師ギルドのギルドマスターや複数の貴族が邪神派の吸血鬼と繋がっていた、オルバウム選王国を揺るがすスキャンダルが明らかになった事件は伝わっていなかった。


〝退廃〟のルチリアーノ。人種のC級冒険者で、ヴァンダルーが初めて遭遇した時はミルグ盾国で活動していた。

彼はパウヴィナの元になった女のライフデッドを制作し、使い魔にしてノーブルオークのブゴガンの集落に潜入して情報を収集していた。

そしてグールとオークの戦いが終わった後、ヴァンダルーとライフデッド越しに遭遇したのだが……。

（この人、こういう顔だったのかー。やっぱり、肉体もある状態だと印象が変わるな）

当時三歳前だったヴァンダルーは、ルチリアーノの顔を知らなかった。知っていたとしても今の彼は頬がこけて髭も伸び放題。ゴーファ達から奴隷の中にルチリアーノと言う元冒険者の人種がいると教えてもらわなかったら気がつかなかっただろう。

「それで、何であなたがここに居るんですか？」

答えが無かったのでもう一度聞いてみるが……やはり答えが無い。黙秘を貫いている訳ではなく、どうやら気絶しているらしい。

すっとエレオノーラが脚を上げる。

「エレオノーラ、踏んだら折れそうなので止めましょう」

「はい、ヴァンダルー様」

まだ自分を抱きしめたままのエレオノーラを止めて、ヴァンダルーは爪から分泌した気付け薬を【念動】でルチリアーノの顔にかける。

「かはっ⁉ はぁっ！ ま、待てっ、殺さないでくれっ！ 殺すにしても、せめて楽に殺してくれっ！ それと最後の晩餐を希望する！」

その途端、バネ仕掛けの玩具のようにルチリアーノが跳ね起き……縛られたままなのでバランスを崩して再度転がる。

「存外元気ですねー。とりあえず、その様子だと俺の事を覚えているようですね」

「だ、ダンピールなんて希少な種族を忘れる訳がないっ。だが待ってくれ、ここで遭遇してしまったのは、私の本意ではないのだ！」

「いや、本意だったらびっくりですよ」

ルチリアーノの方は、しっかりヴァンダルーの事を覚えていたようだ。「次見かけたら殺す」と脅した事も。

「ヴァンダルー様はお前が何故こんな所に居るのかと質問しているのよ、答えなさい。後、私はヴァンダルー様の母親ではなく、僕よ」

最近同じ誤解を別の相手から繰り返されているエレオノーラは、そう宣言しながらルチリアーノに返答を求めた。

「分かった、答えよう。私はあの一件の後、金を受け取ってバルチェブルグを出てオルバウム選王国に移住した。そして冒険者家業を続けながら、アンデッドに関する研究を続けていた。だが、ある日運悪く――」

ルチリアーノの話によると、彼はベルトン公子とルーカス公子の跡目争いに巻き込まれたらしい。あるベルトン派の貴族の三男坊が父親をルーカス派に寝返ったように工作し、自分を跡取りに指名させようとした。父親を暗殺し、ライフデッドにして傀儡にすると言う手段で。

そのライフデッドを制作するために目を付けられたのが、パーティーを組まず特定の仲間を作らないままソロで活動していたルチリアーノだった。

当然彼もそんな陰謀に関わりたくはなかったが、問答無用で拉致され脅迫されたため仕方なく表向きは従った。だがこっそり使い魔の鼠ライフデッドを使って救援を求め、その結果三男坊の陰謀は未然に防がれ関係者が捕まったのだ。

「しかし、肝心の私まで捕まってしまった。その貴族家は、事件そのものを無かった事にしたかったようでね。私は監禁場所からそのまま投獄され、犯罪奴隷としてここに送られた訳だ。奴隷の首輪のお蔭で、魔術も使えない。まあ、それでも能力値は一般人よりも高いので今まで生き延びてきたが……それも今日で最後か。ああ、せめて最後に芳醇なワインと温かなスープ、瑞々しいサラダ、柔らかいパン、鮮魚を使った魚料理と、分厚い肉を使った肉料理、そしてデザートが食べたかった」

「……フルコースじゃないですか」

面長の顔が痩せこけているのでより貧相に見える容姿になったルチリアーノだが、要求は贅沢だった。意外と気が合うかもしれない。

「それでヴァンダルー様、殺すの？」

「どーしましょー」

エレオノーラの問いに、ヴァンダルーはどうしようかと悩んでいた。

ルチリアーノは、彼にとってかなり微妙な男なのだ。味方ではないし、積極的に助ける理由は存在しない。どちらかといえば敵寄りの存在だ。しかし、この状況で殺す程の相手かと言われると答えられない。

この場に居ないパウヴィナにとっては、前世の肉体が死んだ後勝手に操ってノーブルオークの慰み者にした男だが、直接彼女の前世を殺した訳でもないので生まれ変わった後に恨んでいる様子は無かった。寧ろ忘れているのではないだろうか？

だが解放するとヴァンダルー達がここで行った情報が洩れる可能性が高い。

しかし、だから殺すと言うのには抵抗がある。

凶悪犯だった犯罪奴隷とは違って、悪人と言う訳ではないし個人的な恨みも無い。奴隷になった経緯を考えれば、寧ろ同情出来る点が多々ある。

「とりあえず、パウヴィナに聞いてみましょう」

一旦保留して、パウヴィナに「連れて帰っていい？」と聞いてみてからにしよう。

その後、奴隷鉱山に居た貴族や兵士達は起こした後、一纏めにする。

「手足が落ちたり頭が欠けたりするのは良いですが、万遍なく潰すのは勘弁してください。あ、でもペースト状になるまでしてくれるならＯＫです」

物騒な事を言うヴァンダルーの見つめる先には、意識は取り戻したが身体が痺れて碌に動けない人達ではなく、棍棒やスコップ、つるはしを握る鼻息荒い解放された新タロスヘイムの住人達。

「き、貴様っ！　これから何をするつもりだ!?」

「公開処刑です」

「ふざけるなー!!」

無数の命乞いの中で、一際大きく高圧的な声に答えたら怒鳴られた。やや不愉快である。

しかし、これから惨たらしく処刑される彼等の最後の声なのだし、怒鳴るくらいで気を悪くするのも大人気ないだろう。ヴァンダルーはそう考え直して、振り返った。

「私はこの鉱山の運営を公爵閣下から任されたベッサー子爵である！　このような不当な扱いに、断固として抗議する!!」

顔中が口になったかのような様子で怒鳴る子爵に、ヴァンダルーは首を傾げた。

「不当な扱いって……これで普通では？」

ヴァンダルーでも口にするのを躊躇う事をやっていた子爵と、その兵士達だ。上下の立場が入れ替わったのだから、これくらい普通だろう。

同じ事をされず、十分もせず死ねるのだから寧ろ幸運ではないだろうか？

「フザケルな！　私は貴族だぞ！」

「……いや、知ってますけど。それ関係あります？」

一応、子爵達にも状況は説明しておいたのだが。何も分からないまま殺すよりも、その方が死後強いアンデッドに出来る気がしたので。

「貴様ァ！　戦争においても貴族は出来るだけ捕虜に取り、その際も貴人として扱うのが常識なのだぞ⁉　そんな事も知らんのか！」

「はぁ、知りませんでした。すみません」

そうだったのかと、子爵の言葉を心のメモ帳に書き留めるヴァンダルー。冒険者になったら戦争に参加する機会があるかもしれないので、常識を今の内に知る事が出来て良かった。

「次の機会からそうします」

「違うっ、今からそうしろ！　私を殺してただで済むと思っているのか⁉」

「ただで済ませようと思っています」

「済む訳がないだろう！　私は貴族だぞっ、そんな事をしたら貴様等下賤の者は皆死刑だっ！　我が選王国はその威信にかけて貴族殺しの貴様等を狩り出し、無慈悲な死を与える事だろう！」

そうベッサー子爵が叫ぶと、元奴隷達の内何割かが怖気づいたように顔を青くし、思わず後ろに下がったり手に持っている武器を降ろしかけたりする。

このラムダ世界では、平民と貴族の間にはそれほどの差がある。命は皆平等ではなく、明らかに王侯貴族の命の方がそれ以外の命よりも尊い。それが常識である。

「分かったかっ⁉　下賤なガキめ！」

っと、ベッサー子爵は現タロスヘイム国王のヴァンダルーを罵った。この瞬間ボークスやエレオノーラの殺気が膨れ上がるが、ヴァンダルーは手を上げてそれを宥める。

ここで問題なのは子爵に侮辱を受けた事ではなく、新しいタロスヘイム国民に力を認めて貰う事だ。あまりボークス達に頼ってばかりでは、「やっぱりついて行けない」と言い出す者が出て来るかもしれない。それに犯罪奴隷に舐められたら後々厄介だ。

「皆来てください」

『はーいっ』

力を見せようと、ヴァンダルーはレビア達を呼び寄せ、彼女達に魔力を渡す。そして見上げるのは、無人になった鉱山……地上から出ている部分は標高一キロメートル前後の小山だ。

「……【骸炎獄滅連弾】」

無数の蛍の様な小さな炎が発生する。だが、次の瞬間それは黒い炎で出来た、無数の巨大な髑髏に姿を変える。

それは『カカカッ！』っと嗤うと、ヴァンダルーが指差した鉱山に向かって殺到した。

結果生まれたのは恐ろしい光景だった。

百以上の髑髏型の炎が岩山に齧りつき激突すると、硬いはずの岩は脆くも砕け、焼け崩れる。それが無限に繰り返され、見る見るうちに山が形を変え、抉れていく。轟音や落石が発生するが、それすらもヴァンダルーの魔術で消され、押さえつけられる。

『ぼ、坊主、山が無くなっちまうぞ』

「あ、それもそうですね」

ボークスが止めた時には、鉱山はすでに三分の二程になっていた。それほど大きな岩山ではなかったとはいえ、その威力に先程まで威勢が良かった子爵や兵士達は勿論、元奴隷達もポカンとしている。もっと言えば、エレオノーラ達も呆然としている。髪の中のピートでさえ、頭だけ出したまま硬直していた。

今まで死属性の魔術には、物理的に対象を破壊する直接的な攻撃魔術が存在しなかった。しかし、【死霊魔術】スキルを獲得しレビア王女達を手に入れた事で、ヴァンダルーは火属性魔術と同じ事が出来るようになった。

それによって真価を発揮したヴァンダルーの魔力を、エレオノーラ達は初めて見たのだ。

『坊ちゃん、もうハートナー公爵領を侵略した方が早いのでは?』

「サム、ハインツが居るから無理です。後、それをやるとそのまま他の公爵領と、更にアミッド帝国とやり合う事になるじゃないですか」

『まあ、そうだな。坊主が幾ら強くても一人しかいネェ。一度に何か所もA級冒険者や、各国が抱えてる精鋭部隊に攻め込まれたら、流石に持ち堪えるのは無理だろうぜ』

ボークスの言う通り、この世界にはヴァンダルーがやってのけた事と同じ事が出来る存在が幾らでもいる。

「それに山は所詮山です。動きませんからね。これがB級やA級冒険者なら避けるでしょう」

人は山と違って様々なマジックアイテムで武装しているし、スキルも持っている。【骸炎獄滅連弾】

の狙いは雑なので、超人なら生き延びるのは難しくないだろう。……常人なら残らず灰になるだろうが。

『確かに俺やヴィガロ、エレオノーラの嬢ちゃん達なら何とかなるだろうが……』

ボークスは、山体が大きく抉り取られ崩壊しつつある鉱山を見上げながら答えた。普通ならさっさと逃げないと土砂が迫って来て危ないのだが、それすらヴァンダルーが片手間に防いでいる。

音まで消しているので現実感が薄まっているが、それをしていなかったら失神する者が続出しただろう。

『ところで、鉱山は壊して良かったのか？』

「問題ありません。元から鉱山はハートナー公爵領の鉱物資源を根絶やしにするために潰すつもりでしたし」

そして元奴隷達に向き直って宣言する。

「って、何が言いたいかというと、俺は力があるので貴族からの報復を恐れる事はありません。そう思いませんか？」

問われた元奴隷達は、最初はまだ呆然としていたが、徐々に我に返って行く。

「あんな大魔術見た事無いぞ……あれが俺達の王様になるのか」

「確かに王様があんなに強いなら、もうこの国の貴族を恐れる必要なんて無いんじゃないのか？」

「そうよ、ハートナー公爵や他の公爵が、選王が軍隊を送りつけて来ても、あの山みたいに食べられて灰も残らないわよ」

「あの方が王様なら、もうアミッド帝国にも負けない……故郷を追われる事も無い」

瞳に力が戻り、下がっていた武器が再び上がる。

逆に顔色が蒼白を通り越して土気色になっているのは子爵達だ。彼らもヴァンダルーの【死霊魔術】を見た事で、彼らが知るハートナー公爵家の力で目の前の王を自称する半吸血鬼をどうにか出来るか否か、分かってしまったのだ。

「ま、待ってくれっ。わ、私達の、いや私の命だけでも助けてくれれば、望みの額を支払おう」

「し、子爵様!?」

「俺には妻と子供が居るんだっ、い、命だけは助けてくれっ!」

「俺は誰も殺してないし犯してないっ！　本当だ、信じてくれ！」

子爵が命乞いを始めたのを皮切りに、兵士達も口々に命乞いに転じる。素早い掌返しだ。

「えーっと、お金は別の方法で稼ぐので良いです。妻と子供が居るのに強姦しちゃダメでしょ、後最後の人は分かり易い嘘はつかない方が良いですよー」

しかし、どんなに柔軟な手首をしていても無駄だった。

「普通に仕事をしていただけで、不必要に奴隷を痛めつけ殺したり犯したりしてない人はもう避けてますから」

後、話し合いの結果死刑にするほどではないなと思った人も別の場所に纏めてある。

亡き妻に操を立てている老兵士に、子爵が連れてきたメイドや料理人等の使用人、十人程だ。別に殊更善人である訳でも、奴隷達に対して慈悲深かった訳でもないが、殺すのは躊躇う人達である。

彼らはとりあえず奴隷としてタロスヘイムに連れて行き、暫く様子を見てやって行けるようなら解放して一般市民になってもらう予定である。

ヴァンダルーは無意味な殺人は厭うし、それに足ると考える理由が無い限り殺そうとは思わない。市場で銀貨一枚巻き上げられた程度では、記憶にも残らない。

だがそれに足る意味や理由がある場合は、絶対に殺すべきだと考える。

そして子爵達は死ぬべき存在だ。

「ではタロスヘイムの〝蝕王〟の責任において刑を執行します」

思い思いの武器を持ったゴーファ達の雄叫びと、子爵達の悲鳴が合わさって耳触りの良い合唱となる。

悲鳴は徐々に小さくなるが、肉が潰れ骨の砕ける小気味良い音が心を和ませ、濃い血の匂いが食欲を掻きたてる。

「じゃあこの場はレビア王女達に任せて、俺達はご飯の準備でもしましょうか。皆、お腹一杯食べたいでしょうし」

『今頃サリア達が厨房で準備を終えた頃でしょう。ところで何を作るのですか？』

厨房には隊商によって補給された食料がある。今まで奴隷達は本来なら家畜の餌にするような物か、奴隷村で作った荒地でも育つカブに似た作物を食べさせられていたが、今日は兵士達が口にしていた食材を使った料理を用意するつもりだ。

その食材もヴァンダルー達からすると微妙な物だったが。

「サム達が材料を持って来てくれたので、それも使ってシチューでも」

『おお、味噌シチューか。美味いよな、あれ』

乳製品が無いので、味に深みを出すために味噌を使う味噌シチュー。今のタロスヘイムでは代表的家庭料理である。

「新鮮な、干してない肉があればバーベキューも考えたのですけどね」

「ヴァンダルー様、流石にそれはどうかと思うわ」

焼死体を見た後焼肉は辛いだろう。それに気がついたのはエレオノーラだけだった。

《【死霊魔術】、【指揮】のレベルが上がりました！》

「師匠と呼ばせてください！」

「ヤダ」

【死霊魔術】を目にしたルチリアーノに、ヴァンダルーは弟子入りを懇願された。されたが、どうしろと言うのだろう。正直、彼に教えられる技術が自分にあるのかヴァンダルーは疑問だった。

「奴隷のままでも構わんっ！　君の至高の術をどうかっ！」

「中々見どころがある男ね」

しかし、エレオノーラはルチリアーノを気に入ったようだ。多分、ヴァンダルーを崇拝の眼差しで仰いだのが良かったのだろう。

『まあ、誰かに教わるだけじゃなくて教えるのも良い経験になるもんだぜ。魔術の適性が違うから、坊主と同じ事は出来ないだろうが』

『パウヴィナちゃんも忘れていて気にしてないなら、良いんじゃないでしょうか？　最低でも文官が増えますし』

「じゃあ……一応教えますけど、俺が使っているのは生命属性魔術じゃないので、あまり期待しちゃダメですよ」

「いや、寧ろ同じ属性魔術だと言われた方が驚くが」

流石に【骸炎獄滅連弾】まで行くと、生命属性魔術だと誤魔化しようがないらしい。

ともかく、ヴァンダルーに弟子が出来た。

それからヴァンダルー達は元奴隷鉱山（もう山は丘程度になっているが）に二日滞在した。

その間に色々準備をしたり、ゴーファ達に体力や精を付けてもらったり、健康診断をしたりした。

長年奴隷として酷使されていた彼女達は、タロスヘイムに戻るまでの距離を旅する力が無い者も居たからだ。……流石にヴァンダルーが乗せて飛ぶには重量オーバーである。

結果、ヴァンダルーが【ゴーレム錬成】で馬車や、それを引かせる馬型（地球の教科書に載っていた土偶の馬っぽい）ゴーレムを作る必要があった。

「ラムダの馬車ってサスペンションがありませんよね。サムにも無いけど、スキルのお蔭で揺れないだけで」

『坊ちゃん、何でペンションを刺すんですかー？』

当然のように、ラムダでは『スプリング』や『バネ』が作られていなかった。

結果的に衝撃を和らげる構造になっている板や棒が組み込まれている事はあるが、金属のバネは無かったのである。

なので作って組み入れてみた。ふと思い付いた事をすぐ実験出来るのだから、【ゴーレム錬成】と【大工】スキル万歳だ。

『陛下は馬車職人としての技術もお持ちなのですね。でも、私達が死んでいた二百年の間に世の中は進歩したのね』

『いや、レビア様、これはこの坊主が発明してるんだぜ』

実際にはボークスの言うように発明している訳ではなく、地球やオリジンでの知識を流用して応用、再現しているだけなのだが。

「褒めても良いですよ」

でも褒められると嬉しいので「大した事ないですよ」と謙遜はしないヴァンダルーだった。幾ら知識があっても再現するのは彼自身のスキルや魔術によるものなので、結局は自分の手柄であると言う考え方だ。

地球やオリジンの特許はラムダでは意味が無いのだし。

「ゴムタイヤがあれば完璧なんだけど……あれはゴムを固めるだけで出来たっけ？」

あれば色々便利なので、帰ったら作ってみよう。

そしてゴーファ達巨人種を、健康診断と言いながら若返らせていく。二百年も人生を浪費させられたのだから、これからの人生を過去に負けず生きてもらうためのサービスだ。

遠まわしにだが、意思確認はとったので問題無いだろう。

「このマッサージを受けると若返りますけど受けます？　百歳くらい若返りますよ、マジで」

こんな感じで。

流石に二日で全ての終える事は出来ないので、道すがら続ける予定だ。ヴァンダルーの魔力増強の修行も出来て一石二鳥である。

そしてボークス達が運んできた魔物の骨で、擬装用のアンデッドを作製。

「巨人種や人種の骨格は知り尽くしています。魔物の骨を【ゴーレム錬成】で形を変えて、巨人種スケルトンに擬装する事なんて、俺にかかればただの重労働です」

「重労働なの!?」

「だって沢山作らないといけませんから、ひたすら面倒で」

因みに、無残な子爵達の死体は【腐敗】で骨だけになるまで腐らせた後、ばらばらに砕けた骨をくっつけて、スケルトンにしてある。これでハートナー公爵領の連中が奴隷鉱山の異変に気がついても、奴隷鉱山は何者かによって皆殺しにされ、兵士も奴隷も全てスケルトンと化したと誤認する。

奴隷が連れ出されたとは思うまい。

そして全ての準備を終えた彼らは、タロスヘイムに向かうのだった。

《二つ名【ヴィダの御子】を獲得しました！》

《【大工】スキルのレベルが上がりました！》

・名　前：エレオノーラ
・ランク：９
・種　族：ヴァンパイアバイカウント（貴種吸血鬼子爵）
・年　齢：１０歳（吸血鬼化当時の年齢２０歳合計３０歳）
・レベル：４７
・ジョブ：隷属戦姫
・ジョブレベル：２７
・ジョブ履歴：奴隷　使用人　見習い魔術師　見習い戦士　魔術師　魔眼使い　隷属戦士

・パッシブスキル
【闇視】【自己強化：隷属：レベル６（UP！）】【怪力：レベル６】【高速再生：レベル４（UP！）】
【状態異常耐性：レベル６】【直感：レベル４（UP！）】【精神汚染：レベル３】
【魔力自動回復：レベル５（UP！）】【気配感知：レベル４（UP！）】
【日光耐性：レベル４（UP！）】【色香：レベル１（NEW！）】【吸血：レベル４（NEW！）】

・アクティブスキル
【採掘：レベル１】【時間属性魔術：レベル５】【生命属性魔術：レベル５】
【無属性魔術：レベル２】【魔術制御：レベル３】【剣術：レベル４（ＵＰ！）】
【格闘術：レベル３（ＵＰ！）】【忍び足：レベル４】【盗む：レベル１】
【家事：レベル３（ＵＰ！）】【盾術：レベル３（ＵＰ！）】【鎧術：レベル３（ＵＰ！）】
【限界突破：レベル３（ＵＰ！）】【詠唱破棄：レベル２（ＵＰ！）】
・ユニークスキル
【魅了の魔眼：レベル７】

Death attribute Magician

第二章
会いに行ける王様

奴隷鉱山に物資を届ける隊商の商人達を束ねるコーフは、妙な胸騒ぎを覚えていた。

最近、このハートナー公爵領では立て続けに色々な事が起きている。

まずニアーキの町ではダンジョンが出現し、魔物の暴走が起きて大騒ぎになった。

その魔物の暴走と『ハインツ骸骨洞』と名付けられたダンジョンはA級冒険者パーティー〝五色の刃〟によって解決した。ダンジョンは探索の結果、三十階層のC級ダンジョンである事が発表され、これから定期的に魔物を間引けば魔物が出て来る事も無いだろうと言われている。

何でもアンデッドと毒を持つ蟲型と植物型が多く、階層の多くは洞窟か沼地、密林で構成されているらしい。

暴走の時は全ての魔物がランク以上に強かったが、今の魔物は通常通りの強さらしい。

ただ〝蒼炎剣〟のハインツがダンジョンに入った時だけは、彼に対して魔物が殺到する事態になるそうだ。

これまで近くに中小規模の魔境が幾つかと、D級ダンジョンしかなかったニアーキの町、特に冒険者ギルドにはチャンスと言う訳だ。出て来る魔物が特殊だから、一般受けはしないだろうが。

隊商の商人達にとっては魔物の毒から珍しい薬が作れないかとか、そんな事を期待していた。魔王の残党が英雄の〝五色の刃〟を、特にリーダーのハインツを殺すためにダンジョンを出現させたのだと言う与太話はどうでもよかった。精々、雑談の種になるかと思った程度だ。

次に、ハートナー公爵領の都、ナインランドの城が傾いた。財政危機を表す比喩表現ではなく、物理的に傾いていているらしい。商人達は直接見ていないので信じ難かったが、大きく壊れたのは確かだろう。何でも北で暴れていた無法者が関わっているらしいが、詳細はまだ伝わって来ていない。

どちらにしても、辺境で細々と商売をする自分達には直接の関係は無い事だろうと思っていた。城の建て直しのために税金が上がったら嫌だなと考えるぐらいで。

しかしニアーキの町を出て開拓村に一泊し、それから更に南の奴隷鉱山に向かっているとそうではない事が分かって来た。

「親方……やっぱり、何度数えても山が一つ足りません」

「そうか、お前にもそう見えるか」

開拓村を出て一日、二日と過ぎる度に目的地である奴隷鉱山に近づき、並び立つ岩山が見えて来るのだが……何度も見たその景色が変わっていた。

岩山が一つ減っている。

「どう言う事だ？　大きな地震でもあったのか？」

「山が崩れるほど大きな地震が起きたら、ニアーキの町だって無事じゃすまない。開拓村の奴等も知っているはずだ。第一、それなら他の山だって崩れるだろ」

「じゃあ、坑道が崩落してそのまま山が崩れたとでも言うのか？」

「これはきっと恐ろしい魔物が出たに違いないっ、きっと城を傾けた悪魔がやったんだ！」

「それはデマだって言っただろ、落ち着けっ！」

「狼狽えるんじゃない！　慌てればその分損をすると、日頃から言っているだろう！」

隊商の長たるコーフは、部下の商人達を叱責する。しかし、非常事態である事は彼自身も分かっていた。

だが、ここで町に引き返す訳にもいかない。

「全員武器を手元に。護衛の皆さんは何時でも戦えるようにしてください」

「このまま進むんですか!?」

「当たり前だっ、何が起きているのか分からないまま逃げてどうする。我々は商人だぞ！」

非常事態なのは確かだが、目に見える脅威も危険も今はまだない。火山噴火や恐ろしい魔物の咆哮も聞こえていないのだ。

この状況でコーフ達が引き返したら、それは契約違反となってしまう。彼らの馬車には奴隷鉱山に納める食料品や生活必需品、嗜好品が載っているのだ。

もし奴隷鉱山で何かの災害が起きていて生き残りが救助を待っていたら、コーフ達が現地を確かめずに逃げ帰ると全滅してしまうかもしれない。すると、罰金を請求されるどころか最悪コーフの首が物理的に飛ぶ。そうでなくても、「何かが起きているようなので、ただ怖くて引き返しました」と言う臆病者に、辺境で隊商を組む資格は無い。

なので、コーフ達は奴隷鉱山で何が起きているか確かめなければならないのだ。

この世界では商人も銭勘定だけでは生き残れない。信用のためには命を張る事も必要なのだ。

そして三日目、近づいてくる奴隷鉱山の城壁は門を中心に大きく崩れ破壊されていた。だが、凶暴な魔物の気配や占拠している武装集団の見張りは無い。

これならいきなり全滅するような事はないだろう。そう思いつつも、警戒しながら近づくと……

コーフ達は恐ろしい物を見てしまった。

「が、骸骨！　兵士が……いや、奴隷も全てスケルトンになっている！」

カシャリカショリと動く度に音をたて、笑い声の代わりにカタカタと顎を鳴らす白い骨だけの魔物。兵士の鎧や武器で武装したスケルトンに、つるはしやスコップを片手に下げ服の代わりのボロ布を身体に引っかけたままの二メートルを超える巨人種のスケルトン……それらの数は数百を超えているようにコーフ達には見えた。

「逃げろっ、町に逃げるんだっ、この事を町に知らせなければ！」

既に生き残りは居ないだろう、居たとしても自分達の手には余ると判断したコーフ達はすぐに逃げ出しニアーキの町に奴隷鉱山の鉱山が消え、兵士や奴隷はスケルトンと化していると報せを持ち帰った。


ハートナー公爵領を揺るがす三つ目の大事件は、こうして広まったのだった。


〝五色の刃〟のメンバーの一人、エドガーが〝闇夜の牙〟の幹部がアンデッドにすり替わっている事に気がつき、彼らの活躍でヴァンパイアゾンビも退治された。その後、ハートナー公爵家とアルダ神殿の連名で出された指名依頼によってナインランドに向かった頃、ヴァンダルー達はタロスヘイムに帰りつき、一息ついていた。

『御子よっ、神託の成就おめでとうございます！　つきましては新しい御子の像の建立の許可を！』

『陛下、新たな国民を迎えた今こそ独自通貨を導入する機会です！』

「ヴァンダルー、通信機でも言ったが新しいダンジョンが出来たぞ。何時攻略する？」

『ヴィダの御子』の二つ名を獲得したヴァンダルーを現人神のように崇拝するヌアザと、数百人規模で一度に国民が増えた事でハッスルしているチェザーレ、そして新しい冒険にワクワクしているヴィガロ。

彼等三人は城でヴァンダルーにそう口々に進言するのだが、ヴァンダルーはそれに応えるどころではなかった。

「このすべすべひんやりとした撫で心地、随分久しぶりに感じるな」

「全くですわ～。ところであなた方、ちょっと遠慮してくださらない？　そうでないとあなた方と抱き合っているように感じてしまうのですけど」

「そう思うのじゃったら少しは肉を減らせ。二の腕以外も脂肪を減らさんとな、坊や？」

「うわぁ、キングの舌ってこんなに伸びるんだ～！　見てママっ、ミミズみたい！」

「本当、ヴァーデの背よりも伸びるのね。キング、口の中ではどうなってるの？」

「キチキチキチ……」

「あれ？　これ舌じゃなくてムカデさん？」

『う゛ぁぁ？』

「いや、あんたの舌は伸びないから。……伸びないわよね？」

何故なら女性陣が殺到していたから。

ヌアザ達には、約一月ぶりに再会したヴァンダルーとスキンシップを取る女性陣の間から見える手足や舌しか見えなかった。

『話には聞いていたけど、本当におモテになるのね』

「そうよ、ヴァンダルー様だもの」

『ふふふ、驚きましたか』

『ねぇ、何でエレオノーラとリタは自慢げなの？　普通もうちょっと違うんじゃないの？』

あらまぁと驚くレビア王女に、何故か自慢げなエレオノーラとリタ。そして自分も似たような事をしただけに、バスディア達を諫められないサリア。

因みに、ボークスはゴーファ達に町を案内していて、レフディアも着いていった。サムは何故か空を飛ぶ練習をしに行ってしまった。ヴァンダルーが怪鳥形態になって空を飛べるようになった事に触発されたようだが、馬車は練習すると空を飛べるようになるのだろうか？

「そろそろ落ち着きませんかー？　後これ以上舌は伸びないので引っ張らないでー」

ヴァンダルーは、温かくて柔らかくいい匂いがする人肌に挟まれたまま言った。

「皆ここまで積極的じゃなかったでしょうに。それに数日程度なら会えない期間も今まであったでしょう？」

修行でダンジョンを攻略している間など、攻略メンバー以外と会えない期間が何度もあった。しかし、その時は帰って来た後これ程熱烈に抱きしめられていない。

「そうは言うがの、坊や。ここしばらく大変じゃったのじゃぞ。ボークス達巨人種アンデッドが一度に半分以上タロスヘイムから抜けたのは、まあ別に良いが」

「ああ、ヴァンが城壁をしっかり作っているし、普段からダンジョンも攻略して周りの魔境でも狩りをしているから、魔物の間引きは十分だったからな。だが――」

「新しい住人や帰って来た人達を迎えるための準備がすごく大変でしたのよ。特に、私達以外のグールに結婚制度を教えて、理解させるのが」

「ええ、本当に。あたしやタレアの元人種組で一日中講義してたのよ。反発はなかったけど、ひたすら分かってもらうのに時間がかかったの」

ゴーファ達新しい住人をタロスヘイムに迎える際、最も予想されたトラブルがグール達との性関係だ。グールには元々結婚文化がほぼ無いので、子供が居ようが配偶者が居ようが声をかけてしまいトラブルになる可能性があった。

最近ではヴァンダルーが配ったマジックアイテムの効果で子供の出生率が劇的に改善され、日々の生活も安定したため、グール達の夜は昔ほど盛んではなくなってきているし、自然と手当たり次第相手を探すような事はしないようになった。別にグールにも好みが無い訳ではないので。

それに前々からヴァンダルーやヌアザ達が「外の世界では、他種族の社会では男女はこんな感じです」と説明してきた。そのため、グール達も結婚について「子供を産み育てる間、特定の相手と特に密接に協力している状態」だと認識するようになった。

でも「今相手いないし、ちょっとどう?」的な軽さで声をかける事がまだある。子供が出来たら「分かった、子供が大人になるまで手伝うよ」となるので、完全に無責任と言う訳ではないが……寿命が長い種族同士なら。

しっかりとした結婚観を持った相手だと、最悪痴情の縺れで刃傷沙汰に発展しかねない。

だからグールの長老であるザディリスや、その娘で将来のヴァンダルーの相手であるバスディア、そして人間社会で生活していた元人種のタレアやカチア達がその辺りもしっかり教育したと言う訳だ。

因みに、ラムダでの結婚制度は地球程しっかりしておらず、庶民は書類等を役所に届けたりしない。結婚しましたと両親や親類縁者やご近所さんや仕事先に挨拶して終わりである。

書類に残すのは家系図を残す王侯貴族くらいだ。

ただ新生タロスヘイムでは全ての人が書類に残す事になるが。

「皆ご苦労様です、お蔭で助かりました。チェザーレ、戸籍の方はどうですか？」

『書類は既に用意してあります。後は記入して貰えば完了です』

タロスヘイムではヴァンダルーの意向により戸籍制度が導入されていた。食料の配給制度を運用するのに、戸籍があった方が便利だと言う理由で。

今ではチェザーレ達が管理している。……彼は文官ではなく将軍なのだが。もしかして本人も忘れてはいないだろうか？

「じゃあ、ダンジョンの方はどうなってます？」

「とりあえず様子を見て周りを見張っているだけだが、魔物は出て来ていない。攻略はこれからだ」

「ありがとうございます。多分そのダンジョン、俺が作っちゃったやつなので普通のダンジョンと違うかもしれないでしょうし」

タロスヘイムのイモータルエントの森に出現した新ダンジョンは、タイミングを考えれば明らかに

【迷宮建築】スキルの影響を受けていた。

しかし、それでも普通なら驚くべき事なのだろうが……。

「やっぱりか。だと思ったぞ」

『でしょうな』

『国民全員、そうだと考えていました』

誰も驚かなかった。

「……皆のリアクションが薄い」

「ヴァンがあの森で魔力を大量に垂れ流していた事はみんな知っているからな。その内ダンジョンでも生えるんじゃないかと、皆話していたぞ」

「普通、人為的に創れるものではないのじゃが、坊やの魔力は億単位じゃからな。普通の枠に入らん」

「ああ、素晴らしいですわ。敵対的な国にダンジョンを大量に作って魔物の暴走を頻発させれば、戦わずして勝利出来ると言う訳ですわね！」

「ちょっと、出て来た魔物がアンデッドや蟲以外だったら、あたし達も滅亡するじゃない！」

「ダンジョンの中の地形を自由に出来るなら、ちょっと『海』を見てみたいなーって思うんだけど、出来る？」

とりあえず、ダンジョンが作れる事に関しては受け入れられているらしい。ちょっとタレアが危険思想だが、カチアが窘めているし。

因みにヴァーデやジャダル、パウヴィナはウナギの掴み取りならぬ、ヴァンダルーの舌の掴み取りをして遊んでいる。

肌に優しいローション的な分泌物を舌から出しているので、衛生的には問題無い。

「とりあえず、ゴーファ達に住む場所や当座の食料や生活必需品を割り振り、犯罪奴隷の待遇を決めて、それからダンジョンの攻略と検証から始めましょう。通貨に関してはダタラにハートナー公爵領から持ってきた硬貨を渡しているので、それの貴金属の配分が分かってからですね。でも通貨の名称は候補を考えておいてください、思い付いたらチェザーレまで。俺の像については……好きな時にどうぞ」

「『『分かった（りました）』』」

安全保障上ダンジョンの攻略と検証が最も優先度が高い。通貨はその後、そして像は……もう毎年一つずつ増えているので、もういいやと思っている。

「とりあえずダンジョンに見張りは骨人やクノッヘンに任せて、まずは新しい国民に慣れてもらう事から始めましょう。それを疎かにすると将来の禍になります」

オリジンではどうか知らないが、地球ではどこでもあった新住民と旧住民の軋轢。移民政策で出た歪み、光と影。

連れてきて住まわせたらそれで終わりでは済まない。

「だから、そろそろ離して」

「え～、もっと遊ぼうよっ！」

結果、皆をぞろぞろ引きつれてゴーファ達の様子を見に行ったのだった。

しかし、ヴァンダルーが想像していたよりも新住民達はタロスヘイムに早く馴染みそうだ。

「最初は色々驚いたよ。まるで二百年前に戻ったみたいだったし、中に入ってみれば二百年前よりも建物や道が華美になってるし」

パチンとリバーシの駒を打ちながら、ゴーファが言う。タロスヘイムの町並みには、ヴァンダルーが倒壊して廃墟になっていた物を、【ゴーレム錬成】でそのまま修理した物だ。なので、基本的に滅びる前と変わらない。

しかし、巨人種アンデッドの石工職人達の手によって作られた人や鳥獣の顔や目のレリーフがそこかしこに取り付けられている。実際にはそれらは全てゴーレムで、侵入者を見つけるための物なのだが、見た目が芸術的なので神秘的な街並みに見える。

結果、タロスヘイムの町並みはハートナー公爵領の都であるナインランドと比べても劣らない物になっていた。

「それに、あんたの気前が良いからね」

うっすらと蜜色をした貫頭衣を着たゴーファが、その布を指して言う。ボロボロの麻布で作った服しか持っていなかった彼女達が、タロスヘイムで配られたものだ。

全てがセメタリービーから採れた蜂絹で作った貫頭衣だ。それを一人数着。他にも靴に帽子に、最低限の家具、それに家まで渡している。

『……結構安物ですよ？　布は染めてませんし、冬はきついでしょうし。家具も半分以上俺がぱぱっと作った物ですし、家は元々あったのを割り振っただけです。って、言うか家は元々皆さんのじゃないですか』

「確かにそうだが、その家を瓦礫から修理したのはあんたじゃないか。陛下、あんた分かって言ってるだろう？　元開拓村の連中なんて、大騒ぎだったたじゃないか」

このラムダではどんなに恵まれた開拓事業でも、開拓民に生活必需品から家まで何から何まで支給するような事はない。特に、貴族か富豪でなければ着られないような上等な絹の服や、家具付きのしっかりした石造りの家を支給する事は、大国の国王肝いりの事業でもここまではしない。

元第一開拓村の者達は「これは夢か」と騒いだり、支給品を配るグールを拝んだり、結構なカオスだった。

それも、鉱山奴隷と言う底辺から一気に元の地位を超える生活レベルにまで至ったのだから当然かもしれない。

『若干は。でも、一応理由もあるんですよ。皆元奴隷で生活必需品も奴隷鉱山で奪ってきた物しかありませんでしたから、支給しないと生活出来ませんし。それに、家は空き家が沢山ありますから寧ろ住んでくれないと困ります』

元奴隷のゴーファ達は財産と呼べるものはほぼ無かったので、支給するしかなかったのだ。そして支給する以上、故意に不良品を渡す事は出来なかった。……そもそも、不良品が無い。

布は蜂絹が最も安定して作れる物で、逆に生産量が少ない麻布や綿を要求される方が困る。家具だって、ヴァンダルーが半分以上作った物だが、別に特別な材料を使った訳ではない。その辺の木切れを【ゴーレム錬成】で形を整えただけだ。

家に関しては空き家を割り振った以上の意味は無い。一か所に固まらないよう多少はシャッフルしたが。

『寧ろ、支給しないで適当に暮らしてって言ったら、どんな鬼畜ですか。空き家をコレクションする趣味は俺には無いのです』

パチンと黒い駒を打って、言うヴァンダルー。

『あ、でも感謝して貰えるのは嬉しいです』

「はいはい、感謝してますよ」

『それより、生活面以外にはどうですか？　例えば宗教についてとか、アンデッドや魔物についてはとか』

「ああ、そっちかい。あんたが想像しているよりもみんな穏やかだよ。拒絶してる奴は誰も居ないさ」

当初、最も心配されたのが元奴隷達のアンデッドやグール、ブラックゴブリン等の新種達に拒否反応を示す事だ。だが、ゴーファによればその心配は今の所ないらしい。

「レビア様や親父達の姿を見た時点で、皆ある程度心構えは出来ていたからね。グールも、実際に会ってみれば気の良い奴等じゃないか。黒いゴブリンやオーク、コボルトにはちょいと驚いたし、畑や森の植物が動き回るのには唖然としたが……まあ、大丈夫ならそんなもんじゃないかね」

思っていたよりも寛容なようだ。やはり、姿や生態が異なる異種族が存在する世界の住人だからだろうか。

後、元々アンデッドに寛容なヴィダの信者が多いのも理由の一つだろうか。

「宗教に関しては、言うまでもないだろ。元々好きでアルダを拝んでいたわけじゃないからね。ここに『ヴィダの御子』も居る訳だし」

『はぁ。そーなんですよね』

だが、一番大きいのは、ヴァンダルーが新たに獲得した〝ヴィダの御子〟の二つ名だ。

この二つ名をヴァンダルーが持つと言う事は、女神ヴィダが彼の行っている事にお墨付きを与えたに等しい。実際は女神も全て見ている訳ではないだろうが、そう解釈される。

そのため、元々ヴィダが国教だったタロスヘイム出身のゴーファ達や、ヴィダの信仰が盛んだった元サウロン領出身の元開拓村の面々には、聖人や預言者のような扱いを受けている。

ヴァンダルーからすると、色々出来る事やしたい事をしていたらその結果こうなっただけなのだが。

でもこの世界で唯一自分達に友好的な神様なので、認めてもらえたのなら嬉しい。

「って、言うか勇者ザッカートと似たようなもんなんだろ、あんた。とんでもない魔術を使うはずだよ」

そしてタロスヘイムで戴冠する時に発表したヴァンダルーの来歴を、ゴーファ達も既に知っていた。

別に箝口令を敷いた訳ではないので、これぐらいなら誰からも聞く事が出来る。

『微妙に違いますけどね』

チート能力とかないしと言いながら、パチンと黒い駒を打って白をひっくり返して黒にする。

これからもタロスヘイムに人が来るたびに、ヴァンダルーの過去は知れ渡る。将来外国と交易を始めたら、信じてもらえるかはともかく大陸中に知れ渡るだろう。

特に危機感など覚えないが。

転生者達に対してばれるとか、アミッド帝国やアルダ教関係者にばれる等は、意味が無い心配だからだ。

町の中で味噌や醤油、マヨネーズにケチャップにと再現した異世界の産物がこれだけあるのだから、隠し通す事が出来ると思う方がどうかしている。

転生者達が外国で味噌や醤油を輸出している国があると聞けば、まず自分達と同じ存在がその国に居る事に気がつくだろうし、異世界の知識や技術を禁止しているアルダ教の連中やそれを国教にしている帝国も気がつくだろう。

だから、周りに秘密を作ってストレスをため込むよりも「俺、前世異世界です」と発表してしまった方が精神衛生上健全だろう。そう思ったのである。

「それより――」

『ああ、犯罪奴隷ですか？　彼らには暫く適性毎に割り振った仕事に就いてもらって、その働きに応じて解放して行く予定です』

連れて来た犯罪奴隷の多くは日本人の価値観では凶悪犯に当てはまらない者達が殆どだが、いきなり無罪放免ともしがたい人達だ。

だから本人からの希望も聞いて、肉体労働や石工職人や鍛冶職人、武具職人、陶芸職人等の下働きや、農作業などに就いてもらっている。これは就業訓練も兼ねているので、解放後の生活にも役立つだろう。

因みに、待遇は日本の刑務所よりも悪くした。日本の刑務所並にすると、自由が無い以外はラムダの下層労働者どころか、中流労働者よりも豊かな生活になってしまうからだ。

一日三食十分な量と栄養のある食事が食べられて、労働時間は八時間で残業無し、週休保証。労働基準法も無いラムダ世界から見れば、涎が垂れそうな高待遇だ。

そのためタロスヘイムでは食事は十分な量と栄養がある物を出すが一日二食、休みは十日に一日とした。

それでも一年に数日しか休みが無い下働きや使用人と比べれば悪い待遇とは言い難く、鉱山奴隷の生活と比べれば天国のような物だが。

「いや、そうじゃなくて――」

『子供達の事ですか？　暫くは読み書き算術を習って、その後は希望や適性毎に交換所や神殿で働いたり、色々です。一部では将来俺の夜伽をさせるのではないかと囁かれているそうですが、そんな予定はありません』

「分かってるって、あっちのあんたを見ればそんな暇が無いだろうって誰でも思うさ。あたしが聞きたいのは、あっちとこっちそこら、どれが本物なのかって事だよ」

ゴーファは眼の前に居る指先だけ実体化して駒を動かす霊体ヴァンダルーと、それ以外もそこかしこで住人の話を聞き何か診察していたり、鉄板で何か焼いて調理したりしている他のヴァンダルー。そして少し離れた場所でグールの美女やレビア王女や巨人種の子供より大きな幼女に囲まれている肉体のあるヴァンダルーを見比べて聞いた。

『どれもこれも本物です』

「……一番訳が分からないのは、やっぱりあんただね、陛下」

『むー、やっぱりコミュニケーションって難しいですね』

何故だろう、こんなにも秘密を持たないアットホームでフランクな、会いに行けるし来る王様なのに。そう思うヴァンダルーだった。

予想よりも移民政策が順調だったので、ヴァンダルーは予定よりも早くイモータルエントの森のダンジョン攻略と、スキルの検証を行う事になった。

『今回はお母さんも憑いて行きますからね！』

ダルシアを憑けて。

『お母さんも寂しかったのに、ヴァンダルーったら……親離れには早いと思うのよ』

「いや、帰って来た時母さんはまだ寝ていたじゃないですか」

弱い霊のダルシアは、宿っている小さな骨片の中で眠っている時間の方が長い。ヴァンダルーが帰って来た時、偶々そうだったのだ。

ただ、あの場にダルシアが居るのは少し違うのではないだろうかと思わなくもない。

『それで母さん思ったんだけど、私もレビアさんみたいにファイアゴーストになるのってどうかしら？　私も火炙りの刑で死んだんだし、きっと適性があると思うのよ』

「待って、ホムンクルスの作り方を手に入れて来たからもうちょっと待って」

『でも、ゴーストになったら母さんもヴァンダルーの力になれるし、ずっと一緒に居られるわ』

「お願いだからもうちょっと待ってください。後邪神か悪神が居ればどうにかなるから」

これは急がねばなるまいと、ヴァンダルーは思った。


「悪い神はいねーか、邪な神はいねーか」

「……坊や、何故片手に鉈を持っておる？　あと、流石に悪神や邪神は出来たばかりのダンジョンには居ないじゃろ」

「いや、一縷の希望があるかなと」

ヴァンダルーしか知らないナマハゲの真似を止めて、ヴァンダルーはイモータルエントの森に出現したダンジョンを見上げる。

今回の探索メンバーは、パウヴィナ達年少組やエレオノーラを除いた女性陣＋骨人、ヴィガロ、セメタリービー十四、そして荷物持ちのルチリアーノである。

「私は頭脳労働者なのだがね、師匠」

「本当に荷物を持たなくて良いです。後ろで俺達の魔術を見て、何か助言があればお願いします」

ルチリアーノは冒険者としては特殊でC級でも戦闘力は低い。しかし、半ば破門されているそうだが正規の魔術師ギルドで師匠について学んだ魔術師だ。ほぼ我流のヴァンダルー達には無い知識や、違う発想があるかもしれない。

「それに一応俺の弟子でしょう？　俺の魔術を見て、応用出来そうなところがあったら言ってください」

「そうさせてもらおう、師匠」

その結果、これは無理だと諦めてくれないかなーとヴァンダルーはうっすら期待している。

「でも中が狭いか、出て来る魔物が強かったら一旦戻って仕切り直しますからね」

「分かってるって。でも大丈夫、あの時よりもずっと強くなったんだから！」

「泣きません？」

「泣かないっ！　絶対泣かない！」

カチアをからかいつつ、ダンジョンの中に入るとそこは森になっていた。密林やタロスヘイム周辺の広葉樹森、ボークス亜竜草原の巨大シダの森ではなく、松や杉等の針葉樹林だ。

『主が留守の間、魔物の暴走が起こらないよう様子を見るために一階までは降りたのですが、中はこのようになっておりまして。魔物の方は……あのように』

骨人が指差した先では、針葉樹林の雰囲気をぶち壊す極彩色な巨大茸……ランク3のポイズンマッシュだ。

巨大茸に手足が生えたような外見で、その愛嬌がある見た目に反して生き物を襲って殺し、死体に胞子をかけて子孫を残す、凶暴な魔物だ。

それが三体ほど突っ立っている。

「立っていますね」

「……この距離なら普通に弓矢が届くが、何故あの魔物は立ったままなんだ？」

『私達の数が多いから、警戒しているんじゃないかしら？』

「いや、それなら逃げるじゃろう。まあ、試しに攻撃してみるか」

とりあえずと、バスディアとザディリス、カチアがそれぞれ魔術で攻撃してみる。どれも様子を見るための攻撃で、それほど威力は無さそうだ。

それらをポイズンマッシュは不動のまま真面に受けた。茸が風の刃で切れ、熱で焦げる香ばしい匂いが漂う。

「動きませんね」

「うーん、不気味じゃ」

『このような様子で。因みに、私も何匹か弓矢で倒しましでヂュウ』

「我も何度か斧を投げて倒したぞ。今居るのとは違う魔物だが」

「倒したんですか……ちょっと気になる事があるので、あのポイズンマッシュを倒してみてください」

「よし、任せるのじゃ」

ヴァンダルーが魔術師ギルドのギルドマスターの屋敷から持ってきた杖を貰ったザディリスは、【光刃】の術を使って瞬く間にポイズンマッシュを倒して行く。

そして人型茸が倒れた後も暫く様子を見ていたヴァンダルーは、首を傾げた。

「あのポイズンマッシュ、魂がありません。何故でしょう」

『確かに見えないわね』

「魂が無いって、そりゃあ一応植物だからじゃないの？」

「ビルデ、植物でも魂はありますよ」

他の世界ではどうか知らないが、ラムダでは植物にも魂は存在する。正確に言えば、生物とされる存在には全て魂が宿っている。

流石に電子顕微鏡がなければ見えない極小の微生物やウィルスに魂が存在するかまでは、ヴァンダルーにも見えないので分からない。しかし、植物にも魂があるのに魔物のポイズンマッシュに魂が無いとは考えにくい。

「それに、他の場所で倒したポイズンマッシュには魂がありましたから」

『じゃあ、一体なんでないのかしら？』

「まだ中に入っているだけではないのか？」

「いや、あれは死んでます。でも確認のために魔石があるか確認してみましょう」

魔石は、魔物の心臓がある部分にその死後発生する。だから魔石が体内にあれば、それは魔物が死んでいる証拠だ。

ポイズンマッシュの身体を裂いてみると、魔石が発生している事が確認出来た。このポイズンマッシュは、間違いなく死んでいる。

「うーん、分からない。砕いた訳でもないのに、何故魂がないまま存在出来るのか。ルチリアーノ、何か心当たりは？」

「師匠、私は魔術師であって【霊媒師】ではないので分かりかねる」

『ヂュ～、私は気にしませんでしたが、改めて考えるとやはり奇妙。主が作ったダンジョンだからではないでしょうか？』

「そうじゃな、今まで人為的に創られたダンジョンと言うのを儂は知らんから何とも言い難いが……そもそも魂のあるなしなんて、アンデッド以外では坊やか【霊媒師】でなければ見えんからの」

何とも言い難い。そもそも、ダンジョンがどう言った原理や仕組みで内部に魔物を発生させるのか解明されていないので、全く分からない。

「まあ、何故魂が無いのかは神様に会う機会があったら聞いてみましょう」

そうヴァンダルーは言うが、聞いても教えてくれるかどうかは不明だ。質問が定命の存在には教えられない領域に踏み込んでいるからだ。

ダンジョンに魔物が次々に発生するのは、魔王グドゥラニスが作り上げた魔王式輪廻転生システムの恩恵だ。システムに流れる無数の魂を、そのままダンジョンで発生する魔物に使っているからだ。

他の邪神や悪神が出現させたダンジョンも同様である。

ただ、ヴァンダルーは自前の輪廻転生システムを持っていないし、他のシステムを利用する術も知らない。

そのため、ヴァンダルーが作ったダンジョンで発生する魔物は、魂が存在しないまま動く生身のロボットのような存在なのである。例外は、ダンジョンの外から入った魔物か、魂が空の状態の魔物に憑りついて後天的に魂が宿った場合だけだ。

これはニアーキの町に近くの『ハインツ骸骨洞』も同様で、ヴァンダルーの憎しみを代弁するために動くようプログラミングされており、誕生した瞬間からプログラムに従って活動しているだけで、最初期に大暴走の先頭に居た個体以外は魂を持っていない。

しかし、それ等の知識は神々しか知らない事なのでヴァンダルー達は推測も出来ない。とりあえず棚上げして、先に進むしかなかった。

『まあ、良いじゃない。経験値は稼げるんでしょう?』

ダルシアの言葉にヴァンダルーは首を横に振って応えた。

「稼げますけど、案山子みたいに立っているだけじゃあスキルの練習になりません。勘も鈍りますし。普通に襲い掛かって来てくれた方が助かります」

ヴァンダルーがそう言った瞬間、まるでスイッチでも入ったかのようにポイズンマッシュ同様に硬直したまま動かなかった唾液に毒を持つ猿の魔物、ポイズンエイプが「キキィー!」と雄叫びを上げて襲い掛かって来た。

ちょっと驚きつつも危なげなくポイズンエイプを倒した後、ヴァンダルー達は何故突然あの魔物が動き出したのか、他の魔物で検証していた。

「止まれ、伏せ、お手、待て、かかってこい、やっぱり止まれ。……うん、有効なのは『止まれ』と『来い』だけですね」

ヴァンダルーは、彼が指示する度に人形のように佇んだり、枝の腕を振り乱して襲い掛かったり、忙しく様子を変えるランク4のポイズンエントの様子を確かめて、言った。

「驚いた……テイムしているのとは違うの？」

「ええ、違います。他に言う事を聞きませんし。例えば、俺を三回回してください」

ヴヴヴヴヴヴ。

セメタリービー達はヴァンダルーを足で掴んで飛ぶと、そのままクルクルと三回周囲を旋回してから地面に降ろした。

「対して……俺を三回回してください」

同じ事をポイズンエントに頼んでみるが、固まったまま微動だにしない。

「このように、俺の言葉に反応もしません」

「普通は、三回回れでは？」

「確かに、テイムしているのとは違うようだな」

ルチリアーノの呟きは聞き流され、皆この奇妙な魔物達に首を傾げる。

「やっぱり、魂が無いからじゃない？　魂がない生き物って言うのが、良く分からないけど」

『ヴァンダルーの言う事を少しだけ聞くのは、このダンジョンを作ったのがヴァンダルーだからじゃないかしら？』

「確かに、考えてみればゴーレムに近いな」

「ゴーレムにですか？」

今度は聞き流されなかった事に安堵しつつ、ルチリアーノは説明した。

「ゴーレムは錬金術師が作る人形で、方法は様々だが共通しているのは魂が無い事だ。なので、動かすには主人である錬金術師が逐次命令を出すか、あらかじめ命令を入力した疑似人格を埋め込まなければならない。神代の時代には人間と変わらない判断力と応用力を持ったゴーレムも存在したらしいが、現代では主人の声に反応して簡単な命令を幾つか実行する程度でも高級品なのだよ、師匠よ」

「ヴァンが作ったゴーレムとは随分違うな」

「……師匠が作ったゴーレムと同じ性能の物は、どんな錬金術師でも作れんよ。作れたら、世界は変革を避けられないだろう」

タロスヘイムに来て、機械の代わりにゴーレムが動くゴーレム工場やらゴーレム監視網やらを見て、何度目かの「今までの常識が破壊される驚き」を味わったルチリアーノは、口元を引きつらせた。

奴隷鉱山では美しくも恐ろしいゴーストを数多く使役し、それを用いた標高千メートル程とは言え岩山一つを窪地に変えてしまう魔術を、呪文の詠唱を用いずに行使する凄まじさに感服し弟子入りしたルチリアーノだったが、タロスヘイムに来てまだ数日と経っていないのに、何度魔術師業界の常識がひっくり返されたか。もう数える気にもならない。

「変革はともかく、やはり魔物の行動が奇妙なのは魂が無いからみたいですね」

その魔術師業界常識に微妙に疎いヴァンダルーは、そんな物かと思いながら頷く。そしてとりあえず、目の前のポイズンエントを鉤爪で斬り倒す。

「とりあえず、このままだと修行にならないので普通に襲い掛かって来てもらいましょう」

ヴァンダルーがそう言って以降、魔物は他のダンジョン同様に普通に襲い掛かって来た。どう言う仕組みかは知らないが、別の階層に降りてもそうだったのでダンジョンの魔物全体がそうなっているのだろう。

「後でヴァンダルーが居ない状態で入ってもこのままか、確かめなければいけないな」

「そうじゃな。いちいち坊やに命令して貰わないといけないなら、修行には使えんし」

「……安全に素材と経験値が手に入るのに、何故態々難易度を上げるのか」

戦闘民族なヴィガロとザディリスがそう言い合うのに、ルチリアーノが理解出来んと首を傾げる。

安全にランク4以上の魔物を狩れるダンジョンなんて、存在を知ったら何処の国でも欲しがるのにと。

「何を言っておる、冒険者じゃろ、お主」

「冒険者だが、別に冒険が好きな者ばかりではないのだよ」

「うん、これ以外で稼げないから続けてる人も多いしね。それにスキルのレベルは上がらなくても、レベルは上がるし……グールになる前の私だったら喜ぶかも」

ルチリアーノに同意するカチア。どうやら冒険者は戦闘民族ばかりではないらしい。その事実は二人以外を驚かせた。

「何じゃとっ!? あいつ等いつも戦意を滾らせておるのではないのか!?」

「全員命知らずだと思っていたぞ、我は」

『違うのですか？　タロスヘイムの戦士達は戦いこそ日々の糧と、特にボークスは言っていましたよ』

『ヂュウ、驚きのあまり顎が……主、拾ってくだされ』

「俄かには信じがたいが、ヴァンはどう思う？」

遭遇する冒険者はほぼ全員自分達を狩りに来た敵だったザディリス達グールだけではなく、レビア王女も冒険者は戦いが大好きな戦闘民族ばかりだと思っていたようだ。

そして骨人の顎を拾ってやりながら、ヴァンダルーは答えた。

「俺が知っている冒険者は、母さんやカチア、ボークス達だったので……カチア達は少数派かなと」

やはり世界が狭いと正しい常識は育たないらしい。


三階、四階と降りながら、ヴァンダルー達は出現する魔物や罠の有無を確認して行った。

このダンジョンの内装は針葉樹や広葉樹、密林、湿地帯等の違いはあったが、基本的に森だった。

そして現れる魔物は上層の数階以外は、ランク4以上の植物系の魔物が最も多く、後は蟲、両生類爬虫類、動物、魚の順で続く。

魔物の多くが毒や病気を持っており、前もって準備していないと思わぬ不覚を取りそうだ。攻略者がアンデッド以外だったら。

それに罠もそれなりにある。落とし穴や、上から落ちてくる網、脚を釣り上げる蔦。不用意に歩いて張られた縄に足を引っかけると、スパイクが生えた丸太が横から突っ込んでくる事もある。

遺跡に仕掛けられるタイプではなく、ゲリラ戦で仕掛けられるタイプの罠が殆どだった。

「総合的な難易度で判断したら、C級ダンジョンぐらいですかね」

「C級か。今まで『ボークス亜竜草原』しかC級ダンジョンは無かったからな、皆喜ぶ」

「連日混んでいたからな。魔物より挑戦者の方が多い日も、最近では珍しくないし」

「逆に今のD級ダンジョンは石工と猟師以外は攻略する人が少ないから空いているけどね。私も最近はいかないし」

タロスへイムの近辺にはこのダンジョン以外に四つのダンジョンがあるが、B級とC級は一つずつだけなので最近バスディアやカチアは修行場に困っていたのだった。

「C級ダンジョンが混雑!?　……ここの連中は化け物か」

普通、C級以上のダンジョンが混み合うなんて事はまずない。何故なら、C級以上からそこに至れる冒険者の数が減るからだ。

数の多いD冒険者が挑むD級ダンジョンなら、混み合って狩場を取り合うような事も少なくないのだが。

C級ダンジョンが混み合うのは、D級冒険者でもベテランなら挑めることが多い一層目や二層目等の上層階か、何らかの依頼でそのダンジョンで取れる産物や倒せる魔物の素材が通常よりも高く買い取られる時ぐらいだ。

ルチリアーノが驚愕するのも無理はない。

『流石に、二百年前はそこまでじゃなかったのだけど……』

『ヴァンダルーがレビアさん達を連れて帰って来るまで、私と子供達以外は全員冒険者みたいな国だったから』

『しかも、私やボークス達アンデッドは疲労を覚えませんので。連日のようにダンジョンで修行出来ます、ぢゅう』

「その上俺自身がダンジョンで修行しますし、魚醤や味噌、醤油の材料になる魚や塩がダンジョンでしか取れませんから。皆頑張っちゃうんですよね」

結果、疲労を覚えないアンデッドと本来は怠惰な者が多いグールまでダンジョンに通うようになった。そしてみんなレベルが上がり、タロスヘイムでは元奴隷の移民が来るまで国民の大多数がC級冒険者並の戦闘能力を持つ状態になっていた。

「ダンジョン以外だと、ランク5以上の魔物が出る場所までは町から半日程歩かないといけないからな。あまりジャダルを長く預けたくはない」

『育児も大変よね。でもここなら町の中だし、上層なら日帰り出来るんじゃないかしら？』

「後、交換所も近いから素材を運び出すのも楽よね」

バスディアとダルシア、ビルデの子育て中の主婦の物騒な会話である。

「やっぱり働く女性にとって職場までの距離や移動手段って重要ですよねー。今度ダンジョン作る時は、もっと町の近くに……『ガランの谷』や『ドラン水宴洞』なんかも、移築出来ないかな」

「出来たら便利じゃが、ダンジョンを移築とは聞いた事が無いぞ」

「は、ははは、師匠があまりにもフリーダムなのだが、誰に相談すればよいのだろね、私は」

『ぢゅぢゅぢゅ、主の弟子は生半可な事では務まらないとやっと気がついたようだな』

その後は、延々攻略しながらスキルの検証を行ったり、ダンジョンの産物や魔物の素材を使えるか調べたりした。

まず【業血】は、単純に【吸血】の上位互換だった。

血を飲んで回復する体力や魔力の量が【吸血】よりも飛躍的に上昇し、傷の治りも早くなり、更に数パーセントだが能力値も上昇するようだ。

後、このスキルはそれなりに有名らしく、ルチリアーノが詳細を知っていた。

「上位スキルに変化する程大量の血を飲み続けた業の深さを表したスキルでもあり、所有者の多くは定期的に強い吸血衝動に襲われるそうだが……師匠はケロリとしているね？」

スキルの性質上所有者の多くは上位の吸血鬼であり、彼らが人間を裏で支配するのは血を吸うための供給源を確保するためだ。

「血ぐらい適当に魔物を狩れば好きなだけ飲めるじゃないですか」

しかし、ヴァンダルーにとって吸血衝動は忌避するものではなかった。地球やオリジンだったら苦労しただろうけれど、自然の脅威が豊かなラムダではすぐ魔物を狩る事が出来る。

特にヴァンダルーは処女の血を尊ぶ通常の吸血鬼と違って、中年の山賊だろうがオークだろうが構わず血を飲む。味の好みは、あまり無い。

ただゴブリンの血は臭みが強い等、肉が不味い生き物の血は不味く感じるが。

「そう言えば、エレオノーラや配下の吸血鬼ゾンビは血をどうしてるのじゃ？　あまり飲んでいる所を見かけんのじゃが」

「我達とダンジョンで修行している時は、魔物の血を吸っていたぞ」

「後、時々俺の血を少し飲みますね。吸血鬼ゾンビ達は……生肉を食べる時に一緒に摂取しているのでは？」

「アンデッドが国民の国で言う事ではなかったか……」

人間社会ではキワモノ扱いされていたルチリアーノは、タロスヘイムでは自分が常識人枠である事に愕然とし、『退廃』の二つ名が解除されたりしないかと心配になった。


次に【装蟲術】の検証だが、これも簡単に分かった。

「入って来ますねー」

「ますねーって、それで大丈夫なの？」

「特に問題は無いようです」

ヴァンダルーの手に、鮮やか過ぎて毒々しい色の巨大ミミズが半ばまで入り込んでいた。そのまま、ゆっくりと手の中に潜り込んで行く。

「えーっと、それってランクは1だけど全身に小さな毒針が生えてるペインワームじゃなかった？」

「みたいですね」

「いや、何で平気なのよ」

若干声が引きつっているビルデとカチアの前で、ペインワームは完全にヴァンダルーの手の中に消えた。だが、蝋を塗り固めたような不健康に白い肌には、傷一つない。

「生命力も減っていませんし、やはり特に問題は無いようです」

『ぢゅう？　それはあの蟲を食べたと言う事ですか？』

「いや、食べたと言う訳でもないと思いますよ。ほら、勝手に出てきますし」

逆の手からペインワームがのそりと出て来た。そのままぼとりと地面に落ちるが、それを追ってピートが飛び出してペインワームを咥えると、そのまま手の中に戻って行く。

「信じがたいが、【装蟲術】は自分の身体に蟲を装備するスキルのようだな」

「蟲を装備……何か役に立つのか？　蟲で殴り掛かる訳にもいかんだろう？」

「ピートが何で俺の髪の中に収まるのかの謎も解けましたね。役には、多分立つでしょう。セメタリービー、同じように俺の中に入れますか？」

そうセメタリービーに尋ねると、蜂達は特に嫌がりもせずヴァンダルーの中に音も無く入って行く。大きさ的に容赦無くヴァンダルーの頭に突っ込んでくるので見かけはグロテスクだが、やはりヴァンダルーには特に痛みも違和感も無い。

そして、完全に体の中に入ったセメタリービーを、ヴァンダルーは身体の一部のようにコントロールする事が出来た。手から頭だけ出したり、舌の先端に毒針だけ出現させるなんて事も可能だった。同様に、意識して命令するとピートも身体の何処からでも出し入れ出来た。

「なるほど、テイムしている蟲タイプの魔物ならコントロール出来ると。ところで、どうしたのですか？」

自分の頭をペタペタと触っている弟子以外の一同をヴァンダルーは見上げた。

「いや、さっき思いっきり頭から入って言ったから、大丈夫かなと」

『主、主は平気かもしれませんが、傍で見ていると主が蟲に喰われているようにしか見えないのでヂュウ』

「……使う時は人目を避けるようにしましょう。ところでルチリアーノは？」

「そこで失神してるけど……無理も無いと思うわ」

【装蟲術】は身体の中に蟲を装備するスキルで、装備した蟲はテイム済みの蟲なら自由に出し入れでき、身体の一部だけ出すような事も可能。

ただ、数時間までならともかく長時間蟲を装備していると、蟲が必要な栄養をコストとして装備者が負担しなければならない。つまり、沢山食べるか、生命力を削るかしなければならない。

そんなスキルのようだ。

【死霊魔術】に続いてヴァンダルーには優良なスキルになるだろう。

「これでテイムした蟲型魔物を装備したまま町に入って、テイマーギルドに登録するのはどうでしょう？」

「儂はグールじゃからギルドの事は分からんが、止めておいた方が良いじゃろうな」

『ヴァンダルー、お母さんも止めておいた方が良いと思うの。きっと、みんなビックリするわよ』

「ビックリじゃすまないって。まだルチリアーノ起きないし」

「ピクシー等の、割と無害で大人しい魔物って何処に生息しているんでしょう？」

少なくともこのダンジョンには居ないようだが。

『ピクシーって、蟲なのかしら？』

「とりあえず、これからは使えそうな蟲型魔物が居たらテイムして装備しましょう。どれくらい入るのか確かめておいた方が良いでしょうし」

「えーっと、出来たら可愛いのにしてね？」

「善処します」

彼女の言う可愛い蟲ってどんなのだろう？　蜂と百足は違うようだし、ダンゴムシかな？　カチアの要望に頷きながらも、答えに中々思い至らないヴァンダルーだった。


そして今回の目玉、【迷宮建築】スキルの検証だが、これはすぐには全貌が見えなかった。調べれば調べただけ新しいスキルの効果が明らかになるからだ。

まず、ヴァンダルーは新しく降りた階層の構造が何となく分かった。一歩踏み込んだ瞬間、頭の中に地図が出来上がる。

次に、ヴァンダルーは一度攻略した階層の構造を変える事が出来た。壁を建てたり、罠を設置したり、下の階層も攻略済みの場合だけだが、上下の階層に繋がる階段まで設置出来る。

「おお、見る見るうちに樹木の壁が！」

「落とし穴や、階段まで出来るとは……」

「結構魔力を使いますけどね。小さな罠や壁なら一万、階段なら上下両方だと一千万くらい」

「だが、ヴァンにかかれば安い物だろう？」

「実はそうです」

『凄いわ、ヴァンダルー。これで壁を四方に作ればダンジョンの中でも安全に休憩出来るわね』

ダンジョンの壁は内装によって異なる。このダンジョンのような樹木だったり、崖だったり、石やレンガ、正体不明の金属や生き物の内臓のような物だったりするが、共通して人為的に構造を変える事が出来ない。

『ガランの谷』の崖や『ドラン水宴洞』の鉱物など、ダンジョンの壁を一時的に削り壊す事は可能だが、長くても数日もすれば元に戻ってしまう。解除した罠も、誰が仕掛けたのかは不明だが仕掛け直されている。

そうでなければ上級のダンジョンは高ランクの魔物とそれを倒す強大な攻略者が戦う内に遠からず崩壊してしまうだろうから、自己修復機能が備わっていて当然かもしれない。

逆に壁を作ったり、罠を設置する事はより不可能だ。ダンジョンに資材を持ちこむ事が難しい事もあるが、苦労して設置しても魔物が破壊するか、いつの間にか消えてしまう。

石の壁で迷路状に仕切られているダンジョンでも、戦闘の余波以外で魔物は基本的に壁を破壊しない。だが攻略者が人為的に設置した壁等は、構わず破壊してしまう。

魔物が破壊しなくても、異物と認識されるためかダンジョンの自動修復機能で損傷と同じように消えてしまう。

ヴァンダルーの【ゴーレム錬成】スキルでも、石材や鉱物を採掘する事は出来ても、ダンジョンの構造を大きく変える事は出来なかった。

しかし、この【迷宮建築】で作った壁はダンジョン自体が変化した物なので、そのまま残る可能性が高い。

『魔物は【ゴーレム錬成】で作った壁の方は壊したけど、【迷宮建築】で作った壁は避けて通ったもの』

『本当にすごいです陛下、このスキルが他のダンジョンでも使えるなら、皆の生活がどれ程楽になるか……』

「いやー、それほどでも」

ダルシアとレビアに賞賛され照れるヴァンダルー。ただ、もっと大きな発見がこの後あった。

何と、ヴァンダルーは自分と一緒に居る同行者も含めて、攻略したダンジョンの階層に自由自在にテレポートして行き来出来たのだ。

二十三階から、一階に。一階から、十七階に。中ボスが居る階層だろうが、ダンジョンボスが居る最深部だろうが、宝物庫以外には自由に行き来出来た。

しかも移動出来るのはその階層の入り口である階段の前だけではない。攻略した事のある階層なら、どの場所にも移動する事が出来た。

高度な錬金術によって作られたマジックアイテムが設置されているダンジョンでもここまでは出来

ない。

「テレポートって面白いですね」

「坊やはもう一度攻略したダンジョンなら無敵じゃな」

「うん、ダンジョンで活動する冒険者なら誰でも欲しがると思うわよ」

そして素材や手に入れた宝物、テイムした魔物をゾロゾロと引きつれてヴァンダルー達はダンジョンを後にした。

「魂が無い魔物に、自分の周囲を漂う霊を憑けるとは……疑似的な転生なのでは？」

『主よ、弟子が今にも泡を吹きそうですが、もう少し自重した方が良かったのでは？』

ルチリアーノが驚愕と感動で不自然にガクガクと震えているが、ヴァンダルーは大げさだなとしか思わなかった。

主観では、ゴーレムやアンデッドを作るのと手間と何も変わらなかったからだ。それに、今引きつれている魔物は彼にとって必要な存在だった。

「だって、フルーツや香辛料が欲しいのです。自重なんてしていられません」

このダンジョンの中には、様々な植物型の魔物が居て、中には果実を実らせる樹木が変化したエントや、モンスタープラントが大量に含まれていた。

野イチゴやスイカ、唐辛子のモンスタープラント、洋梨や梨、サクランボにラズベリーにブルーベリー、コーヒー、柑橘系のフルーツやバナナ、マンゴー、アボガドを実らせ、またはシロップになる樹液を垂らすエント。

中にはヴァンダルーが知らない果実を実らせる魔物も居た。地球にあるかどうかは不明である。

『ぢゅう。なら、仕方ありませんな』

骨人はあっさりとヴァンダルーに倣った。彼も初めて見る果実を食べるのを楽しみにしているのである。骨なのにグルメな奴だ。

後日、このダンジョンは『蝕王の果樹園』と名付けられた。

・名前：ルチリアーノ
・種族：人種
・年齢：２９歳
・二つ名：退廃
・ジョブ：奴隷
・レベル：８１
・ジョブ履歴：見習い魔術師　魔術師　生命属性魔術師　アンデッド使い　錬金術師

・パッシブスキル
【精神汚染：レベル２】【精神耐性：レベル３】【魔力増強：レベル４】
【魔力使用量減少：レベル３】【気配感知：レベル２】【疲労・飢餓耐性：レベル１】

・アクティブスキル
【生命属性魔術：レベル7】【土属性魔術：レベル3】【無属性魔術：レベル3】
【魔術制御：レベル7】【錬金術：レベル5】【杖術：レベル2】
【忍び足：レベル1】【礼儀作法：レベル1】【採掘：レベル1】

『蝕王の果樹園』攻略後、イモータルエントの森は一層賑やかになった。一年中、様々な果物がたわわに実るその様子は、果物の宝石箱のようだ。

他にも、タロスヘイムでは大きな改革がなされた。ダンジョンへの行き来が楽になり、城壁を出なくても通えるようになったのだ。

『ガランの谷』、『ドラン水宴洞』、『ボークス亜竜草原』、『バリゲン減命山』を町の内側まで移築したのである。

ヴァンダルーの【迷宮建築】スキルは、何と彼が過去攻略した事のあるダンジョンなら、移動させる事が可能だったのだ。

「人が早足で歩く程度の速度で、一分毎に魔力が一万程必要ですが……【魔力自動回復】スキルで一秒ごとに一万ぐらい回復するので、時間さえあれば何処までもダンジョンを移動出来ます」

ヴァンダルーの背後をダンジョンの入り口が「ズズズ」と音を立てて付いて行き、それでいて内部には何の変化も無い。

これは流石にルチリアーノだけではなく、全員が愕然とした。

更に、驚くべきことにヴァンダルーは過去攻略したダンジョンの入り口から他の攻略済みダンジョンの入り口にテレポートする事が出来た。こちらは階層間の転移と違って、彼一人だけだったが……彼に憑いているレビア達ゴーストや、装備している蟲は彼の一部と見なされるため、一緒に転移する事が出来た。

何年も前に、ザディリス達と会う前に攻略したミルグ盾国の小さなダンジョンにもテレポート出来たので、一度攻略したダンジョンなら何処でも行けるようだ。

「ニアーキの町に作ったダンジョン、今度攻略しに行こうかな」

「それより師匠、極小規模のダンジョンをそこかしこに作れば良いのではないかね？　作れるのだろう？」

「まあ、結構魔力を使いますけどね」

一つだけ試しに小さなダンジョンを作ってみたのだが、移築と比べると中々の重労働だった。たった一つの事に一時間以上集中し、魔力も一億以上使っている。

それで出来たのは階層が一階だけの、ホーンラビットやビックフロッグ等のランク１しか出て来ないダンジョンだ。

「どうやら、ダンジョンの出来にはスキルレベルに消費した魔力の量と時間、俺自身の精神状態にも左右されるようです」

『蝕王の果樹園』は、過去に複数回、億単位の魔力と時間をかけて大地に注いでいる。ヴァンダルー自身は作った後の事は一切知らないが、三十階層のC級ダンジョン『ハインツ骸骨洞』では、記憶が飛ぶような精神状態で全ての魔力が空になるまで振り搾った。

今は自由自在に望んだ難易度のダンジョンを作る事は出来ないようだ。内装も、大体最初にダンジョンを作った場所の周囲の環境に合わせて作られるらしい。『蝕王の果樹園』が、森と言う環境に拘った仕様になっているのはそのためだ。

ただ、難易度や階層はダンジョンを作った後でも変化させる事が出来た。一階層だけのダンジョンに後日時間をかけて魔力を注いだら、二階層までのダンジョンに変化していたからだ。階層を増やすのと同じ要領で、難易度も高くする事が出来るだろう。

後、スキルレベルが上がればもっと自由に作れるようになるのではないだろうか。別に急いで高難易度のダンジョンを作らなければならない理由も無いので、今はこれで十分だろうけど。

【迷宮建築】スキルで出来る事は、以下のようになる。

・ダンジョンを作る事が出来る。ただし、階層や難易度、内装は現時点では不自由。
・一歩足を踏み入れただけでその階層の構造が分かる。
・ダンジョン内で出現する魔物には、魂が無い。そのためヴァンダルーが限定的だがコントロール可能。テイムするためには、適当な霊を憑依させなければならない。

・ダンジョン内のヴァンダルーが攻略した事がある場所には、仲間と一緒にテレポートする事が出来る。
・攻略済みの場所の構造を変更可能。壁や扉、罠の設置及び解除、他の階層に繋がる階段も設置可能。
・攻略済みのダンジョンを移動させ、移築出来る。その際、内部には一切影響は出ない。
・攻略済みのダンジョンの入り口から、他の攻略済みのダンジョンの入り口にテレポートする事が出来る。ただし、この場合テレポート出来るのはヴァンダルーと、彼が装備している蟲と憑いている霊及びアストラル系のアンデッドのみ。
そしてヴァンダルーは『ドラン水宴洞』を改築して海水を引くための石のパイプを設置して、ダンジョンの外に塩田を造ったのだった。

「俺以外も自由にダンジョンをテレポート出来たら便利なんですが……そんなマジックアイテムを作れないかな？」

バリボリと硬いが美味いリンゴに似た果実を齧りながら、ヴァンダルーは考えていた。

《【迷宮建築】、【眷属強化】、【死属性魅了】のレベルが上がりました！》

その頃、ロドコルテはエラーを頻発させる輪廻転生システムにかかりきりになっていた。

『これは一体何事だ!? ラムダで大量の魂が私のシステムを離れただと? ヴィダの新種族が何かしたのか!?』

一度に数百数千の魂が、ロドコルテの管理下を離れたのだ。

これまでも、他種族を自分の種族に変化させる事が出来る吸血鬼やグール、魔人族等によってロドコルテが管理する魂がヴィダのシステムに取り込まれる事は数え切れない程起きていた。

ただ、その頻度自体は低い。少なくとも、一日で数百数千の魂が管理下を離れる事はなかった。

その原因は、ヴァンダルーが『蝕王の果樹園』で魂の無い魔物をテイムするために、自分に憑いていた霊を魔物に宿らせた事だ。

ヴァンダルー自身はこれまでアンデッドやゴーレムを作るのと同じ程度の感覚で行った事だが、それはルチリアーノが指摘した通り輪廻転生に等しい行為だ。ライフデッドの中の胎児に霊を宿らせてパウヴィナを創り出したように、霊を宿らせたのは死体や鉱物ではなく魔物ではあるが生物なのだから。

ヴァンダルーは人の身でありながら、まさしく神の御業に手を出していたのだ。

全て彼自身が動かさなければならない等仕組みは全て手動で行わなければならないが、ヴァンダルーは自前の輪廻転生システムを運行しているに等しい。

しかも、ヴィダの新種族の場合は基本的に相手の同意が必要だが、ヴァンダルーの場合は彼に完全に魅了されている霊達が相手なので、彼の指示があれば植物型だろうと蟲型だろうと霊達は喜んで魔物に転生する。

ロドコルテにとって自分の権能を侵しかねない、そしてアルダが危惧するヴィダ式輪廻転生システムより不安定でより恣意的な運用をされる、新たな輪廻転生システムがラムダに誕生したのだ。

『一体何が起きているのだ……っ!』

だがエラーの処理に追われるロドコルテが真実を知るのはまだ先だった。

因みに、〝悦命の邪神〟ヒヒリュシュカカを含める魔王軍残党と呼ばれる、魔王式輪廻転生システムも同時期にエラーを頻発させたが、元々日常的にエラーを起こし、エラーを起こすのが普通と言う状態で動き続けるシステムであるため、ヴァンダルーが貴種吸血鬼のセルクレントの魂を砕いた時とは違い、特に問題視はされなかった。


もうそろそろ各地で収穫祭が行われるだろう時期に、ハインツ達〝五色の刃〟も収穫の時を迎えようとしていた。

「ぐあああああっ! おのれっ、人間共がぁぁぁぁ!」

ただそれは作物や果実ではなく、人々の血を啜り肥え太った闇夜の貴族、吸血鬼の首だったが。

「ぐうぅっ、何故この場所が、我々の存在が分かった⁉」

過去商業ギルドのサブマスターを十年務め、現在では老齢を理由に隠居したが、若い意欲的な商人達の良き相談役となっている好々爺、チプラス。

だが、今の紅い目を見開き獣の如き牙を剥き出しにする彼を見て、好々爺だと思う者は皆無だろう。

「善意の情報提供者のお蔭さ」

「チィッ！　あの裏切り者共か！　テーネシア様から恩恵を受けながら、儂らを売ったか！」

既に商人としての立ち振る舞いを止めたチプラスは、肥満体に似つかわしくない素早い挙動で鉤爪を伸ばし構える。

既に彼の配下の従属種吸血鬼や、貴種吸血鬼はほぼハインツの仲間達に討伐されている。残っている味方は僅かだ。しかし、チプラスの目には憎悪は浮かんでいても絶望は浮かんでいなかった。

「愛玩動物代わりにダンピールを飼っているだけなら見逃してやっても良かったが、この儂にここまでの醜態をさらさせた以上、貴様共々殺してその首をテーネシア様への土産にしてくれる！」

見た目からは想像出来ない素早さで襲い掛かって来るチプラスの動きを、しかしハインツはすぐに見切り、魔剣で彼の腹を深く薙ぐ。

「【蒼光炎刃】！」

ハインツがオルバウム選王国に活動の拠点を移し、アルダ融和派になってから開眼した上位スキル、【輝神剣術】の武技だ。

魔剣自体の攻撃力に、ハインツが適性を持つ光属性と生命属性の魔力を乗せて放つ武技は、吸血鬼にとって掠るだけでも致命傷になりかねない。

それを肥え太った太鼓腹の半ば以上を薙がれたのだ。これは驚異的な生命力を誇る貴種吸血鬼も一溜りも無い。

「グフっ、ぐふふふっ、効かんなぁ～っ！【金剛裂】！」

「何っ!?」

だが、チプラスは倒れるどころか嘲笑を浮かべると、格闘術の上級武技を使用してハインツを引き裂こうとする。巨人の如き筋力で振るわれる鉤爪を、剣術の武技【柳流し】で何とか受け流したハインツは、チプラスが無傷である事に目を見開いた。

「くははっ！儂は〝悦命の邪神〟ヒヒリュシュカカ様の加護によって、【光・生命属性無効】のスキルを賜ったのだ！貴様の剣技など効かぬ！」

その耐性スキルによるものだろう、屋敷の壁が破壊され日光が当たっても吸血鬼であるはずのチプラスは傷一つ負っていない。

「はははは！儂は吸血鬼の侯爵、バンパイアマーキス！テーネシア様の配下の中でも三本の指に入る重臣よ、如何にA級とは言え、人間風情が勝てると思った……貴様、何のつもりだ？」

ハインツは嘲笑を上げるチプラスに対して、正面から魔剣を構えていた。

「貴様、儂の言葉を聞いているのか？貴様が得意とする【輝神剣術】も、光と生命属性の魔術も儂には通じないと言っているのだぞ？」

訝しげに顔を歪めるチプラスに答えず、ハインツは精神を集中し、研ぎ澄ませていく。

「……【限界超越】……【魔剣限界超越】……」

イメージするのは、一振りの刃。

「……【御使い降臨】！」

そして天から降りた光の柱にハインツが包まれ、その背にアルダの御使いの象徴である光の翼が出現する。

「き、貴様っ！　無駄だと言っているのが分からんのかぁぁぁっ！」

【光・生命属性無効】スキルを持つチプラスに対して、アルダの御使いをその身に降ろす意味は薄い。

だが、チプラスの口から出たのは嘲笑ではなく怒声だった。膨れ上がっていくハインツの力に比例して大きくなるプレッシャーに耐えきれず、自身も【限界超越】スキルを起動して身体能力を爆発的に高める。

「死ねぇっ！【無限双爪刃】！【氷獣群推参】！」

両腕の鉤爪を連続で振るう武技を発動し、更にその隙間を水属性魔術で創りだした氷の獣の爪牙が埋める。

これぞチプラス必勝の連続技。知略だけでは生き残れない邪神派吸血鬼の歪んだ社会を、チプラスはこの技を切り札に駆け上がって来たのだ。

その刃の群れが到達する、その瞬間ハインツは魔剣を振った。

「【破邪蒼煌輝閃】！」

アダマンタイトよりも硬いチプラスの鉤爪や、氷獣がガラス細工のように砕け散り、魔剣の刃が彼の身体に吸い込まれるように入り、そのまま音も無く抜けた！

その凄まじい一閃はそのまま止らず。屋敷の天井も壁も切断し消していく。

「ばっ……」

「か……な……」

背後で、脳天から股間まで左右に分かれたチプラスがそれぞれ倒れる音を聞いてから、ハインツは息を吐き、魔剣を鞘に収めた。

「耐性スキルを超える無効スキルを持っていても、正義を貫く意思がある限り私は負けない」

「それは結構だけど、もうちょっと上手く戦ってほしいわね」

エドガー達と他の場所から屋敷に突入していた女ドワーフの盾職、デライザは二つになって蒼い炎に包まれて燃えていくチプラスではなく、屋敷の壁があった場所を見ながら呟いた。

その向こうにあった山が割れている。問答無用で、綺麗に、真っ二つに割れている。

「いや、屋敷の裏の山はチプラスの所有地で、人はいないから大丈夫だ」

「そう言う問題じゃないでしょ」

「今回は山が割れただけで樹木はあまり切り倒していないから、ダイアナも怒らないだろう」

「ああ、この正義脳筋……」

デライザが頭を抱えている間に、【御使い降臨】等を解除するハインツ。正義脳筋とは、仲間内での彼の仇名だった。

実際、ハインツがチプラスを倒せたのは、無効スキルで魔剣本体の攻撃力しか効かない敵を、出鱈目に自己強化を繰り返して最大の技を使い強引にぶった切ったからだ。

お蔭で発生した余波で、そう大きくはないが山が一つ割れてしまった。

「やったなと言うか、やっちまったなと言うべきか」

「エドガー、ジェニファーとダイアナは？」

「倒した吸血鬼の魔石を取ってるところだ。そっちの大物は……ダメそうだな」

残念そうな顔をしてチプラスの死体を見た後、エドガーは真面目な顔をして言った。

「しかし、これで貴種吸血鬼も何匹目だ？　キナープって言う告発者は、きっと天国に行けるな」

元魔術師ギルドのギルドマスター、キナープを筆頭にした告発者によって、今ハートナー公爵領では今まで闇に潜んでいた吸血鬼達が次々に狩り出されていた。その波は他の公爵領にも広がりつつある。

ベルトン公子から指名依頼を受けたハインツ達〝五色の刃〟は、一部の者にしか明らかにされていない城の地下にあった魔王の封印が解かれた事件の調査と、吸血鬼狩りを並行して行っていた。

魔王の封印を解いた裏には邪神派の吸血鬼が存在するのではないかと見たからだが、今の所手がかりはない。

もっとも、次々に大物を討ち獲っているので冒険者としての収支はかなりの黒字だが。

「天国か……どうだろうな」

しかしハインツは顔を曇らせた。それはキナープ達の状態に原因がある。現在彼らは、心臓と肺が動いているだけの人形だ。涎を垂らしながら、虚空を眺めている。

だが、吸血鬼に関する情報を質問した時だけは正気に返ったように流暢に喋り出すのだ。

明らかに何者かによってキナープ達は壊され、操られている。

「同情するな、あれも奴らの自業自得だ。機会があったら俺達……セレンを攫ってさっきお前が二つに分けたデブに献上しようとしていた連中だぞ。それよりも、ベルトン公子は何処まで知ってると思う？　イクス男爵の件も含めて何か隠しているのは確実だと思うが」

城が傾いた時に重傷を負ったイクス男爵は、最近意識が戻らないまま息を引きとった。それをエドガーは、ベルトン公子の手の者に謀殺されたと考えていた。元々諜報組織紛いの事をしていて多くの秘密を知っていただろうし、今では魔王の封印を解いた容疑者として最有力候補の吸血鬼と繋がっていた、人類の裏切り者だ。

黙って死んでくれなければ困るだろう。

実際、ハートナー公爵領では当主や子弟が急病で静養のために何処かに行ってしまった貴族家が幾つもある。彼らはきっとそのまま出家して信仰の日々を死ぬまで過ごすか、静養の甲斐あって忘れた頃に病死した事になるのだろう。

だからまだ何か裏があるのではないかとエドガーは言うが、デライザは首を横に振った。

「どうかな？　あの公子様、上辺は取り繕っていたけど今は自分の尻に付いた火を消すので手一杯って感じだったわよ。私達にこうして依頼して、吸血鬼を狩るごとに気前良くお金を弾んでくれるのも失墜した自分のイメージを少しでも取り戻すためでしょ」

「確かに……あの坊ちゃんが喧伝してくれるおかげで、町じゃ俺達公子閣下の無二の友人だって噂になってるぞ」

お蔭で冒険者ギルドのダンピール等に対する不利な制度改正は撤廃されそうだが。

「私が誰の友人でも構わない。邪悪な吸血鬼や邪神の信奉者が倒されるなら。問題は、魔王の封印だ。だが、あのカナタと言う男の犯行とは考えられない。だが、こうして何者かに操られたキナープの情報を頼りに探している限り、真相には辿りつけないだろう」

ハインツの言葉に、エドガーとデライザは頷いた。この場に居ないジェニファーとダイアナも同意見だろう。

ベルトン公子が腹に一物抱えていても世界は滅ばないが、封印から逃れた魔王の欠片を野放しにしては世界が滅びかねない。

これまでも幾つかの封印が解かれているとしてもだ。

当然だが、魔王が封印されたのは吸血鬼を始めとしたヴィダの新種族が生まれる前の時代。今では恐れられる原種吸血鬼達も、当時はただの人間で神々や勇者と共に魔王と戦っていたのだ。そのため、原種吸血鬼達は魔王が封印された場所を知っていてもおかしくない。

そして今ではヴィダさえ裏切り魔王の残党に与《くみ》する原種吸血鬼を始めとするヴィダの新種族が魔王の封印を解き、魔王の欠片を単なる力として利用するのは当然の成り行きだった。

十万年の歴史の中で語られる英雄と強大な悪の戦いの内幾つかは、その結果起こったものだ。

「カナタという男は強力なユニークスキルを持っていたようだが、何者かが背後に居たようには思えない。あまりにも行動が……何と言うか、滅茶苦茶だ」

「確かに、妙だよな。ナインランドに着くまでの間に派手で雑な犯行を繰り返して、冒険者ギルドに行って名前を態々明らかにして、かと思ったら崩落した地下墓地で死体になって埋もれてた」

前歴不明、出身地不明、ジョブもスキルも不明。それでいてナインランドに入るまでの行動は、強力な力を得ただけの無法者。だが、正確な位置を秘匿されていた地下墓地に入り込んでいる。

どうにも不可解だ。

「これは勘だが、カナタと言う男はその場に居合わせただけで、魔王の封印を解いた犯人とは関係無いのかもしれない」

ハインツが怪しいと睨んでいるのは、キナープ達告発者以外から手に入れた情報……原種吸血鬼の一人ビルカインを裏切った女の貴種吸血鬼と、その主人が何処かに存在するらしいという情報だ。

その女吸血鬼……エレオノーラらしい人物が、キナープの屋敷に出入りしていたのを見ていた物乞いが居たのだ。

遠目に赤毛の美女が大量の買い物袋を持って屋敷の裏口から入って行ったのを見た。それだけの情報だ。誰も、偶々残飯を離れた他の屋敷で施してもらっていた物乞い本人も、見向きもしなかった。

しかしそれを聞いたエドガーは、ニアーキの町でも赤毛の美女の姿を見たと言う情報を〝闇夜の牙〟の下っ端から聞いており、引っ掛かりを覚えた。

そして調べて行けば……城が傾いたその日には姿は消えていたと言う。

「そのエレオノーラの主人は、下っ端は名前も知らないみたいだよ。何でも呼ぶ事すら原種吸血鬼に禁じられているんだとか」

「余程の大物なのでしょう。もしかしたら、新たに目覚めた原種吸血鬼なのかもしれません。恐らく、キナープ達の精神を破壊し操ったのも、その者かと」

素材の剥ぎ取りが終わったジェニファーとダイアナもやって来た。そして揃ったパーティーメンバーに、ハインツは言った。

「例え原種吸血鬼でも、封印を破り魔王の欠片を解放した者を野放しには出来ない。命を弄び、魂を冒涜する者の存在を私は許さない。ナインランドにはもう大物は残っていない、明日からはエレオノーラと言う吸血鬼を追う。……『ザッカートの試練』は後回しになるが」

「いいさ、世界の危機なんだろう？　それにどちらも大金星には違いないからな」

「マルティも許してくれるだろうしね」

ハインツの方針に賛成するジェニファーやデライザ達に、エドガーだけは迷いを瞳に浮かべていた。

（ニアーキにエレオノーラって吸血鬼に似た女が目撃された時期と、あのヴァンダルーって名のダンピールが町に現れた時期がぴったり重なる。もっとも、ナインランドにはヴァンダルーの情報は無いが……結局ヴァンダルーの方の足取りは……あの時のダークエルフの息子だとして、どうやってミルグ盾国とオルバウム選王国の国境を越え、サウロン領を越えてハートナー領に入って、ニアーキの町まで来たのか……全く分からなかった。結局、俺とハインツの考え過ぎか？）

エドガーは、ヴァンダルーが僅かな例外を除けば誰も越えた事が無い境界山脈を越えて来たとは夢にも思わず、自分達と同じようなルートでニアーキの町に来たのではないかと考えていた。

だから、態々ニアーキの町の南にある開拓村に足取りが無いか調べようとは、欠片も思わなかったのだった。

バリボリゴリとヴァンダルーはパウヴィナとラピエサージュと一緒に、リンゴに似た果物を齧っていた。

「ヴァン様、最近よくその果物を齧っていますけど？」

「ええ、とても硬くて、瑞々しくて、甘い果汁の、とても硬い果物です」

大事な事なので二回言った。

「……顎が疲れそうですわね」

「でも美味しいよ？」

「あ、まぃ……」

このリンゴに似た果物味はとても美味しいのだが……果肉が牛の大腿骨と同じくらい硬い。【怪力】スキルを持つヴァンダルー達だからこそ普通に齧れているが、常人なら文字通り歯が立たないだろう。

並のグールや巨人種でもすぐ顎が疲れてしまうだろう硬さだ。ヴァンダルーが装備している百足の魔物、ピートなど見向きもしない。

「とても硬いのだけど、何故か頻繁にこれを渡されるんですよ、『蝕王の果樹園』から連れてきたエントの一匹に」

ヴァンダルーが通りかかると、絶対にこの果物を渡して来るのだ。なので「折角くれるのだし」と受け取っていたら、毎日何個も食べる事になってしまった。

パウヴィナ達の受けは良いのだが。

「きっと前世では果物を沢山売り歩いていた、名のある商人だったのでしょう」

そんな霊が居たかはあまり覚えていないが、別に違っていても構わない。今はヴァンダルーがテイムしたエントでしかないのだし。

「では、そろそろ現実に戻って新通貨鋳造のためには頑張りませんと」

現実逃避兼休憩の時間は終わってしまったようだ。

はふーと息を吐いて、ヴァンダルーは眼の前の失敗作の数々……黒や紫色のどろりとした液体が満ちている石の入れ物を視界に入れた。

タロスヘイムに通貨を導入するのに問題になったのは、やはり材料にする金属だ。

オルバウム選王国の通貨、バウムは一番価値がある白金貨（王侯貴族や大商人以外滅多に扱えない）以外はヴァンダルーが全て持ち帰り、巨人種アンデッドの鍛冶屋、ダタラによって配合された金属の量は正確に解明されている。

将来ハートナー公爵領以外の選王国領と交易するのに、通貨の価値をバウムに合わせるのは意義がある。

しかし、タロスヘイムでは金や銀が安定して採掘出来ないのだ。

『ドラン水宴洞』では、金銀が採掘出来ない。ダンジョンの宝物庫で金塊や銀塊が出る事はあるが、流石に通貨に出来るほどの量が安定して手に入る訳ではない。ダンジョンが何を基準に、そしてどうやって宝物庫に宝物を補充しているか分からないので、信用し過ぎる訳にはいかないのだ。

【迷宮建築】スキルも、宝物庫の中身は自由に出来なかった。

なので、主に採れる鉄や銅を中心に通貨を作る事になるが、千バウム金貨や一万バウム金貨と同じ価値の通貨を鉄や銅で造ろうとすると大きくて重い、利便性の欠片も無い金属塊が出来上がる。

いっそ硬貨ではなく紙幣の導入も考えたが、まだ丈夫な和紙は少量しか出来ないし、そもそも印刷技術がまだ稚拙だ。なのでやはり導入するのは硬貨が良いだろう。

「名前は早く決まったんですけどね」

通貨の名称は、ルナ。〝蝕王〟が治める太陽の都の通貨が、月とは洒落ている。

更にコインの意匠も大体決まって、一ルナ銅貨や五ルナ銅貨、一ルナの半分の価値がある半ルナ鉄貨は試作品が出来上がっている。ダタラがアミッド銅貨やバウム銅貨と比べても遜色無い出来に仕上げてくれた。

そして十ルナ以上の通貨を作るために使う金属を調達するために、ヴァンダルーは金属を作る事を思いついた。

『聞いた時は、相変わらずイカれとるなと思ったわい』

「まぁっ、常識の範疇に囚われない発想と言うべきですわ！」

ダタラにタレアがそう文句をつけたのにパウヴィナは目を瞬かせた後呟いた。

「……二人とも同じ事言ってる」

賢い子である。

金属を作ると言っても、青銅のような合金を作るという意味ではなく、鉄や銅を材料に新しい魔導金属を作るとヴァンダルーが言い出したので、ダタラ達の感想はどっちも正解である。

魔導金属とは、オリハルコンを頂点にミスリルやアダマンタイト、ダマスカス鋼や黒曜鉄等の魔力を帯びた金属の事だ。その成り立ちは、神のみが扱う事が出来るオリハルコン以外の金属は大体判明している。

ミスリルやアダマンタイトは、元々は通常の銀や金が魔力に何万年もの長い年月浸った事で変化して出来る、自然精製。

ダマスカス鋼や黒曜鉄は熟練の鍛冶職人が通常の金属を加工して精製する。

ダタラも黒曜鉄なら材料さえあれば作れるらしい。鉄を元にミスリルやアダマンタイトの粉末を極少量加えながら一日がかりで鍛造して精製するので、『夜通しやって剣を二か三振り分精製するのが精一杯じゃ。通貨になんぞ絶対に無理じゃわい』との事だが。

勿論、【鍛冶】スキルの無いヴァンダルーが【ゴーレム錬成】で大量生産するような事も不可能だ。

なので、ヴァンダルーはミスリルやアダマンタイトと同じ魔力に金属を浸す方法で魔導金属を作ろうとした。

普通なら無理だが、ヴァンダルーの億単位の魔力と対象の時間の流れを早くする【経年】の術を使えば可能ではないかと思ったのだ。

そして実際可能だった。数万年死属性の魔力に浸されたのと同じ状態になった鉄や銅は、魔導金属へと変化したのだ。……液体金属に。

「うーん、確かに新しい魔導金属は出来ましたけど、これって硬貨には出来ませんよね」

『液体じゃからの』

重さと大きさは同じだが、黒や紫の水銀のような液体金属になった鉄や銅を前に困っていた。これ、何に使えるのだろうかと。

「とりあえず鉄を『死鉄』、銅を『冥銅』と名付けましょうか」

液体とは言え魔導金属だから、何かしら特殊な性質を持っているはず。なら、その性質次第では使い道があるはずだ。

硬貨に使えるかはともかく。

(液体金属の鎧とか作れたら面白いかもしれないけど、出来るだろうか?)


ヴァンダルーの魔力によって作り出された液体金属『死鉄』と『冥銅』は当初どう使えばいいのか分からなかったが、とりあえず試しに熱してみたら意外なほど加工しやすい金属である事が判明した。

『こいつぁ夢の金属じゃゎい!』

死鉄や冥銅の重さは元の鉄や銅のままだが、液体だから型に注げば簡単に形を変えられる。

そして硬さは、何と熱すれば熱する程硬くなる。死鉄と冥銅はそれぞれ鉄と銅が溶ける温度で逆に常温状態の鉄や銅のように固体に変化するのだ。

勿論冷えると元の液体に戻るが、硬くなっている間に鎚等で叩いて鍛造すると冷めても固体の状態を保つ。

型に注いだ死鉄や冥銅を加工しやすい程良い硬さになるまで熱し、それから鎚を振るって鍛造する。すると、熱が冷めても液体には戻らない。

そうして出来た死鉄製の剣や槍は鋼よりも硬く、粘りがあり、鋭い。だがそれでも刃毀《はこぼ》れした時は欠片さえ回収出来れば、その部分が液体に戻って融合したちまち元通りになる。

一方冥銅は防具に向き、衝撃をよく吸収して斬撃刺突に耐え、魔力にも強い。そして損傷した場合は死鉄同様に損傷部分が液体に戻って融合し、元通りになる。

また、死属性の魔力で変異した金属であるためかどちらの金属も死属性魔術の魔術を付与しやすい性質を持っていた。【無治】や【猛毒】を付与した剣や、【エネルギー吸収】を付与した盾等を簡単に作る事が出来た。

『何故か御子と儂らアンデッドかグールにしか鍛えられないのが欠点じゃが、そこが可愛げがあるわい！』

ただ死鉄も冥銅も【死属性魅了】が有効な存在か、創りだしたヴァンダルー本人にしか加工出来なかった。出来た製品は誰でも使えるのだが。

今はダタラや彼を手伝う巨人種アンデッドや、ナインランドの地下墓地に囚われていたゴースト達が居るので問題無い。

因みに完成した製品を再び元の金属に戻して加工したいなら、一度高温で熱した後【奪熱】をかけて熱エネルギーを零にすると、冷めた時には元の液体に戻っている。

そしてダタラは程よく熱した死鉄と冥銅をそれぞれ型に入れて成形し、数回鎚で叩いて軽く鍛えてから固めると言う手法で硬貨を作る事に成功した。

こうして千ルナ冥銅貨や、百ルナ死鉄貨が出来たのだった。

「こんなに小さくて良いんでしょうか？」

出来上がったルナ硬貨を指で抓むヴァンダルーは、その大きさが日本円で一円玉ぐらいになった事に不安を覚えたようだ。

『十分でしょう』

しかしチェザーレは自信満々だった。

「でも、元は銅や鉄ですよ？」

「そうですわね……将来交易を始めた時に百アミッド金貨と交換して貰えるか不安ですわね。だって元は銅ですもの」

『そうですな、銅ですし』

「しかし、金や銀より硬いし綺麗じゃ。儂はこっちの方が好きじゃよ」

「金や銀と違って、いざとなったらこのコインを張り合わせて防具にも出来る。私もこっちの方が良いと思うぞ」

「我も硬い金属の方が好きだ」

元が鉄や銅なので将来金貨や銀貨と両替出来るか不安なヴァンダルーやタレア、サム達。

貨幣経済に疎く、金属の価値は希少性ではなく武器や防具として使った時の優位性で価値を決めるザディリスやバスディア、ヴィガロ達グール。

そしてどっちのグループもずれていると苦笑いを浮かべる第三グループ。

『このくらいの大きさのコインでアミッド金貨やバウム金貨と同じ価値があるかは分かりませんけど――』

『普通に両替してくれると思いますよ』

『陛下、この死鉄や冥銅で出来たコインを手に入れるためなら、商人は勿論王侯貴族も金貨で山を……いえ、白金貨で山を作るかもしれませんよ』

リタ、サリア、レビア王女は何故か死鉄貨や冥銅貨の通貨としての価値を高く見ていた。

「ヴァンダルー様、私も同感よ。だって、これは世界でヴァンダルー様だけが作れる魔導金属なのよ。魔術師ギルドは勿論、何処の国だって欲しがるわ」

そう、エレオノーラの言う通り死鉄と冥銅の正確な価値は高い方の意味で不明だ。ヴァンダルーが、恐らくラムダで初めて作り上げた金属なのだから！

元が金や銀よりもずっと価値が低い銅や鉄だったとしても、創りだせるのはヴァンダルーだけ。だからその希少価値は計り知れない。誰も金や銀に対してどれくらいの価値を持つのか決められないのだ。

「なるほど。じゃあ、とりあえずこのくらいの大きさで良いですね。……でも、将来交易する前に貨幣の両替については考えないと」

将来、他国と交易する時凄い勢いで死鉄貨と冥銅貨が無くなるかもしれない。逆に見向きもされない可能性もあるが。

こうして始まったルナ通貨の流通だが、今のところはスムーズである。

「これが十ルナで、こっちが五十ルナか……おお、死鉄貨は太陽に翳すと虹色に光るぞ」

「冥銅貨の紫色も綺麗ね。もっと集めようかしら」

「ブフゥ～、俺、死鉄貨で首飾り作る」

貨幣経済に慣れていないグールやオーカス達は硬貨の価値や利便性よりも、その見た目の綺麗さに関心があるようだ。

「お金まで頂けるとは本当にありがたい事で、その上仕事まで斡旋して頂いて……ありがたや、ありがたや」

「鉱山で死ななくて本当によかったなぁ」

「これからは働けば稼ぎになって返って来るのか……でも鉱夫はもうやりたくないな。農場にでも行くか」

「農場だと、何故か歌と踊りまで仕込まれるらしいぞ。おら、音痴だからなぁ」

「あたしは豆腐工場にでも行こうかね」

「私は裁縫が出来るから、針子でもやろうかね」

「儂は商売でも始めようかのぅ。サウロン領で魚を売っていた頃を思い出すわい」

奴隷鉱山で働かされていたゴーファ達元避難民や元第一開拓村の面々は、ある程度貨幣経済の中で生活した経験があるのでルナをそのまま受け入れている。

彼らのような非戦闘民族、生産系の人達はタロスヘイムでは貴重である。今まで一部のグールや元職人アンデッド以外あまり農業や漁業、工業に関わってくれなかったからだ。

ゴーファ達の多くは元鉱山奴隷で【採掘】スキルを持つが、流石に二百年も搾取され続けた仕事を自由の身になった後もやろうとする者は少数派で……しかもタロスヘイムではダンジョンで採掘を行うため、鉱夫には戦闘能力が求められる。そのため、タロスヘイムに新しく作られたゴーレム工場に勤めるか農場で働く事になりそうだ。

元第一開拓村の面々も同じだが、故郷のサウロン領では皮革職人だったり針子だったり、商売人だったりしたそうで、それぞれ前職を活かして生活していきたいそうだ。

ゴーレムが作業ロボットの代わりに動くゴーレム工場や、モンスタープラントの農場で彼らがする仕事があるのかと疑問かもしれないが、仕事は幾らでもある。

ゴーレムはヴァンダルーの莫大な魔力を少々供給するだけで、延々黙々と動き続ける。しかし、やはりゴーレムでしかない。

指示された動作や手順を正確に繰り返してくれるが、応用が利かない。何よりもゴーレムには彼らの鉱物で出来た身体がダメージを受けない程度の温度差や、製品の状態を判断する力が弱すぎる。後、細かい作業も苦手だ。

それらの穴を人が埋めて、やっと地球の工場で出来る製品に近づくのだ。

全部機械で作った豆腐よりも、職人の手が入った豆腐の方が美味いのと同じである。

「やっぱり人は必要ですよね」

ヴァンダルーはハートナー公爵領に行って良かったなとしみじみ思った。

因みに税制も整えつつある。所得税の導入だ。

『陛下、とても正気の沙汰ではありません！』

ラムダの国家では冒険者や傭兵等以外の一般国民にかける税は、一人当たり幾らと決める人頭税が採用されている。そこに田畑での収穫や商売の利益に大体五割から四割程の税がのせられる。

それを新タロスヘイムでは人頭税を廃止し、全ての収入の合計から所得税を徴収する。これなら人頭税と違って収入が低い者でも理論上は税金を払える。

勿論、収入が低すぎる場合は税金を免除する制度に加え、一年の総収入が高い者には低い者より高い割合で税を徴収する仕組みも整えた。

税率は低い者には五パーセント、稼ぐ者でも最大二十パーセント程。

『陛下、考え直してください！　この税制は本来商業ギルドの商人や冒険者ギルドに課されるものです。個人に実施するためには国民の収入を把握しなければなりません！　それに他の国と比べて税が低すぎます！』

そうチェザーレがヴァンダルーに訴えるのも無理は無い。こんな激安税制では、遠くない将来国が貧しくなり体制を維持できなくなってしまう。

しかしヴァンダルーは平気な顔で言った。

「現在のタロスヘイムで行われているほとんどの事業の主は、俺ですよ？」

『……そうでした』

味噌や醤油の製造はヴァンダルーの【発酵】の魔術を付与したマジックアイテムを動かすために、各種ゴーレム工場でも動力として、ヴァンダルーの魔力が必要不可欠。

他の産業でも大体ヴァンダルーが居ないと事業が成り立たない。ゴーレムやモンスタープラント、イモータルエント、セメタリービーもヴァンダルーが居るからタロスヘイムに恵みをもたらしている。

冒険者ギルド跡の交換所の運営も、商品をヴァンダルーが供給するから成り立つ。

他にも神殿、石工、大工、そして鍛冶。全てヴァンダルーが上に居る。

だから国民の収入を把握するのは難しくない。将来は難しくなるかも知れないが、それまでに仕組みを整えれば良いだけだ。

そして税金不足で困窮する事にもならないだろう。国民は結局国王であるヴァンダルーから様々な物を買って生活する事になるのだから。

実際に百パーセント問題無いとはならないだろうが、後は実施して問題点が出る度に改善するトライ&エラーを繰り返すしかないだろう。

『畏まりました。では、委細はお任せください』

「……チェザーレ、もう将軍を辞めて宰相でもやりませんか？」

『いえ、私はただの軍人です、陛下』

ただの軍人がここまで文官の仕事をして良いのだろうか？

そんな会話の後時間が流れ、そろそろ残暑の終わりも見えて来た頃の事。ヴァンダルーはタロスヘイム王城の地下広間、ドラゴンゴーレムを倒しラピエサージュの材料を手に入れた場所で作業の合間に夜食を食べていた。

『あのー、陛下、それは？』

「これはラーメンです、レビア王女」

丼の中身、白いスープに様々な具材と麺が浸かっているラーメンを指差してヴァンダルーは説明する。

「うどんとは似て非なる料理です。因みに、これはブラガの希望を元に作った豆腐ラーメンです。味噌ダレに豆乳ベースのスープ、麺は小麦粉と黄粉を一定の配合で混ぜ、チャーシューの代わりに油揚げや高野豆腐を入れた物です。薬味は玉ネギ」

何処までも豆腐……大豆なラーメンである。イソフラボン待ったなし（意味不明）。

欲を言えば、早く長ネギを手に入れたい。後スープにゴマを加えたらより美味しくなるのではないだろうか？

『とっても美味しそうでしょう？　ヴァンダルーは料理も上手なのよ。王女様も一杯どうかしら？』

ヴァンダルーの【精神侵食】スキルで、息子と味覚を共有しているダルシアが幸せそうな顔で勧める。

しかし、レビア王女が聞きたいのはラーメンではないらしい。

『ありがとうございます。でも、ラーメンではなくて――』

『ではこれですか？　これはウェディングドレスです』

ラーメンを食べているのとは、他のヴァンダルー……【幽体離脱】した後更に分裂して作業中の一人が、作製途中のウェディングドレスを指差して言った。

無数の縫い針と糸を駆使して、ヴァンダルーは糸から直接ウェディングドレスを繕っていた。

『型紙とか面倒だったのでどうにか出来ないかと悩んでいたのですが、だったら型紙を使わず糸から直接服を作れば良いと言う事に最近気がつきまして』

『実行中です。因みに、これはブラガのお嫁さんのマリーとリンダのドレスです』

『採寸は済ませました。尚、材質はセメタリービーから貰える蜜絹です』

ジャカジャカシャカシャカと四人のヴァンダルーの、糸のように細く枝分かれした腕が無数の縫い針を操作している。

何時かはこれもゴーレムやカースツールにさせたいが、細かい作業なので暫くはヴァンダルー自身がするしかないだろう。

『これで縫い目の無い服が作れますよー』

『フリルフリル……レースレース……ふれりるすふれりるす』

『でも俺だけだと今は一日二着から三着が限界なので、いい加減にミシン作らないと。今もちょっと限界ギリギリです。やっぱりペダル式ですかね？』

ナインランドやニアーキの町で見た限りだが、ラムダの服飾は地球に比べるとやはり劣っていた。

染色は地球よりも染料の種類が豊富なのか鮮やかだが、デザインが限られている。

ナインランドでエレオノーラに憑けた蟲アンデッドの目を通して、市場で売られている古着を見ると現代日本を生きたヴァンダルーの目から見るとダサかった。

当時高校生だったヴァンダルーだが、非行に走っていなかっただけで品行方正だった訳ではない。拾得物などからそれなりに見ていた。

だから色々作る予定である。特にブラジャーとか、ガーターベルトとか、ストッキングとか。水着は濡れても透けにくい繊維を見つけてから着手予定である。

後、将来ハリウッドのアクションスター並の肉体美を目指す身としては、やはり男性用ボクサーパンツも折を見て作っておくべきか。

『凄く綺麗でしょう？　きっとみんな喜ぶし、将来交易する時に商品にした皆買ってくれると思うのよ』

『はい、凄く素敵だと思います。でも、そっちではなくて……あれは何なのかなと……』

レビア王女が視線を向けたのは、蘇生装置から運び出されていく肉塊だった。

手も足も頭も無い、一抱えほどの肉塊。その赤い表面にはビクンビクンと蠢く血管が走っていて、信じがたい事に生きているらしい事が分かる。

『あ、あれの事はあまり考えないで――』

「あれは母さんの失敗作七号です」

『いやぁぁぁぁぁっ！　言っちゃダメぇぇぇっ！』

「いや、別にあれが母さんの真の姿とか、そんな事ないので落ち着いて」

ヴァンダルーは液体状態の死鉄や冥銅を【ゴーレム錬成】で操り、蘇生装置の欠損部分を埋める事を思いついた。そして実行した結果、蘇生装置は動いたのだが……ダルシアの肉体を創りだそうとしても、装置が創り出すのは肉塊しか出来ない。

色々と試行錯誤を繰り返しているが、何をどうしても出来上がるのはダルシアとは似ても似つかない肉塊だけである。

「見ての通り肉と血管しか無くて……内臓があれば作製済みのオリハルコンの骨格と一緒に組み立てるのですが。やはり元から不完全な蘇生装置を、不自然な応急修理で動かしても無理みたいです」

今まで七回ほど動かしたが、出来上がるのが謎の肉塊ではどうしようもない。伝説では、魂が無い以外は完全な人間の身体を作る事が出来たらしいのだが、程遠い結果ばかりだ。

『だって、なんだか……ヴァンダルーはそう言ってくれるけど、本当はこんな姿何だって言われているようで辛いのよ』

『ごめんなさい、私ったら……』

『いいの、私がそう思い込んでいるだけなのよ。きっと、装置が不完全なせいだわ』

「一応動く事は動くので、これから完成形に近づけようと思います。もう少し待っていてください、母さん」

（やっぱり破損個所を同じ材料で埋めたり繋いだりしないとダメか。他はともかく、オリハルコンを微細な形に整えるのはまだ無理だから……やっぱりホムンクルスか？）

【ゴーレム錬成】スキルのレベルも上がったが、オリハルコンで精密部品を作れるまではない。流石に半導体を手作りする程ではないが、米粒に文字を書くような細かい作業だ。簡単には出来ない。

やはり邪神か悪神を探して契約し、ホムンクルスの作製法を利用してダルシアの身体を作るべきかもしれない。

そのために必要な知識は、ナインランドの魔術師ギルドで手に入れて来た。処女の生贄等、ヴァンダルーの目から見ても高いハードルだが、そこは邪神や悪神と話し合えば何とかなるかもしれない。

（神様って、交渉出来るのかな？　脅迫なんて出来ないでしょうし）

実は既に悪神を一柱喰っているのだが、それに気がついていないヴァンダルーは神を無条件に自分より上の存在だと考えていた。

「丁度良い邪神や悪神を探しますから」

『レビアさん、息子が良くない宗教に走りそうなのだけど、こういう時私はどうすれば良いの？』

『え、え～っと、た、多分大丈夫です！』

安心させようと力強く宣言したら、逆に不安にさせてしまったらしい。何故だろう、別に信仰するとは言っていないのに。

《【鍛冶】、【操糸術】【身体強化：髪】スキルを獲得しました！》

《【服飾】が【操糸術】に、【身体強化：髪】が【身体強化：爪舌牙】に統合されました！》

《【料理】、【身体強化：髪爪舌牙】、【操糸術】のレベルが上昇しました！》

Death attribute Magician

第三章
逝くぞ、野郎共！

そして時は流れて十月。

ゴーファ達の【若化】措置等を終え、通貨作り等もとりあえず終えたヴァンダルーは、開拓村の収穫祭に顔を出していた。

具合の悪い村人の治療をして、以前食べた米と雑穀の粥ではなく、野菜や肉と一緒に炒めた南部米のチャーハンっぽい物や具がしっかり入ったスープをご馳走になる。

「よく入るなぁ、それで何杯目だ?」

「三杯目です」

お土産にホーンラビットを三羽と胡桃を一袋渡したので遠慮しないヴァンダルーだった。

「いやー、お前が帰った後大変だったよ。奴隷鉱山で何か起きてさ、城壁が破壊されて鉱山が更地になって、兵士や奴隷が全員スケルトンになっていてさ」

「何だって、本当ですか、信じられない」

実は犯人、それも主犯であるヴァンダルーは何時もの無表情と棒読み口調でそう言った。表情も口調も何時も通りなので、フェスター達は気がつかなかったようだ。

……意識しないと表情を変えられず感情が表に出ないのも、こんな時は役に立つ。

「ああ、城壁が外から壊されていたらしいから、多分魔物が出たんだろうな。足跡とか、痕跡は見つからなかったけど」

「それで、魔物に殺された兵士や奴隷がアンデッド化したんだろうってさ」

どうやら、調査した騎士団はそう推測したらしい。奴隷が居なくなっている事に気がつかれないよう、魔物の骨を【ゴーレム錬成】で加工して巨人種スケルトンに見えるようにした甲斐があったようだ。

「幸いな事に、城壁を破った魔物はそのまま鉱山があった場所の南に移動したらしいけどな」

軍隊が動いた形跡が無ければ犯人は魔物しかなく、魔物の痕跡が無い場合は空を飛ぶなりなんなりして何処かへ行ったと調べた者達は考えたらしい。

（実際には、魔王の封印が解けた事と関連付けて考えようとしている人もいるでしょうけど……分からないだろうなぁ）

まさか奴隷鉱山から奴隷を助けるために、たまたま勇者の封印を破って魔王の一部（血）を解き放ってしまったとは、夢にも思わないだろう。

実際、ヴァンダルーがそう考える通りに奴隷鉱山の事件を知ったハインツ達やアルダ神殿関係者は首を傾げていた。事件が起きたタイミングを考えれば無関係ではないだろうが、何故そこ？　と。

ハートナー公爵領としてはダンジョン以外で鉱物資源を手に入れられる、それなりに重要な場所ではある。しかし、魔王の封印を解いた何者か、若しくは封印されていた魔王の欠片その物が、目標とする対象としては疑問しか残らないのだ。

他の魔王の欠片が封印されている訳でもないし、他の悪神や邪神が居る訳でもない。だから、封印を解いた者が鉱山で働かされているタロスヘイムの元避難民の関係者だと気がつかないと、何故なのか不思議で仕方がないだろう。

そしてまだ気がついていないようだ。

この開拓村がノーチェックである事が、事件について捜査している者が真実に近づいていない証拠だ。

見張りや密偵などが入り込んでいない事は、今も村の上空を漂っているヴァンダルーの使い魔、レムルースによって判明している。

「お蔭でニアーキの町から討伐のための冒険者や騎士が街道を通ってさ、親父さんがウハウハしていたよ。これからは行商人が来てくれるか分からないって知って、今は逆にしょんぼりしてたけど」

裏で蠢く色々を知らないカシム達は、のんびりと祭りを楽しんでいる。実に癒される。

「リナは仕事が増えて大変そうだったけどな」

「そう言えば、皆さんは討伐隊に加わらなかったんですか？」

実際には、ヴァンダルーは既にレムルースを通してカシム達が討伐隊に加わった事を知っていたが、聞かないと不自然かなと思って質問しておいた。

「勿論参加したぞ、参加するだけで飯代とは別に報酬が出たし」

「スケルトンならランクは2だ。俺達でも倒せるし、討伐隊の数も多かったからな」

「それと、お前が教えてくれたゴブゴブを作るために村の男衆が……一部女衆もゴブリン狩りを初めてさ。五人一組で手製の槍や弓を持って狩り出すから、最近村の周りじゃゴブリンが出ないんだよな」

レムルースを通して見ていたのでヴァンダルーは知っていたが、開拓村の人々は逞しい。いや、逞しいから今までやって来られたのだろう。

「でも何だか変だったんだよな。あのスケルトン。他の奴等には普通に襲い掛かっていたようだが、まるで俺達には、何て言うか……」

「稽古を付けられる感じだったな。いや、向こうも俺達も武器は本物だし、ちゃんと倒したけど」

「実戦の筈なんだけど、実戦さながらの稽古を付けられた感じだったな。それに、何処からか見守られていたような視線を感じた」

長物を振り回す敵とどう戦うか、自分達より素早い敵、数が多い敵、盾職と弓使いが一度に出て来た時は？　そんな課題を次々に出されたような気がカシム達はしたらしい。

勿論、ヴァンダルーがレムルースや残してきた虫アンデッドでスケルトン達を指揮した結果だが。裏で無数の羽虫で文字を作り、スケルトンに命令していたのだ。

「アンデッドは生前の行動を繰り返すと聞いた事があります。そのスケルトン達は、昔新人の教官でもやっていたのでは？」

ヴァンダルーの言葉に、「なるほど」と納得するカシム達。ゼノが感じた視線も、きっとスケルトンの誰かだろうと思ったらしい。

実際には、彼らは生前そんな善良な連中ではなかったが。

「そう言えば、あの神官さんはどうしました？　姿が見えませんけど」

ニアーキの町に向かうと言って村を出たアルダの巡教神官……に偽装したただの生命属性魔術師の工作員、フロトの姿は収穫祭で賑わう村の何処にも無かった。

「いや、俺達も知らないんだ。この第七開拓村だけじゃなくて、他の開拓村でも姿を見てないらしくて」

「討伐隊で話した奴らに聞いたんだけど、そんな神官は知らないって。ヴァンダルーはどうだ？　町に行ったとき会わなかったか？」

「フェスター、俺にとってアルダ神殿は敷居が高いです。残念ながら見かけていません」

「そうか……何事も無いと良いんだが」

心配そうな顔をする三人に、ヴァンダルーは頷いた。

「そうですね。多分、大丈夫だと思うのですが」

まだフロトが工作員であると知らないヴァンダルーだった。レムルースの見張りも、幾らほぼ透明とは言え近づきすぎると気がつかれるので、遠くから人の動きを見ている程度でしかない。

ニアーキの町の〝闇夜の牙〟は予定より早く〝五色の刃〟の一人、エドガーに退治されてしまったので情報も収集出来ない。

結果、ヴァンダルーはフロトをまだアルダの信者なのに珍しい善良な聖職者だと思っている。

「ところで、これからどうするんだ？」

「はい、明日から他の開拓村を巡って収穫祭三昧です。その後は、町の方に行って生活必需品を手に入れ、母の遠縁に当たる人達を訪ねようかと」

「母の遠縁って、もしかして――!?」

「いいや、吸血鬼なのは父です」

「あ、そうなのか？　いや、てっきり……」

エレオノーラが居たらまた勘違いされていたかもしれない。彼女が結構気にしている事を知っているヴァンダルーは、今回は一人で来て良かったと思った。

「おーい、そろそろメインイベントだ。祠に石像を納めるから、こっちに来てくれー」

『何でも屋』の親父がヴァンダルーを呼びに来て、その日の会話は一旦途切れた。

因みに、元石工のイワン作のヴァンダルー像の出来は……微妙だった。全部石で出来ているので髪や肌、オッドアイの色を表現できないので、言われなかったらヴァンダルーだと気がつかれないかも知れない。

窓から美しい月明かりが差し込む一室に、〃悦命の邪神〃ヒヒリリュシュカカを奉じる原種吸血鬼達が集まっていた。

ただ、三脚ある椅子の内一つは空席となっている。

「やれやれ、ここ最近騒がしすぎる。そうは思わないか、グーバモン?」

「儂はお主に呼び出された事が最も気に喰わんがの、ビルカインよ」

本来なら三人が着くはずのテーブルで向かい合う、青年貴族然としたビルカインと悪の老魔術師然としたグーバモン。

「そう気を悪くしないでくれ。君が大好きなコレクションは、少しばかり君が離れても気にしないさ。

それよりも例の件について対処した方が良い。うかうかしていると、私達の足元も危うくなる」

ビルカインの言う例の件とは、ナインランドの魔術師ギルドのギルドマスター、キナープ達による情報漏洩だ。

彼らが持っていた情報によって、キナープと取引していたテーネシア派は勿論だが、ビルカインやグーバモンの配下や、その協力者にも無視出来ない被害が出ている。

アミッド帝国にも深く根を張っている彼らだが、同程度にオルバウム選王国にもその毒牙を突き立てている。

ビルカイン達は十万年前から存在し続けている。一つの国だけに勢力を纏めていると、その国が滅亡した時に受ける煽りで大火傷しかねない事を経験している。二つの大国が存在する時代にはどちらの大国の裏にも手を伸ばす。

だからこそ、オルバウム選王国に潜り込ませた者達が狩り出されるのは痛い。

「儂らの足元が？　クキキッ、気弱になったか、ビルカイン？　手下共や、更にその下の協力者が幾らか狩られたところで、儂らの身が危うくなる事等あり得ん事じゃ。狩り出されるに任せておけば、いずれ人間共も満足するわい。儂等まで辿りつく者などおらぬし、居たとしても殺せばよいだけの事じゃ」

皺だらけの顔で嗤うグーバモンの言う事も一理ある。幾ら手下を始末されても、彼らが纏う闇は深い。余程の幸運にでも恵まれなければ人間達は尻尾と戯れるのが精々で、頭である彼らには到底辿りつけない。

そしてもし辿りついた者達の中に英雄の中の英雄が居たとしても、返り討ちにしてしまえば良いだけの事だ。

一人だけならA級冒険者のパーティーか、S級冒険者が挑めば、若しくはS級冒険者とそれを援護する複数のA級冒険者のパーティーが来れば、原種吸血鬼でも負ける可能性はそれなりに高い。

だが、彼らは一人では無い。

普段は徒に競い合うビルカイン達だが、外部の共通した脅威には協力して立ち向かう事を盟約で結んでいた。

そのお蔭で九万年前に英雄神となったベルウッドやナインロードの加護を受けた英雄達に攻め込まれた時も逃げ切れたし、その五千年後の他の邪神に従う原種吸血鬼との抗争も勝ち残ったし、それ以後の危機も乗り越えて来られた。

そして〝悦命の邪神〟派がバラバラにならず、今も三人の原種吸血鬼の合議制で運営されているのも、その経験のお蔭だ。

……ここ五万年は、その共通した脅威は出現していないが。

だからグーバモンの言い分も正しい。彼等三人が協力すれば、オルバウム選王国の全軍を相手取っても負ける事はないだろう。そこに〝五色の刃〟が加わっていても、多少手強くなる程度で結果はそう変わるまい。

手下達は減るだろうが、それはまた幾らでも増やせば良いだけの事だ。貴種吸血鬼でも、ビルカイン達には替えの利く駒でしかない。

生き残って新しい闇の中で、また勢力を築けばいい。三人の原種吸血鬼が生き残っている限り、組織はまた作り直せる。

「確かにそうだ。どんなに悪くても、私達の身に危険は及ばない。でも、あまり配下や協力者が減ると困るだろう？　長く生きる私達には、日々の潤いが不可欠。そうだろう、グーバモン」

「ふむ……」

そう言われてはグーバモンも動く事を考えなければならない。確かに彼は強大な存在だが、彼の趣味である『英雄の死体を使ったアンデッドコレクション』を充実させるためには、彼個人だけでは足りない。

情報を集める多くの目と耳、そして動く手足が必要だ。

「しかし、具体的にはどうするつもりじゃ？　既に情報は渡っておるし、知った者を消すには手遅れ。手下どもを雲隠れさせるにしても……そうじゃ、テーネシアの所のチプラスの奴が討ち獲られたの。あれを今回の件の黒幕にでも仕立てるか。ビルカインよ、それでテーネシアは何時来る？」

「ああ、テーネシアは来ないよ」

「何じゃとっ!?　あの小娘がっ、儂が出て来たと言うのにすっぽかしおったのか！」

「いいや、グーバモン。テーネシアは、元々呼んでいない。私が呼んだのはね、最初から君一人だよ」

「何？　何のつもりじゃ、ビルカイン。まさか……」

ビルカインはグーバモンに、優しげな表情を浮かべたまま言った。

「今回の件はテーネシアの不始末だ」

ビルカインは、テーネシアを人間達にくれてやろうとグーバモンに持ちかけたのか？　十万年来の盟友を？

グーバモンは目玉が零れ落ちそうな程驚き……だがビルカインの真意をすぐに悟り、口の端を歪めて笑った。

「なるほどのぉ、テーネシアに人間共をぶつけて弱らせ『降ろす』つもりじゃな？」

純粋な戦闘能力では、テーネシアが最も高い。しかし、ビルカインにはとっておきの切り札があった。他者を強制的に支配下に置ける切り札が。

それは強力だがリスクが大きく、彼の気が遠くなるような長い人生でも数度しか使った事がない。使わなければ命が危険に晒されるような状況に置かれても、使用は控えなければならない。

そんな代物だ。

だが、もし自分と同格の存在が抵抗出来ない程弱っていたら……それは多大なリスクを支払っても、使用して巨大なリターンを得るべきタイミングだ。

「今回の件はテーネシアに責任がある。彼女が責任を取って然るべきじゃないか」

「そう言う考え方もあるか。情報を漏らしたのはテーネシアの手下が使っていた人間じゃからな」

「ああ、それにタロスヘイムとハートナー公爵領を繋ぐトンネルに何か細工をした」

「なんじゃと？　それは初耳じゃが、どういう事じゃ？」

彼等邪神派の原種吸血鬼達は、新たなアミッド帝国との国境に接するハートナー公爵領に食い込むため、複数の手下を送り込んでいた。特に力を入れていたのはテーネシアだったが、ビルカインやグーバモンの幾人かの配下を派遣していた。

「実は、主にテーネシアの配下を狩り出している〝五色の刃〟という冒険者達が面白い事をしていてね。なんと、彼らはエレオノーラを探しているんだ」

その配下を通じて、ハインツ達の動向がビルカインに伝わっていた。

「エレオノーラ、じゃと？　馬鹿な、境界山脈の向こうにいるはずの裏切り者を何故選王国で探しているのじゃ？　まさか……いたのか？　城が傾き、魔王の封印が解かれた時に！　では、まさか魔王の欠片はその小娘の手にあるのか⁉」

興奮するグーバモンにビルカインは「いいや、それは無い」ときっぱり否定した。

「一応元飼い主だからね。彼女の力量は分かっているつもりだ。この一年でどう成長しても、彼女では魔王の欠片にすぐ取り込まれてしまうよ。もしエレオノーラが封印を解いたのだったら、ナインランドで獣の如く暴れまわっただろう。封印を解いたのは……エレオノーラの今の主人だ」

「今の主人と言うと……あのダンピールか。既に出てきておったとは……っと、なるとキナープの件も？」

「だろうね。エレオノーラの【魅了の魔眼】は視線を合わせている時しか効果が無いから、他の手段を使ったのだろうが」

他にもニアーキの町でダンジョンが発生し、奴隷鉱山がスケルトンの巣窟と化し鉱山自体も更地にされている大事件が存在したが、ビルカイン達はそれ等もヴァンダルーが関与しているのではないかと疑っていた。

ただ、それらがどんな意図で行われたのかについては推測出来ずにいたが。

人は己の物差しで他人を測る。その意味ではビルカイン達はとても人らしい。

まさかヴァンダルーが冒険者登録する事を望んでいて、自分達にとって駒やコレクションする物品でしかないアンデッドの生前の親族の様子を調べに行き、結果として一連の事件を引き起こしたのだなんて想像も出来ない。

原種吸血鬼達の中ではヴァンダルーの狙いは魔王の欠片で、そのために一連の事件は引き起こしたのだと推測されていた。

きっと、大陸南部で他の魔王の欠片を解放するなり、ヒヒリュシュカカ以外の他の邪悪な神を仰ぐなりなんなりして情報を手に入れたのだろう。もしかしたら、奴隷鉱山の近くにも自分達が知らない封印があったのかもしれない。

そして、実はテーネシアは全てを知っていたのではないか？　特にビルカインは、既にヴァンダルーと通じているのではないかと疑ってさえいる。被害は彼女の配下に最も多いのだが、それも偽装に思えて仕方ない。

完全に自分がヴァンダルーと取引し味方に引き入れる事を企んでいるからこその邪推だが、血を分けた家族同然の絆で結ばれた十万年前ならともかく、現在の利害関係だけで結ばれた関係の原種吸血鬼達の信頼関係は脆い。一度罅が入れば、後は広がるだけで止まらない。

「なるほど……トンネルを潰したのはテーネシアじゃやからな。奴らが暗躍しているなら、テーネシアに責を負わせるのが理に適っておる」

「そう言う事さ……じゃあ、本題に入ろうか、グーバモン」


ハートナー公爵領では、サウロン公爵領がアミッド帝国に占領された事で起きた不景気に苦しめられていたが、最近『事故』で城が物理的に傾いた事で、莫大な修繕費か城の建て替え費用が税金に上乗せされるのではないかと人々は心配していた。

勿論城の修繕及び建て替えは公共事業なので、商売のチャンスでもある。しかし、農業や酪農を本業としている人々にはその恩恵には中々与れない。

小さな田畑で何とか生計を立てていた夫婦が一人息子の眠った深夜、悲壮な顔つきで話し合っていた。

「これ以上税金が上がったら、トムを売るしか……」

「あんた、待っておくれよ。あの子はまだ五つだ、売ったら鉱山送りにされちまうよ」

肉体労働に向かない年齢なら、男の子でも鉱山のような使い潰す事前提の場所に送られる事が圧倒的に多い。

腹を痛めて産んだ息子がそんな事になるのはと夫を止める妻だが、夫も進んで我が子を売りたい訳ではない。顔を皺くちゃにして言った。

「だが、このままじゃ種籾を食っても山羊を残らず絞めても冬を越えられねぇ……家族そろって餓死するよりは、少しでも希望がある方に賭けなけりゃ……何、トムはあれで頭が良い。きっと、何処かの旦那が買って働かせてくれるはずだ」

「ううっ、稲が病気にさえならなけりゃぁねぇ……」

満足出来る量の米を収穫出来なかった貧農の夫婦は、仕方なく息子を売る事にしたようだ。しかし、そこに奇跡が起きる。

『待つんだ……アザン……あの子を売っちゃならねぇ……』

突然聞き覚えのある声が夫婦の耳に届いた。だが、その声は二度と聞けないと思っていた声だった。

「そんな、母ちゃん!?」

アザンと呼ばれた夫が目を見開いて驚く。そこには今年の夏、山菜を取りに行った翌日遺体で発見された彼の母の姿があった。

向こうの壁が透けて見える、不確かな姿で。

「お、お義母さん!?」

「ひぃぃぃっ、成仏してくれぇっ！」

死んだ母がゴーストと化し出て来たかと抱き合って震え上がる息子夫婦に、母親の霊は告げた。

『トムを売っちゃならないよ……それよりも、家の山羊と種籾を納屋の扉の外に繋ぐんだ。そして朝日が顔を出すまで窓を閉めて、家から一歩も出ちゃいけないよ』

「山羊を？」

『アザン、母ちゃんの言う事を聞いておくれ。いいかい、納屋の扉の外に山羊を繋ぎ、種籾を置くんだ。そして朝日が顔を出すまで家から出ないで待つんだ。そうしたら、良い事が……女神ヴィダの御恵みがあるからね』

「ヴィ、ヴィダって……母ちゃん、アルダ様に改宗したんじゃなかったっけ？」

そう尋ねる息子に答えず、アザンの母親の霊はすぅっと何も残さず消えてしまった。暫し呆然と霊が現れた場所を見つめていた夫婦だったが、顔を見合わせて頷き合った。

「お義母さん、トムの事を可愛がっていたものね」

「そうだな……どうせ歳でもうすぐ乳も搾れなくなる山羊だ。種籾も、必要な分を除いて母ちゃんに言われた通りにしてみよう」

そしてアザン夫婦は言われた通り納屋の扉の前に山羊を繋ぎ、種籾の入った袋を置いて朝を待った。

すると、驚くべき事が起きていた。

「これは……っ！」

何と、山羊と種籾の袋があった場所に粘土で出来た等身大の人形が立っていたのだ。もし日本の歴史を知っていたら、「土偶？」と首を傾げただろうが、アザンにはそれよりも気になる事があった。

土偶の足元に見覚えの無い木の棍棒が置かれていた。これで叩いて割れと言う事かと、アザンは棍棒で土偶を叩き割った。

すると、パカンとあっさり割れた土偶の中から、食料や財宝が入った袋や箱が次々に出て来たのだ。

「塩だっ、塩がこんなに……！　一年分はあるぞ！　それにこっちは麦だ！　この瓶は……油に酢まであるぞ！」

「あんたっ、これは銀貨じゃないかい!?　金貨も混じってるよっ！　こっちのキラキラしてるのは、もしかして宝石……！」

土偶に入っていた食料や財宝の価値は、アザン夫婦が一人息子を売って手に入る金の何十倍程もあった。トムを売らずに済むどころか、冬を楽に越して新しい若い山羊を買っても余る。

「ああ、母さんありがとう！　ヴィダの女神様、ありがとうございますっ！」


村から少し離れた丈の長い草が繁茂している草原で、人間大の土偶型ゴーレムに囲まれたヴァンダルーは成果にほくほくとしていた。

「山羊に兎に南部米の種籾に、タロスヘイムには無い品種の豆が数種類、傷みやすくて町には出回らない果物の種と苗木……上々ですね」

アザン夫婦を含めた複数の農家が喜んでいる様子を見ると、もう少し代金を抑えた方が良かったかなと思わなくもないが、大した問題ではないし別に良いだろう。

ヴァンダルーはカナタに殺されたハンナ達フレイムゴーストから、ハートナー公爵領の貧しい農村の場所を幾つか聞き、そして飛んで行って周辺の霊を集めて交渉要員を確保。そして貧しい夫婦に【可視化】で常人にも見えるようになった霊を通して取引を持ちかけたのだった。

取引を無視した一家も幾つかあるが、信心深い農村の人々の多くは霊の言葉を信じて取引に乗ってくれた。

お蔭でこの成果である。

流石に農作業を手伝わせられる農耕馬や牛等はいなかったが、山羊や兎等、雑草を食べさせておけば育ち糞が肥料になる家畜は何頭か居た。取引で手に入ったのはその中でも年老いた部類だったが、それくらい【若化】すれば問題無い。

取引に支払った代金も、ダンジョンで手に入れた物や通りがかりに始末した山賊の宝ばかりなのでヴァンダルーの主観では損ではない。

「俺、普通に家畜や作物の種籾を買える身分じゃないですからねー」

農場や牧場の持ち主でもないのに、生きた家畜や種籾を買おうとすると、とても目立つ。だからヴァンダルーはこんな手段を取っていた。

「キチキチキチキチィ」

「ピート、今はまだ食べちゃいけません」

頭から身体を半分出して兎を狙うピートを止めて、ヴァンダルーは言った。

「ちゃんと増やしてからです……兎肉のトマト煮込み……山羊のチーズを添えて……」

ピートではなく食欲を隠そうともしないヴァンダルーに恐怖して動けない兎を、土偶ゴーレム達が体内の空洞に収納する。

「さて、じゃあ昨日作ったダンジョンに移動しましょう。後何頭か山羊が欲しいですね」

荷物運びに便利な土偶ゴーレムを引き連れて、ヴァンダルーは草原を後にしたのだった。

そして幾つかの村で同じ事を繰り返した。これによってタロスヘイムに様々な家畜が導入されたのだった。

尚、ハートナー公爵領の農村を中心に女神ヴィダの信仰が盛んになり、収穫祭では信者達は土の人形にその年取れた作物を供え、翌日に皆で人形を壊し破片をお守りとして家に持ち帰る風習が広がったという。


上手くいかない調査に、ハインツ達〝五色の刃〟は溜め息をついていた。

「やはり、中々上手くいかないな」

「全くだ。一体どこに消えたのやら……吸血鬼は霧になれるってのは迷信だよな？」

「ほぼ迷信ですね。過去には、そんなユニークスキルを持つ吸血鬼が存在したらしいですが」

エレオノーラを追いながら、彼女の情報を知っているだろう吸血鬼を倒して尋問するハインツ達だったが、結果は全く伴っていなかった。

ナインランドで目撃された以後、エレオノーラの痕跡は何処にも無かった。ハインツ達がキナープの流した情報を頼りに狩り出した吸血鬼達も、エレオノーラが裏切り者である事は知っていても、現在何処で何をしているかは知らなかったのだ。

寧ろ、何故ハインツ達がエレオノーラを捜しているのかと驚かれたぐらいだ。

しかも、チプラスのような上位の吸血鬼を生け捕りにするのは、彼等をもってしても至難の業であるため、結果尋問出来るのは下っ端だけ。【霊媒師】ジョブの持ち主を探して、霊から話を聞こうともしたが何故か大物吸血鬼の霊はどの霊媒師も降霊する事が出来なかった。

限られた情報から分かったのは、吸血鬼達はエレオノーラを捜しているというより、見かけたら報告しろと言う命令を受けていた事と、彼女本人よりも彼女の主人が重要視されている事だった。

テーネシア達が下っ端に情報を制限したからだが、その結果ハインツ達はエレオノーラの情報を吸血鬼から得るどころか、逆にビルカインにハートナー公爵領にエレオノーラが現れた事を教える事になってしまっていた。

それに気がつかないまま捜し続けたが、手掛かりは全く手に入らない。

「全く、おかしい話だ。幾ら貴種吸血鬼が空を飛べても、一日中飛んでいられる訳じゃない。なのに、何で手がかりが無いんだ？」

ジェニファーがそう言うが、エレオノーラもヴァンダルーも王都とニアーキの町以外に彼女達の捜索範囲に降りなかったので、手がかりが見つからなくても当然だ。

ハインツ達が南の開拓村に訪れていればヴァンダルーの事を知り、エレオノーラと結びつける事が出来たかもしれないが、奴隷鉱山の事件が知られた時には彼らはナインランド周辺にいたので訪れる機会に恵まれなかった。

「まあ、肝心な勇者の封印を解いて魔王の欠片を自由にした犯人の手掛かりは掴めませんでしたけど、無駄ではありません。冒険者としても、セレンを守る意味でも」

〝五色の刃〟によって討伐された吸血鬼の数は、従属種も含めれば百を優に超える。お蔭でアルダ神殿から聖人認定されたくらいだ。

冒険者ギルドから手に入れた討伐報酬や、吸血鬼から手に入れた戦利品で懐はかなり暖かい。特にハインツはＳ級昇格が現実味を帯びてきている。

それに吸血鬼が減れば減るだけハインツ達が保護しているダンピールの少女、セレンの安全が確保される。

だから完全な無駄と言う訳でもないのだが……。

「捜査方法を変えるべきだな。ここまで手がかりが無いと言う事は、私達は何か大きな見落としをしていると思う」

そして冒険者ギルドで今後の捜査について話し合う中で、既に鎮圧され現地を調査した報告書にも目を通したが、奴隷鉱山の跡地を自分の目で調べに行く案、既に確認されている他の勇者の封印を調べに行く案等が出された。

しかし、彼らの後ろでこんな会話がされている事は気がつかなかった。気がついて興味を覚えても、自分達が調べている事とはあまり関係無いだろうと考えただろうが。

「聞いたか？　ヨウダの村でもあったらしいぞ、女神の土人形様」

「土人形様って、あれか？　死んだ親や兄弟の霊が出てきて、夜の内に外に歳を取った家畜や種籾を供えると、朝には代わりに土の人形が立っていて、中に食料や金が入っているっていう？」

「そう、それ。まったく、あやかりたいもんだよな。俺達の所にも来ないもんかね？」

「……お前、親兄弟は？」

「あ、皆生きてた。爺ちゃんも婆ちゃんもピンピンしてる」

「なら来る訳ないだろ。そもそもお前の所、靴職人じゃないか。何を供えるんだよ」

「それもそうか」

「は～、また空振りだ。山賊退治に行ったら、山賊が皆魔物に殺されていて、しかもお宝まで無くなってるし」

「この前は仲間割れでもしたのか、誰かに復讐されたのか、全員喉を掻っ切られていたな。あれは凄腕のプロの仕業だぜ」

「そっちもか？　俺達も空振りだったよ。まあ、獲物は山賊じゃなくてグールだけど」

「爪の毒が薬になるし、雄の鬣《たてがみ》が最近良い素材になるって買い取り価格が上がってるのに……何故か最近見つからないのよね」

「奴隷商人に雇われた奴等でも居るのかな？　雌は調教すれば高く売れるらしいけど」

「どうかな？　そういう奴等なら雄は殺して魔石を取るぐらいだろ。だけど、あの集落跡には雄の死体も残って無かったぞ」

「……なぁ、何か臭わないか？　陰謀の臭いがさ。きっと、最近起きてる数々の事件は裏で繋がっている。俺には分かるんだ」

「ロジャー、お前もう酒が入ってるのか？　陰謀上戸もほどほどにしてくれよ」

実はロジャーという冒険者の言う通り、全てヴァンダルー達の仕業である。

女神様の土人形事件は当然だが、数々の山賊壊滅事件はヴァンダルーが土人形事件のついでに、そして取引材料のバウム硬貨を手に入れるために、自分で【格闘術】スキルの練習台にするか、ピート達の経験値稼ぎの獲物にしている。

霊から話を聞けば殺人を多く犯した凶悪な山賊程頻繁に見つかるので、冒険者ギルドが討伐に乗り出すような山賊団は次々に消滅している。

そしてハートナー公爵領の魔境からグールが次々に姿を消しているのは、カナタに焼き殺されたギルドの受付嬢だったアリアや、冒険者として活動していたルチリアーノからグールが生息している魔境の場所を聞いたヴァンダルーが、「うちの国に来ませんかー?・」と勧誘して回っているのである。

ハートナー公爵領の冒険者達にグールが狩られるのが癪だったので始めた事だが、グール達はヴァンダルーの姿を見ただけで膝を突き、平伏した。

どうやらグール達にはヴァンダルーを見ると、神が降臨したかの如く感じるらしい。

レベルアップしている【死属性魅了】に、【グールキング】と【ヴィダの御子】の二つ名が効いているらしい。

後は魔境内に作った極小ダンジョンから裏技を使ってタロスヘイムに連れて行くだけだ。その群れの長とヴィガロが殴り合いをするか、ザディリスと魔術比べをして、どちらが上位者か決めた後はヴァンダルーだけでは無く彼らにも従うようになるので、移住後も順調だ。

グール達の中には自らの種族がヴィダの新種族だと知らない者も少なくなく、真実を知った後は始終驚いていたが。

やはり魔境毎に分断されている状態で、外部から孤立しているのが問題のようだ。

因みに、ハートナー公爵領に他のヴィダの新種族の集落は無いそうだ。旧サロモン領にはあるそうだが、現在は国境の警備が厳しいらしいので、それが緩んだ頃に米の種籾を手に入れる為にも旧サウロン領に潜入しようとヴァンダルーは企んでいた。

こうしてヴァンダルーはカシム達に語ったように、「生活必需品」である家畜や農作物を手に入れ、「母の遠縁」であるヴィダの新種族のグール達を訪ね歩いたのだった。

因みに、ハインツ達は相談の途中でハートナー公爵領に最近妙にダンジョンが、それも小規模なE級とも言い難い小物ばかりだが発見が相次いでいる事を知り、それを追う事にしたらしい。

外れではないが、それらのダンジョンは全てヴァンダルーが移動手段として【迷宮建築】スキルで作った物で、発見された物は全て使用された後放置されているもので、ほぼ空振りが決まっている。

ヴァンダルーしかダンジョンから他のダンジョンに転移する事は出来ないのだから。

そして冬になった頃、ヴァンダルーはちゃんと冬を越せそうか様子を見るために開拓村に向かったのだった。


「装備は積んであるな？」

「問題ありません！」

「よし、行くぞっ！」

馬に騎乗したカールカンは、彼が指揮する一隊とフロト、そして馬車を二台引きつれてニアーキの町を出た。

まず北に向かい、そして街道から間道を使って南に回り込む。

行先を偽装して山賊に扮して南の開拓村に向かい、襲うために。

まだ雪は降っていないが吐く息が白くなる寒さの中、騎士であるカールカンが率いる一隊が間道を南に進んでいた。

人数は五十人程で、騎士団の所属ではあるがカールカン以外には副隊長を含めた三人しか正式に騎士叙勲を受けている者はいなかった。

隊を構成するのは準騎士という立場にある者達で、将来の騎士候補や騎士の子弟である者達だ。練度としては騎士に劣るが平均的な兵士と同じかやや上とされる。

そんな彼らがハートナー公爵領の紋章が刻まれた鎧兜ではなく、古びて修繕の跡が幾つもある皮鎧を身に着けている。その姿は一見すると身ぎれいな傭兵団のようだった。

「確かに気持ちの良い任務ではないがこれもルーカス公子のため、ハートナー公爵領の未来のため、そして我々の民草のためだ。そんな顔をするな、まるで敗残兵のようだぞ」

「ですが、本当に必要な事なのですか？　既にルーカス公子が家督を継ぐ事は決まったのも同然なのでしょう？」

参謀格で参加しているルーカス派の工作員、ヴァンダルーが善良なアルダの神官だと信じ込んでいるフロトが、カールカンに意見を述べる。彼が言う通り、当初家督を継ぐのは難しいだろうと予想されていた長男だが母親が妾であるルーカス公子の家督相続が、ほぼ内定していた。

魔術師ギルドの元ギルドマスター、キナープ達の行動によって明らかになった、邪神派の吸血鬼と複数の貴族が通じていた大スキャンダル。それによって生じた大波に、当初家督相続が確実視されていた公爵家次男で本妻の息子であるベルトン公子は飲み込まれた。

自身の身は守れたものの、彼を支持する者達が吸血鬼に与していた事が明らかになったため、家督争いから身を引く結果になった。オルバウム選王国で公爵位に就く事は、選王に立候補する権利を手に入れるという事だ。身内に人類の裏切り者がいたのでは任せられないと、他の公爵領や現選王からの意見が続出したためだ。

対してルーカス公子は自分の支持者や部下の中に吸血鬼と通じている者が居ないか厳しく調べ、自ら狩り出し処断して見せると言うパフォーマンスを行った。

ベルトン公子も〝五色の刃〟に依頼する等して自身の潔白をアピールしたが、一度疑われると狩り出された者も「蜥蜴の尻尾ではないのか」と効果が弱くなる。

そして信用と有力な支持者を失い、アルダを含めた全ての神殿関係者から距離を置かれた事で人心も離れベルトン公子は失脚したのだった。

もっとも、最悪彼自身も急病で何処かへ静養のため連れていかれたり、人里離れた神殿で信仰に生きる事になったりする可能性もあったので、それを考えれば失脚でも御の字だろう。

彼は今後ルーカス公子が公爵を継いだら、公爵家の分家として生きていく事になる。

そして現ハートナー公爵は春まで持ちそうにないらしい。ここまで状況が整えば、余程の事が起こらなければルーカス公子が公爵になるのは決まったと考えて良いだろう。

今更ベルトン公子が行っていた開拓事業を潰して意味があるのか疑問に思っても仕方ない。

しかしカールカンはフロトの耳元で囁いた。

「フロト殿、そうは言うがこのまま何もしなければお前は元の閑職に戻るだけだぞ」

フロトの顔が強張る。魔術師ギルドの閑職に甘んじていた彼が、巡教の神官に身を扮して開拓村を巡って情報を集め、それをカールカン達に流していたのは、全てハートナー公爵家のお抱え魔術師になるためだった。

栄達を手に入れるために苦労してきたのだ。それがこのままでは水泡に帰す。

「もう一仕事して望みの報酬を手に入れるか、それとも『ご協力感謝する』という言葉と小金を受け取って今までいた場所に戻るか。どちらか一つだ」

「……分かりました」

そう迫られれば、断る事は出来なかった。

実際にはルーカス公子にとってカールカン達の行動は利益にならない。それどころか、僅かだが不利益になる。

ただカールカンの上役も立て続けに起こっている事件への対処に追われており、明確に開拓事業潰しの任務を中止するとの命令を彼に伝えていなかった。

『現状待機』

これがカールカンの受けた命令である。ルーカス公子自身や彼を支持する騎士団上層部の、今は迂闊に動くべき時ではないという意思が端的に込められている。

しかしカールカンはそれを深読みし、「お前達にはもう期待しないから動くな」と言われたのではないかと思い込んだ。そしてこのままでは自分は、後継者争いに何の力にもならなかったと切り捨てられるのではないかと恐れた。

そして当初計画していた「演習と偽って町を離れて間道に入り、山賊に扮して開拓村を襲って壊滅させる」と言う作戦を実行しようとしているのだ。

冷静に考えれば思い留まれそうなものだが、裏の仕事を割り当てられていたカールカンの猜疑心は普段より強く、視野は狭くなっていた。

動かなければ、フロトに言った事が自分にも降りかかるのではないか。そんな疑心暗鬼に駆られているのだ。

だが表面上はそんな追い詰められた精神状態にあるとは微塵も見せず、カールカンは自分が率いる隊の者達を見回す。フロトは納得したし、元から密偵だった偽商人は黙々と進んでいる。だが、他の者の士気は高いようには見えなかった。

『このままではまずいか』

開拓村の戦力は、大した事は無い。一番大きな第七開拓村でも人口は約二百五十人で、専業の兵士はいない。冒険者は難民出身の者が三人いるが、情報ではまだE級で最近やっとD級への昇級が見えて来たところらしい。実力的には、隊の準騎士達と変わりないだろう。

五十人も居れば皆殺しにする事は難しくない。冒険者達は注意する必要があるが、注意すれば問題無い程度だ。

唯一の気がかりはダンピールの少年だ。何故か町から逃走したので所在の確認が出来なかったが、万が一今も開拓村に居たとしても、治癒魔術以外ではD級冒険者と同じ程度の戦力だ（と彼等は推測している）。フロトの付与魔術を受けたカールカンを含めた正騎士達で囲んでかかれば一方的に始末出来るだろう。

だが、士気の低さは良くない。気が緩むと思いもよらない失敗をするものだ。開拓村から生き残りを、それも自分達の顔を見た生き残りを出したり、油断して返り討ちに遭ったり。

それは避けたい。

仕方ないかとカールカンは割り切ると、彼が率いる若者達をその気にさせる言葉を発した。

「諸君、この任務は汚れ仕事だ。成し遂げても、表向きには我々は演習を行ったに過ぎないので賞賛される事はない。だが、任務の性格上我々は山賊に扮する必要がある訳だ。山賊が無力な村でする事と言ったら、何だ？」

カールカンの言葉を、最初は訳が分からないと言う顔つきで聞いていた準騎士達の顔がはっとする。山賊が村でする事と言えば、略奪に暴行、強姦、拉致と言うのがセオリーだ。

「隊長っ!?　良いんですかっ」

普段準騎士達は厳しい規律の下生活している。彼らは近く正騎士の親から騎士位を継ぐ身であるため、普段から武芸や学術に励み、兵士の模範とならなければならない。

将来は兵士を指揮し、剣を持って国を守る立場にある。そのため大っぴらに美食や酒を愉しむ事も、色街で女を抱く事も簡単には出来ない。

特にサウロン領がアミッド帝国に占領されてからは、常在戦場と言わんばかりの空気が漂っていて少しのハメも外す事が出来ない。

そんな準騎士達にカールカンは言った。

「勿論だ。ただ、誘拐は無しだ。ちゃんと山賊らしく愉しんだら、山賊らしく始末しろ。子供が出来る心配はしなくて良いからとはめをはずし過ぎるなよ！　腰を抜かして馬に乗れなくなった奴は引きずって行くからな」

途端湧き立つ準騎士達。中には女よりも臨時収入が手に入る事を期待している者もいるが、やはり大多数は女を好きに犯して良いと言う異常なシチュエーションに、興奮を隠せない様子だ。

そんな中、フロトはこれから自分達が開拓村で起こすであろう未来を想像して流石に青くなった。

元々彼の役目は情報収集だったので、村人達が嬲り殺しにされるところを直に見る事になるとまでは考えていなかったのだ。

死体を目にするのと、目の前で嬲り殺しにされるのを見るのでは、やはり受ける衝撃が異なる。

だが、今更止めようとは言えないし逃げ出す事も出来ない。

(恨むならお前達の故郷を奪ったアミッド帝国を恨んでくれ、私は何も悪くない、ただ私自身に見合った地位が欲しかっただけなんだ)

偽神官はそう責任転嫁するだけだった。

冬支度を順調に済ませた村々を見て回ったヴァンダルーは、各村で何時もの治療を行い、こっそりゴーレムを配置したら第七開拓村に戻っていた。

そして『何でも屋』で移動の途中で獲った鼠の魔物、ランク2の吸血ラットを調理してもらい、見た目よりコクがあって美味い肉を皆に振舞った。

そしてカシム達と同じ部屋に泊まった。

(とりあえず、順調)

奴隷鉱山がなくなった事で開拓村には行商人が来なくなってしまったが、春までは問題無いらしい。暖かくなったら村の若い衆をカシム達が護衛しながら町まで買い出しに行かなければならないそうだが。その際、商業ギルドに寄って、誰か行商に来てくれないか相談してみるそうだ。

彼等はタロスヘイムの国民ではないと言っても、自分を慕ってくれている人達だ。ゴーファ達を助けるためだったが、彼等に不利益を及ぼした事にヴァンダルーは若干の罪悪感を覚えていた。

(闇夜の牙が健在なら手を回せたのですけど……この人達俺の国に来ないかな?)

そうすれば色々我慢する事はない。既にいる第一開拓村の面々のように家や家具、食べ物を与え、仕事を斡旋する事が出来る。

ゴブゴブなんて保存食ではなく美味い恐竜の肉を、たっぷりの調味料で味付けした物を食べてもらえる。

各村にレムルースの見張りや、ストーンゴーレムや死鉄ゴーレムを数十単位で配置する必要はない。ハートナー公爵家が何をしようと、今や第六城壁建造中のタロスヘイムで安全に暮らしてもらえる。

いっそ全てを話してしまうかと、思わなくもない。

だが、それは開拓村の人々に人間社会から決別する事を迫るのと同じだ。

それが彼等の幸せにつながるかどうか、ヴァンダルーは自信がない。

ハートナー公爵領がもう少し信用出来たら、政府やギルドの奥深くまで原種吸血鬼達と繋がっていなければ、もっと取れる選択肢も多かったのだが。

(やはり、原種吸血鬼とハインツ達が邪魔だ。何とかして消す……せめて数を減らさないと)

真っ当な手段で何かしようとすれば原種吸血鬼達が邪魔になる。真っ当でない手段を取ろうとすると、ハインツ達が邪魔になる。

原種吸血鬼とハインツ達は敵同士の筈なのに、まるで手を組んでいるかのようにヴァンダルーの道を阻んでくる。

(一人は、状況が揃えば始末出来る。そこから上手く行けば……ああ、でも『上手く行く』可能性を前提とするのは危険か。キナープに持たせた情報で何処まで追い詰められるか分からないし、タイミングが合わないと……チプラス達は霊の損傷が酷くて何を聞いても要領を得ないし、アイラの情報だけじゃ……)

ハインツ達のやり方は、派手だ。そのお蔭でレムルースに町の上空から見張らせるだけで戦闘がある事が分かるし、死者の霊を見つけて【降霊】する事も出来るのだが……霊の損傷も大きいのはどうにかならないだろうか。

テーネシアの腹心、〝五犬衆〟の内〝猟犬〟のアイラはすぐアンデッドにしたから記憶の損傷はほぼ無い。しかしハインツに真っ二つにされた〝名犬〟のチプラスの霊は損傷だらけだ。

霊が手に入りそうなのは残りの〝狂犬〟と〝闘犬〟の二人。五人目の〝愚犬〟は秘密の隠れ家から動かないらしい。〝狂犬〟か〝闘犬〟が良い情報を提供してくれると良いのだが。

そう思いながら、【闇視】スキルのお蔭で昼間同然に見える部屋の天井を見上げる。

眠れない。

何故か今夜は【装蟲術】スキルの効果でヴァンダルーの体内に居るピート達が夜遅くまでワシャワシャと動き回り、皮膚の下を這う感触がしてヴァンダルーの安眠を妨げていた。

くすぐったくて、思わず「フ、フ、フ、フ」と笑ってしまう。

【状態異常耐性】が睡魔も抑えてしまうので、こうなると完全に目が覚めてしまう。仕方ないと、ヴァンダルーは起きる事にした。

そろそろ夜明けも近い。朝のトレーニングでもして時間を潰そう。

音も無く二段ベッドの上から這い降りたヴァンダルーは、床にハンカチ程の大きさの鞣《なめ》した皮を敷くと、まだ眠っているカシム達を起こさないように舌立て伏せを始めた。

腕ではなく【身体伸縮：舌】スキルの効果で伸ばした舌で全体重を支える、過酷なトレーニングだ。舌は筋肉で出来ているのできっと効果も高いだろう。

カシム達に見られたらかなりの問題だが、三人は人種で夜目が利かないので起きて来てもすぐ止めれば問題無い。

だが、ヴァンダルーはほんの数回でそれを中止した。村の周囲に配置してあるレムルースが山賊らしい複数の影を見つけたからだ。

（……何だ、こいつ等？）

レムルースを通して見ると、数十人程の皮鎧を着て布を口元に巻いた武装集団で、それだけならただの山賊なのだが、何故か馬に乗っている奴らが多い。

一人二人ならともかく、二十人程が乗っている。それも逞しい馬ばかりで、先頭のカイトシールドを持った男が跨っている馬なんて思わず触れたくなるほどムキムキだ。

普通の山賊は略奪品を運ぶ馬車はともかく、騎兵は揃えない。馬は何でも食べる訳ではないので餌代がかかるし、本来は臆病な生き物だ。そして山賊自身、元々は食い詰めた農民やスラム街の住人が堕ちるものなので、騎乗して戦う技術は無い。だから、軍馬なんて持っていても餌代の無駄だ。

そもそも、小さい村一つ襲うよりもその軍馬を売った方が大きい儲けになるのだから。

実際、ヴァンダルーがこれまで襲って略奪を繰り返してきた山賊団でも、騎兵は一人もいなかった。

（じゃあ、この山賊団は食い詰めた傭兵団かもしれない）

普段は傭兵として働き、仕事が無い時は山賊行為で食いつなぐ。そんな連中がラムダには存在する。

そしてそんな連中は戦場では傭兵として自身の武力を売りに金を稼いでいるため、普通の山賊と比べると圧倒的に強い。

少なくとも並の兵士よりも強いし、スキルだって持っているし武技だって使用してくる。そして遅ればせながら、【危険感知：死】が反応する。このままだと村が壊滅するかも……いや、確実に壊滅する。

「まずい……」

純粋な敵としては脅威なのではない。山賊団がヴァンダルー一人を狙って襲ってくるだけなら、彼は何時か駆逐したゴブリンキングと千匹の群れの時同様に圧倒する事が出来る。

難しいのは村人に犠牲を出さずに勝つ事だ。今までのように自重していたら、確実に手が足りない。

……仕方ない、少し本気を出そう。

ヴァンダルーは素早く部屋に置いてあるカシム達の装備に【エネルギー奪取】や【殺傷力強化】をかける。

「山賊の襲撃だー！」

そして【叫喚】スキルを使って出した大声で、カシム達を叩き起こす。

「しゅ、襲撃!?」

「この村をかぁ!?」

流石にまだ新米でも冒険者。驚きながらも素早く起き出してくるカシム達に、ヴァンダルーは手早く状況を説明する。

「数十人程の屈強な山賊が村に迫っています」

「何だって!?　本当か!?」

「はい、蟲の知らせで」

ピート達がざわめいて眠れなかったから早めに気がつけたので、嘘ではない。

それを聞いたカシム達は大慌てて武器や鎧を身に着け始める。

「フェスターだったら疑うところだがっ」

「ヴァンダルーだからな！」

「俺と違って寝ぼけるとかないし！」

どうやらフェスターは寝ぼけた事が過去にあるらしい。

「でも屈強な山賊って、俺達で大丈夫か？」

「四の五の言なっ、数十人だぞ、大丈夫じゃなくてもやるしかないだろっ！」

「多分一対一なら何とかなると思いますよ」

緊張が声に滲んでいるゼノやカシムに、（付与魔術もかけてあるし）と保証するヴァンダルー。

実際、昨日カシム達は「もうすぐD級への昇級試験を受けられそうだ」と言っていたので、既に並の兵士以上の実力がある。後は人を殺す事が出来れば、殺しても心を乱さずにいられれば、一対一なら簡単には負けないはずだ。

しかし意外な事にカシムでもゼノでもなく、フェスターが真面目な顔をしてヴァンダルーに話しかけた。

「なあ、ヴァンダルー。コツとか、知ってるか？　人をこ……戦う時の」

どうやら彼等は、ヴァンダルーと稽古や模擬戦を繰り返すうちに彼が対人戦の経験もある事を何となく感じ取っていたらしい。それでこれまで人型の生物はゴブリンやコボルトしか殺した事が無い自分達に、助言を求めているのだ。

「コツですか」

しかし、改めて尋ねられると返答に困るヴァンダルーだった。今まで何人も直接殺し生き血を飲み、死体をアンデッドにして利用して来た彼だが、その際特別何かを思った事や覚えた事は無い。彼の主観では人を殺すのも、釣った魚を捌くのも何も変わらないのだ。

こうしている間も山賊は襲撃の準備を整えている。三つのグループに分かれ、弓兵と歩兵は回り込んで村を囲み、その包囲が終わるのを待って、騎兵は村に二つある門の内半分は街道に面した表門から、残り半分は狭い裏門から襲撃するつもりらしい。

まず騎兵で攪乱し、逃げ出した村人達を弓兵と歩兵で仕留めるつもりらしい。

（ゴーレム起動、敵が近づき次第排除抹殺）

（レビア王女達は透明なまま上空で待機）

（うーん、フェスターになんてアドバイスしよう？）

【並列思考】でレムルースとゴーレムに指示を出し、レビア達を配置に就かせ、ヴァンダルーの頭は忙しく回転する。

結果出た答えは、陳腐なものだった。

「戦わなかった場合、負けた場合起きる事を想像する事です」

「想像？」

「はい。俺達が負けたら山賊団はこの村で何をするか、奴らがリナさんをどうするか」

『何でも屋』の看板娘で、冒険者ギルド出張所のただ一人の職員であるリナ。山賊団が若い彼女を見つけたらどうするつもりか、説明するまでもないだろう。

そして彼女の事が好きなフェスターは剣を握りしめた。

「……分かった。まだ人が殺せる自信は無いが、怖気づくのも吐くのも終わってからにする」

地球の漫画で見た、戦うのを嫌がる主人公を奮い立たせたヒロインの台詞を使ったが、思ったよりも効果的だったらしい。

(『相手をカボチャか何かだと思え』と言うのとどちらが良いか迷ったけど、こっちで正解だったか)

「安心しろ、ちゃんと盾職の俺が守ってやるからさ」

「俺は背中を守ってやるけど、摩ってはやらないからな。それは後でリナに頼め」

「いや、本当に吐くって訳じゃ……クソっ、それでヴァンダルー、何処に行けば良い？　やっぱり表門か？」

「三人は裏門をお願いします。十人程騎兵が来るので、俺が行くまで持ちこたえてください。村の人達には、家から出ないよう声をかけて。表門は、俺が処理します」

「分かった！」

普通自分達の半分程の年齢の少年が一人でやると言い出したら止めるべきだが、カシム達はヴァンダルーが自分達三人で一度にかかっても勝てない力量の持ち主だと知っているので、木戸を外して飛び出していく彼を引き止めず、裏門に向かった。

「襲撃!!　襲撃!!　山賊の襲撃!!　戸締りをして家で待機!!」

【叫喚】スキルでそろそろ起き出して来るだろう村人達に警告する大声を聞きながら。

「騒がしいな、まさか、気がつかれたんじゃ？」

「気がつかれても作戦は変わらん！　所詮新米冒険者とただの村人だ！」

怖気づく部下を大声で叱咤して、カールカンは剣を抜いた。

開拓村の方から聞こえる甲高い声に嫌な予感を覚えたが、それを無視してカールカンは作戦の開始を告げた。

「遠慮する事は無い、奪って殺せ！　これは正義のためだっ！　さあ、行くぞ野郎共！」

そう指揮官が駆け出すと、山賊に扮した準騎士達も荒々しく雄叫びを上げ駆け出した。


「ひぃっ！　本当に来た!?」

「馬鹿野郎、狼狽えるな！」

村の表門で夜の見張りをしていた村の男達が、近づいてくる雄叫びと蹄が立てる恐ろしい音に青い顔で震え上がる。

やはりゴブリンや獣と山賊では、受ける衝撃が違うようだ。

「先生っ！　後は頼みます！」

「どーれ」

訪れる度に医療行為をしているため、先生と呼ばれる事も多くなったヴァンダルーは、山賊を皆殺しにする手順を整えた。

普段は傭兵をしている山賊団だろうが、今のヴァンダルーからしてみれば雑魚でしかない。近づいて来たところを【魔力弾】で撃ち、適当に鉤爪を振るえばそれで終わりだ。

だが、奴らは馬に乗っている。

(この村にとって中々の現金収入になるはず)

なので、馬は生かしておきたい。風向きが逆ならまず揮発性の麻痺毒を撒くだけで良かったのだが、生憎こちらが風下だ。

「ではよろしく」

そう言うと、黒い炎の槍が八本出現する。

「うわっ、魔術か⁉」

「はい、炎属性魔術です」

さらりと村人に嘘を付いて、【死霊魔術】を放つ。

「門は俺の武技で破壊する、俺に続け――がっ⁉」

先頭で剣を振り上げていた男の胸に、黒炎の槍が突き刺さり、そのまま二本目三本目と続き、男――カールカンの臓腑を焼き焦がす。

木の門の上に浮いた、白髪の小さな少年を見つけ、カールカンは愕然とする。

(馬鹿なっ⁉　治癒魔術と格闘術だけではなかったのか⁉)

そして愕然とした顔のまま、馬上から転落した。

「た、隊長⁉」

「カールカン殿っ⁉」

動揺して隊列を乱し、馬を止めてしまうカールカンの部下達とフロトの様子を見ながら、チャンスと言わんばかりにヴァンダルーは続けて黒炎の槍を放ちながら、クナイを投げる。

「ひぎゃあっ⁉」

「せ、【石壁】！　ぐああっ⁉」

「がっ……ど、毒だっ！　毒が塗ってある……かはっ」

次々に胸を貫かれ体内から焼かれるか、ダタラやタレアが作った特製クナイ（カースウェポン化済み）によって傷つき毒にやられて倒れるカールカンの部下達。

中には咄嗟に盾を構えて武技を発動する者もいるが、【盾術】のレベル1の武技である【石壁】程度では、ヴァンダルーの【死霊魔術】や【投擲術】には意味を成さない。

【怪力】スキルを4レベルで習得した彼が投げる、ドラゴンの骨や死鉄で作られカースウェポン化したクナイは、ちょっとした砲弾並の威力がある。しかも毒まで塗ってあるので、掠り傷でも負えばそれで終わりだ。

「ヒィィィッ！」

最後尾にいたフロトがいち早く逃げ出すが、その背にヴァンダルーはクナイを投げようとして……

死んだ事により【死属性魅了】の効果を受け、擦り寄って来たカールカン達の霊の言葉を聞いて動きを止めた。

「ピート、皆、捕まえておいてください」

ピートを含めた数十匹の蟲型の魔物がヴァンダルーから飛び出すと、フロトを追って行く。

そして残りの蟲に馬に麻痺毒を注入させ、まだ息が合った山賊を【死霊魔術】で黒焦げにする。

「何もそこまでしなくても……」

「まだ息がありましたから、念のためです」

村人に何度目かの嘘を言うヴァンダルー。だが仕方ない、何故ならこの山賊は……カールカン達はこの国の騎士だったのだから。

カールカン達が何故開拓村を襲撃したのかまだ細かい事情は聴いていないが……。

（まずい事になった。こうなったら、騎士達は全員身元が分からないように殺さないと）

そう思いながら、ヴァンダルーは身を翻す。

「ところであの蟲っぽいものは⁉」

「俺の愉快な仲間達です。心配しなくても大丈夫。では、俺は裏門の方を見て来るので」

背中に村人達の「分かった！」「頼んだぞ！」と言う声を聞きながら、ヴァンダルーはカシム達が戦っている裏門の方に向かった。

「先生って、テイマーだったんだな」

「おー、凄いよな。あ、でも黙って村に持ち込んだ事は後で一言言うべきか？」

「そうだな……でも昨日水虫を治してもらったばっかりだしなぁ」

「そう言えば、俺も歯痛を……軽く注意しておくぐらいにするか」

「そだな」

馬が逃げないように繋いでいく門番の男達は、蟲型の魔物がテイマーギルドではテイム出来ない魔物とされている事を知らなかった。

実際にテイマーの姿を見ない人々の知識はその程度である。

＊

山賊に扮したカールカン達騎士の一隊から第七開拓村を守る防衛戦は、村を守る事に関してだけなら順調に進んでいた。

村を包囲していた三十人程の弓兵と歩兵は、ヴァンダルーがカールカンを殺した頃には既に半減していた。

『おおおおおおおん！』

「うおわっ！　ゴーレムだと!?」

「のわあああ！　何だこのスライムは!?」

村を包囲して待機していた準騎士達は、命からがら逃げ出してくる村人を矢で射るだけで良かったはずだったが、実際に向かって来たのは石や、一見スライムにも見える液体金属『死鉄』で出来たゴーレムだった。

ヴァンダルーがせっせと地中に設置したゴーレムは、ランク3のストーンゴーレムが十体、ランク7の液体状態の『死鉄』ゴーレムが三体。それぞれ【眷属強化】と【従属強化】のスキル効果で、ランクが1から2上の魔物に相当する力だ。

準騎士達が纏まっていれば、敵わないまでも足の遅いゴーレムから半数は逃げ出す事が出来ただろう。だが、彼らは村を包囲していたのでバラバラになっていた。

「な、何故、ゴブリン程度しか出ないはずの場所で、大量のゴーレムに黒いスライムが⁉　ごぶべばっ！」

波のように覆いかぶさってきた死鉄ゴーレムに飲み込まれて、最後の騎士の姿も消えた。死鉄は液体だが、重さは元になった鉄と変わらない。しかもゴーレムの怪力で抑え込まれるので、一度飲み込まれれば余程の筋力の持ち主でなければ脱出は不可能だ。

『お゛お゛ぉぉぉ』

そしてゴーレム達は準騎士達の死体を持ったまま、ヴァンダルーが作った小規模ダンジョンに向かうのだった。死体を隠蔽するために。

十人の騎兵に対して、カシム達は善戦していた。

「うおおおおっ！　【石盾】！　シールドバッシュっ！」

カシムが防御力を増した盾で思いっきり殴り、それを受け切れなかった準騎士が堪らず落馬する。

ゼノがその準騎士を狙うが、そうはさせるかと仲間が射線を遮る。

「ぐうっ！　虚仮威《こけおど》しのつもりか！」

普段と違い軽装の皮鎧であったことが幸いしてすぐに立ち上がる準騎士に、相変わらずスキルレベルが足りず【シールドバッシュ】を発動出来ないカシムは言った。

「気合の表れだ！」

十対三で戦わなければならないのだから、気合を入れないとやっていられない。

そのカシムの横でも、フェスターが雄々しく剣を振るっていた。

「うおおおっ！　リナは、俺が守る！　【三段突き】！」

連続で素早く突きを放つ【剣術】の武技を発動し、馬上の敵を狙う。

準騎士はフェスターの突きを、一回目は身を捻って避け、二回目は自身の剣で逸らし、三回目は食らったが脇腹の肉を少々削られるだけに抑えた。

「隙あっ……り？」

【三段突き】は凄まじい速度で三度突きを繰り出す武技だが、逆を言うと突きを三度凌げば隙が出来る武技でもある。

それを知っていた準騎士は、多少の手傷を負っても三度凌いで反撃に出ようとしたのだが、軽傷の筈の脇腹からごっそり生命力を持って行かれ、力が抜ける。

フェスターの剣に付与された【殺傷力強化】の効果だ。

「ぜやぁっ！」

その準騎士の隙を逆に突いたフェスターの通常の突きが鎧の隙間に入り、準騎士が白目を剥いて落

馬する。

「アントンっ！」

「次は誰だっ！　かかってこいっ、リナには指一本触れさせねぇぇっ！」

「誰だ、それは⁉」

仲間が倒されて動揺する準騎士達と、初めて人を殺した心理的衝撃をヴァンダルー受けた助言を活かして耐えるフェスター。

「アントンの仇だっ！」

彼の言葉通りに、二人の準騎士が切りかかって来る。

「馬鹿っ、お前が挑発してどうする！」

「【挑発】！」

すかさずゼノが弓で準騎士達を牽制し、カシムが敵の敵意を強制的に誘導する武技【挑発】で準騎士達の狙いを自分に向けさせる。

「こいつ等、聞いていたより強いっ」

副隊長が思わずそう呟いてしまう程度に、カシム達は強くなっていた。三人とも冒険者の等級こそE級のままだが、既にD級並の実力を備えている。

だから準騎士達と実力的には五分以上。そこにヴァンダルーの付与魔術が加わって、十対三でも油断出来ない強敵と化していた。

村人を狙うために分散したら各個撃破されるのではないかと恐れる程に。

（カールカン隊長は何を手間取っているのだ⁉）

本来なら表と裏の両方の門から突入し、攪乱しながら抵抗する冒険者や村人を各個撃破するはずだったのだが、このままでは負ける事はないにしても受ける被害が大きすぎる。

「剣士は私が相手をするっ！　二人はそのまま盾役を抑えていろ、残りは弓使いを片付けろっ！」

これ以上味方に死人が出てはまずいと、浮足立つ準騎士達に副隊長は指示を出すとフェスターに向かって馬を走らせた。

カールカンと同じくジョブも地位も【正騎士】である彼は、フェスターよりも高い技量を持つ。馬上の有利を活かせば、付与魔術がかけられていてもそう簡単に負けはしない。

「クソっ！　ゼノっ、何とか逃げ回ってくれっ！」

そう仲間に叫びつつ副隊長を迎え撃とうとしたフェスターは、頭上を何かが猛スピードで通り過ぎるのを感じた。

すると、迎え撃とうとした敵の首から上が果物の爆ぜるような音と共に消えた。

「「「「えっ？」」」」

思わずフェスター、そして準騎士達も間の抜けた声を漏らす。主人の頭部が爆砕した事にも気がつかず、走り出した馬がそのままフェスターの横を走り抜けて行った。

ぐらぐらと揺れる副隊長の手から、ぽろりと長剣が落ちる。

「もう少しで馬に当たる所だった。【念動】砲は狙いが難しいですね。液体金属の死鉄なら弾丸を潰さないよう注意しなくてもいいから、使えるかなと思ったのに。やはり銃身が無いとダメか」

そんな声を聞いて上を見上げてみれば、そこには握り拳大の黒い球体を幾つも周囲に浮かべたヴァンダルーが居た。

「じゃあ、残りは普通に行きますね」

驚愕から立ち直っていない準騎士達の見ている前で、ヴァンダウルーの周囲に黒炎の槍が幾つも出現する。

「ま、待って――」

「【黒炎槍】」

咄嗟に降伏しようとしたらしい準騎士から順に、全ての準騎士に魔術を放つ。

「ちょっ⁉　おいっ！　今降伏しようとしてなかったか⁉」

「すみません、タイミング的に間に合いませんでした」

何度目かの嘘に気分が悪くなるが、仕方がない。

「そうか……まあ、俺の気のせいだろ。武器を持ったままだったし」

カシムはそう言うと、死体になった準騎士達から関心を失ったようだ。彼から見れば準騎士達はただの山賊なので、容赦なく殺したヴァンダルーを非難するつもりは元から無く、驚いて思わず質問しただけだったらしい。

「助かったよ、戻って来てくれるのが遅れていたらヤバかった。命を救われたのは二度目だな」

「これで全部か？　じゃあ死体の片づけ、いや、まず馬が逃げない内に集めないと」

「うぶっ！」

「……フェスター、お前は村長さんの所に説明に行って来い」

「ま、まかぜどげ」

「俺は、逃げた山賊が一人いたので追いかけてきます」

「一人で――うん、大丈夫だとは思うけど、何か手伝うか？」

「大丈夫です、俺よりもここをお願いします」

「分かった」

飛んで行くヴァンダルーを見送ったカシムは、彼に粉々に砕かれた敵の頭の破片を集めなければならない事に気がついて、顔を顰めた。

「いっそ、全部焼いて貰えば良かったな」


「かっ……かけっ……」

フロトは石に置き換わったように動かない自分の身体に愕然とし、こちらを見つめる数え切れない複眼を絶望的な気持ちで眺めていた。

麻痺毒が含まれた鱗粉をばら撒く、ランク3のパラライズモス。

弱った生物を酸性の唾液で溶かしながら喰う、ランク2の死肉蠅。

短時間なら透明になれる、ランク3のクリアドラゴンバタフライ。

密林の殺し屋、ランク4のカメレオンマンティス。

そして金属鎧も飴細工のように破壊する強靭な顎と毒針を持つランク5のセメタリービー、鉄より強靭な角と外骨格を持つランク4のランスセンピート。

顎や羽の音が、フロトには自分の死へのカウントダウンのように聞こえた。

彼は優秀な魔術師だが、基本的に研究者であるため実戦経験に乏しい。カールカンがフロトを連れて来たのも、戦力としてよりも開拓村の人々の顔を全て知っているからと言う理由だった。

それでもセメタリービーとランスセンピード以外の、魔物数匹なら何とか撃退出来たかもしれない。

一種類の毒なら、魔術で解毒する事が出来た。

しかし蟲型という共通点はあっても一度に十数匹、複数の種族の襲撃に対応出来る力はフロトにはなく、複数の毒をすぐ解毒する技術もなかった。

(こ、こんなはずでは！　誰かっ、助けてくれ！　私はこんな所で死んでいい人間ではないんだっ！私が死ねば、この国にとって損失は計り知れないんだぞ!?)

唯一動く眼球で必死に助けを探すが、その当ては全くない。彼の上役だったカールカンは最初に、あっさりと殺されたし、その部下達も次々と後を追った。確か、密偵の男もその中に混じっていたような気がする。

あの様子では、他の準騎士達もヴァンダルーに皆殺しにされてしまっただろう。

もし生き残りが居たとしても助けに来る程の関係ではなかったし、来たとしてもこの魔物の群れを彼らが倒せるとは思えない。

もうダメだと諦めた時、蟲共の後ろから紅と紫紺の瞳が現れた。

「お久しぶりです」

感情の無い顔と声で、カールカン達を瞬く間に殺したヴァンダルーがフロトを見下ろしていた。

（ひぃっ！）

喋れないフロトは胸中で悲鳴を上げる。そんな彼に向かって手を差し伸べながら、ヴァンダルーは続けた。

「カールカンって言う人の霊から、事情は大体聞いています。本当は神官じゃなくて、開拓村を潰すために潜入していた、雇われ魔術師。目的は出世だそうですね」

（全てばれている!?　【霊媒師】でもあったのか！）

驚愕に恐怖、そして死んで霊になったとはいえすぐに自分を売ったカールカンを胸中で罵る。

（待ってくれっ、私は止めたんだ！　こんな襲撃に意味は無いとっ、でもカールカンが強行したんだ！）

本来なら第七開拓村以外は、今回の襲撃の前にフロト自身が関与した作戦によって幾つか壊滅しているはずだった事を都合よく忘れて彼はそう訴えるが、毒で麻痺した舌が言葉を紡ぐ事はない。

「言いたい事があるらしいですが、俺は貴方から聞きたい事はないので。しかし、困った事をしてくれました」

村を守るために山賊を撃退した。それは問題無い。だが、実は山賊が騎士だったら問題だ。

普通ならカールカン達が騎士の恥さらしとして処分されて終わりだ。しかし、そこに難民問題や開拓事業が本来は棄民政策であった事、最後はほぼ独断だったにせよカールカンがルーカス派の意思で動いていた事を考えると、そう簡単には終わりそうにない。

演習と言う名目で出て来たらしいが……騎士団の人間がカールカンの行方不明と、開拓村で退治された山賊がイコールで繋がる事に気がつくのは確実だ。

その時、彼らがどう動くか。ヴァンダルーと開拓村にとって都合が良いのは、彼らが動かない事だ。騎士団や貴族達が事無かれ主義に走り、カールカン達は山賊と関係無く演習中に行方不明になったと処理してくれれば、何も起きない。

しかし、ヴァンダルーはこれまでの経緯からもうハートナー公爵家やそれに近しい貴族家を、全く信用出来なかった。

きっと、何か仕掛けてくる。

「殺す前に騎士だって分かっていたら、生け捕りにして色々やって誤魔化す事も可能だったけれど……扮装に凝り過ぎなんですよ。本物の山賊みたいにすぐ死ぬなんて卑きょ……幾らなんでもそこまで言うのは理不尽か」

ヴァンダルーの手が、徐々にフロトに近づいて行く。フロトは何時その手から黒い炎が放たれるのかと、指から鉤爪が伸びるのか、気が気ではなかった。

だが、そうはならなかった。ヴァンダルーの手は、フロトの顔に添えるような形のままだ。もしかして助けてくれるのかと、フロトは思った。

（ありがとうっ、本当にありがとう！　知っている事は何でも話すし、君のためなら何でもするっ！

だから助け――――!?)

頬に触れたヴァンダルーの冷たい手から、音も無く蟲が生えた。

カラフルだが毒々しい色のワームの目の無い頭部が、幾つもヴァンダルーの手から生えたと思うと、その長い身体をくねらせながらフロトの顔の上を這い回る。

「綺麗でしょう？　これは生物の身体に寄生するタイプの蟲です。脳とか、内臓とか、色々な所に寄生します。先に言っておきますが、意識を乗っ取られる事はありません。痛みも何もかも全て鮮明なままです」

ぬらぬらした寄生虫達が、フロトの口や鼻、耳から体内に入って行く。

「はぇ、ぇ、ぉ、お、おっ！」

ガクガクと不気味に痙攣するフロトを見ながら、ヴァンダルーは告白した。

「もしかしたら気がついていないかもしれないから言っておきますね。俺は、とても怒っています」

ヴァンダルーはフロトの裏切りに怒りと失望を覚えていた。彼はフロトに感心していたし、アルダの信者なのに良い人だと思っていた。

だと言うのにこの裏切りだ。彼の安否を心配していた過去を消したいくらい。

「まあ、元々工作員だったあなたにしてみれば、気がつかなかった俺が間抜けなだけなんでしょうけど。騙される方がバカなんだって、そう言いたげな目をしてますし」

(そんな事思ってないぃぃぃぃぃぃっ！)

生きているフロトの声はヴァンダルーに聞こえない。

そのまま蟲がフロトに寄生し終わるのを待つと、ヴァンダルーは彼の身体を掴んだ。

すると、音も無くフロトの身体がヴァンダルーの手の中に入って行く。

（わ、私はどうなるんだぁぁぁ!? 誰か助けてくれぇぇぇ！）

誰の耳にもその叫びを届ける事が出来ないまま、フロトはヴァンダルーの中に消えて行った。

「裏技ですが、寄生虫を寄生させた生物も【装蟲術】で装備出来るのです」

ハートナー公爵領内の魔境に居たグールや、農村から取引で手に入れた家畜をダンジョンで運ぶために、ヴァンダルーは彼等に蟲を寄生させ、体内に装備して転移したのだ。

もっとも、その時は害のない蟲を一匹、それもダンジョンで転移する直前に寄生させ、タロスヘイムに着いたらすぐに解放したが。

このままフロトを生きたままタロスヘイムに運び、その後始末すれば死体を開拓村の人々に発見されたり、億が一にもゴースト化したフロトが村の周辺に出るような事もない。

【死属性魅了】も完全無欠ではないので、念を入れられる余裕がある時は入れるに限る。

ただフロトを装備した分容量が減ったのか、一匹だけ収納出来なくなってしまった。

「容量ギリギリまで装備すると、こんな不測の事態が起きて困る事になるのか」

「キチキチキチ？」

どうするのと言いたげなピート。ランスセンピードにランクアップした今の彼は、アナコンダよりも大きい。

「……まあ、門番係の人達にはもう知られましたし、大丈夫でしょう」

ちょっと叱られるかもしれないが、多分連れて行っても大丈夫だろう。

「とりあえず、山賊の処理が終わったらレムルースをニアーキの町やナインランドの周辺に配置しておかないと。虫アンデッドも放って……はあー」


第七開拓村の人々は山賊の襲撃に驚き、それを防いだヴァンダルーやカシム達を称えた。朝だったのでそのまま宴にはならなかったが、山賊の装備を剥ぎ取ったり、死体がアンデッド化しないようヴァンダルーに焼いてもらい灰を埋めたり、馬を集めたりしている内に昼になり、そこで祝う事になった。

「いちいち人の名前を叫ばないでよっ！」

「だ、だって、お前を守りたくて必死だったんだ！」

「だから、そう言う事を皆の前で叫ばないで！　……二人きりの時に言いなさいよ」

フェスターは人を初めて殺した精神的衝撃から立ち直ると共に、リナとの関係も進みそうである。

冒険者ギルドの職員と現役冒険者の男女はどちらかが引退しないと結婚出来ないらしいので、ゴールはまだ先だろうが。

「……なんか解せない。あいつがリナ好きなのは前から知ってるけど」

「解せないって言うか、単純に寂しいな。一人身って」

「知ってるか？　モーリスの奴あの歳で婚約したらしいぞ」

「あー、幼馴染の……彼女ってどうすれば出来るかな？」

カシムとゼノが遠くを見つめていたが。

（そう言えばブラガも春頃までは一人身仲間とこんな事を言っていたっけ）

「ヴァンダルー、お前の歳だと分からないだろうけど……女の子とは仲良くしとけよ」

「……そうします」

これ、色々ばれたら後でグチグチ言われるだろうなと思いつつ、そうカシム達に答えるしかないヴァンダルーだった。

後、まだ体内で痙攣しているフロトの事に関しては沈黙を貫いた。

その後、開拓村では冒険者ギルド出張所のリナが「二十人の山賊を全員撃退した」と報告し、カシム達に報酬を支払った。……ゴーレム達に倒された三十人の事は、村人は存在した事すら知らない。

カールカン達が乗っていた馬は、全てヴァンダルーの物になった。元々山賊の殆どを彼が倒したので、報酬はカシム達、馬はヴァンダルーという割り振りになったからだ。

ただ、ヴァンダルーには使い道が無いので馬達は各開拓村に割り振られ、農耕馬として第二の人生を歩む事になる。

「今、俺は一般人のままなので馬のお金を受け取ると商業と言う事で税金を納めないといけなくなるので、冒険者になったら適当に払ってください」

「うーん、良いのかい？　担保に差し出す物も碌に無いし……」

「良いですよ、馬の世話を丸投げするんですから」

それにもし生きたまま馬を連れ帰ると、サムが傷つく。

『坊ちゃんっ！　私と言う者が居ながら、生きている馬に走るんですか⁉』

「サム、そんな浮気した亭主を詰めるように言わなくても……」

前、地方の村から家畜や苗を集めていた時、うっかり農耕馬を一頭貰ってしまったので連れ帰ったら、こんなやり取りがあった。

どうやらヴァンダルーが空を長時間飛べるようになり、更にダンジョン間をテレポート出来るようになった事にサムは危機感を覚えているらしい。

（いっそ馬の賃貸業で商業ギルドに登録してこようかな）

ふとそんな事を考えるが、馬の由来に問題があるのでしばらく様子を見た方が良いだろう。

その後、実際に山賊を討伐した事で心構えが出来たカシム達はニアーキの町で受けたD級昇級試験に無事突破したようだ。

その時点では、まだ何事も無かった。

《【装蟲術】、【連携】、【従属強化】、【眷属強化】、【死属性魅了】、【投擲術】のレベルが上がりました！》

《【糸精製】スキルを獲得しました！》

Death attribute Magician

第四章
原種、相見える

年が新しくなって暫く、ルーカス公子は杯に注がれたホットワインに口を付ける気になれないまま、胡乱気な視線で体中を強張らせている部下を眺めた。

ここは彼の執務室で暖かさが保たれているのだが、あの部下の胆は冷えっぱなしのようだ。その証拠に、顔も肩も見るからに固そうだ。

このホットワインが必要なのは自分よりも彼かもしれないが、ルーカス公子が彼に与えられるのは温もりではなく事務的な質問だった。

「それで、カールカン・ラッセンとその隊の行方は?」

部下の顔が一層強張った。

問題になっているのは、二週間の予定で演習に出ていたカールカン・ラッセンと言う騎士と彼が指揮する一隊が行方不明になっている事だった。

ルーカス公子自身は、カールカンは名前と顔は記憶の片隅にあると言った認識だった。弟のベルトンとの跡継ぎ争いで行った、数ある裏工作の内一つを担当している人物。

代々ハートナー公爵家に仕える騎士を務めるラッセン家の出で……つまり代々一介の騎士で終った家系出身の、ごく平均的な騎士だった。

勿論一介の騎士が悪い訳ではない。領内を魔物や犯罪者、敵国から守り、兵士と領民の規範となる立派な務めだ。

しかしカールカンは自分の能力よりも上の地位を欲した。そこに今ルーカス公子の前で強張っている部下……赤狼騎士団団長パブロ・マートンが注目し、工作の一つを任せられた。

「それが……予定を過ぎても何の連絡も無く、人をやって調べると演習予定地には居ないようでした。それと、開拓村が二十人程の馬に乗った山賊に襲撃されたが、無事撃退したという報告が冒険者ギルドにあったそうです」

その答えに、ルーカス公子はワインを飲んでいないのに眩暈を覚えた。

「なるほど。あの開拓村を、二十人程の馬に乗った、裕福な山賊が襲撃したと言う訳か。あの小さな村を？　……パブロ、もしや山賊は二十人ではなく五十人以上いたのではないか？」

「いえ、冒険者ギルドの記録では二十人とありました。ですが……私もそう考えます」

つまり、カールカンは演習と偽って隊を率いて町を出て、山賊に扮して開拓村を襲撃し、そして返り討ちに遭ったという事だろう。

小さな開拓村に、正騎士三人と準騎士の五十人の隊が壊滅。山賊に扮するために幾分装備の質を落としていた事を考慮しても、信じ難い。

しかし去年のハートナー公爵領ではルーカス公子にとって信じがたい事が幾つも起きていた。

カールカンがした事も、その末路も、ルーカス公子にとって信じがたい事の一つだ。

「あの開拓事業には手を出すなと……いや、ベルトンの醜聞が明らかになった直後に全ての工作を中止しろと俺は命じたはずだが？」

ルーカス公子は、「これは足の引っ張り合いをしている場合ではない」と裏工作の中止命令を出していた。

ベルトン自身は潔白だったようだが、複数の有力貴族が原種吸血鬼に与した事は信じられない大事件だった。対応を誤ると他の公爵家からの信頼を失うどころか、「人類の裏切り者にはとても任せられない」と公爵位の剥奪を訴える者達が大勢出かねない。

いや、その前に領内で反乱が続出するかもしれない。

あのまま足の引っ張り合いに始終していればハートナー公爵家そのものが終わるかもしれない瀬戸際だったので、裏工作の数々は止めたのだが……何故カールカンは動いたのか。

「それが……どうやら、功を焦ったようでして」

「そうか。そんな人選をしたのだから、そうなるのも仕方ないか」

ため息をついて、ルーカス公子はこの問題をどう処理するか考えた。

演習中の事故で全員行方不明ではまずい。まずいが、大きな問題ではない。

カールカンが率いていた準騎士達は、騎士の子弟、中には貴族家の次男や三男も居た。当然、彼らの実家はルーカス公子の支持者だ。彼と弟の間に起きていた争いを当然知っている。

だから行方不明では納得しないだろうが、それは多少強権を振るえば不満は残るだろうが黙らせる事は可能だ。

だが、問題は開拓村の動きが不気味な事だ。

「開拓村の連中、どう思う？」

「恐らく……弱みを握ったつもりなのではないでしょうか」

「同感だ」

五十人ではなく二十人の山賊として冒険者ギルドに届けている。これをルーカス公子は「この事は黙っておいてやるから、分かってるな?」と言う開拓村の意思表示だと解釈していた。

実際、今の時期にスキャンダルはまずい。普段ならどうとでも出来るが、今は選王や他の公爵達の目がこちらの粗を探している時期だ。どんな難癖を付けて来るか分かったものじゃない。

だから今回の真実を知っていると言う事は、十分な弱みになる。

そのため、ルーカス公子は「何らかの手段で、村人達と村出身の冒険者が総出でカールカン達を返り討ちにした」と認識していた。

ヴァンダルーについてカールカンが詳しく報告していたら、ルーカス公子達も違う推測をしただろう。だがカールカンはヴァンダルーについて死の瞬間まで自分達だけで対処出来ると思っていたので、自分の能力を疑われる事を恐れるあまり報告していなかったのだ。

「恐らく、難民の中にサウロン領の騎士か何かが紛れ込んでいるのでしょう。もしかしたら、独自の勢力を築くつもりかも知れません。あの辺りは魔境も無く、奴隷鉱山があんな事になったのでこれからは人も滅多に寄り付かなくなるでしょうから」

パブロの推測にやはり放置は出来ないかと、ルーカス公子は息を吐いた。

彼自身が難民達を邪険に扱い、下級兵という名の消耗品として使い潰そうとしていた事や弟との跡継ぎ争いで同じような開拓村を工作の結果幾つか潰している意識があるため、無意識の内に彼らを敵だと、「機会があれば自分を害する存在だ」と認識している事も関係していた。

それに自分が継ぐハートナー公爵領に、サウロン領出身で正体不明の武力を持った勢力を放置する事は出来ない。

「パブロ、貴様の責任だ。赤狼騎士団で対処しろ」

《ヴァンダルーは、【蟲使い】レベル100に到達した!》
《樹術士にジョブチェンジした!》
《【装植術】スキルを獲得しました!》
《【農業】スキルが【装植術】に統合されました!》
《【高速治癒】、【怪力】、【装植術】、【糸精製】のレベルが上がりました!》

・名　前：ヴァンダルー
・種　族：ダンピール（ダークエルフ）
・年　齢：7歳
・二つ名：【グールキング】【蝕王】【魔王の再来】【開拓地の守護者】【ヴィダの御子】【忌み名】
・ジョブ：樹術士
・レベル：0
・ジョブ履歴：死属性魔術師　ゴーレム錬成士　アンデッドテイマー　魂滅士　毒手使い　蟲使い

・能力値
生命力：644
魔　力：446023926
力　　：239
敏　捷：273
体　力：374
知　力：903

・パッシブスキル
【怪力：レベル5（UP!）】【高速治癒：レベル7（UP!）】【死属性魔術：レベル7】
【状態異常耐性：レベル7】【魔術耐性：レベル4】【闇視】【死属性魅了：レベル9（UP!）】
【詠唱破棄：レベル4】【眷属強化：レベル10（UP!）】【魔力自動回復：レベル6】
【従属強化：レベル5（UP!）】【毒分泌（爪牙舌）：レベル4】【敏捷強化：レベル2】
【身体伸縮（舌）：レベル4】【無手時攻撃力強化：小】
【身体強化（髪爪舌牙）：レベル3（UP!）】【糸精製：レベル2（NEW!）】

・アクティブスキル
【業血：レベル2】【限界突破：レベル6】【ゴーレム錬成：レベル7】
【無属性魔術：レベル5】【魔術制御：レベル5】【霊体：レベル7】【大工：レベル6（UP!）】
【土木：レベル4】【料理：レベル5（UP!）】【錬金術：レベル4】【格闘術：レベル5】

【魂砕き：レベル６】【同時発動：レベル５】【遠隔操作：レベル７】【手術：レベル３】
【並列思考：レベル５】【実体化：レベル４】【連携：レベル４（ＵＰ！）】【高速思考：レベル３】
【指揮：レベル３（ＵＰ！）】【農業：レベル３→装植術：レベル３（統合！）】
【服飾：レベル２→操糸術：レベル３（統合！）】【投擲術：レベル４（ＵＰ！）】
【叫喚：レベル３】【死霊魔術：レベル３（ＵＰ！）】【装蟲術：レベル３（ＵＰ！）】
【鍛冶：レベル１（ＮＥＷ！）】

・ユニークスキル
【神殺し：レベル４】【異形精神：レベル４】【精神侵食：レベル４（ＵＰ！）】
【迷宮建築：レベル５（ＵＰ！）】

・魔王の欠片
【血】【角】
・呪い
【前世経験値持越し不能】【既存ジョブ不能】【経験値自力取得不能】

今回は新しいジョブは増えなかった。

「母さん、皆、俺は装植系男子になりました」

『本当っ？　凄いわ、ヴァンダルー』

「いや待て、ヴァン。そーしょく系とは何だ？」

「俺が居た異世界で増えていた人達です」

ジョブチェンジを終えて暫く、イモータルエントの森から戻ってきたヴァンダルーの戯言を、無条件に褒めてくれるダルシアと、流石に戸惑って聞き返すバスディア。

地球の日本で呼ばれていた草食系男子の定義を考えると、ヴァンダルーは寧ろ肉食系なのだが。

「実はジョブチェンジで獲得した【装植術】スキルでこんな事が出来るようになりまして」

にょきりと、ヴァンダルーの頭からモンスタープラントが出てきて、驚いたレフディアがヴァンダルーの頭から胸元へ退避する。

「なるほど、【装蟲術】の植物版じゃな。しかし、蟲と植物で喰い合ったりはせんのか？」

「モンスタープラント畑やイモータルエントの森でもそんな事は起きていませんから、それと同じでしょう」

「ふむ、そう言うものか」

ザディリスは装植系云々をスルーして、スキルを分析していた。

すると、モンスタープラントとは別の植物がザディリスの見ている前で芽を出す。

「坊や、これは……ごく普通の植物のようじゃが」

「はい、極普通の植物です。【農業】スキルが【装植術】に統合されまして、その結果俺は体内で植物を栽培出来るようになりました」

「……それは寄生されているのではないかの？」

『うわー、見て姉さん、坊ちゃんの頭がみるみるお花畑に！』

『リタっ！　その言い方じゃ坊ちゃんがダメな人みたいじゃないっ。他の言い方があるでしょっ、春っぽくて素敵ですねとか！』

『えーっと、二人とも、悪気が無いのは分かるけど、もうちょっと別の言い方があると思うのよ？』

頭がお花畑とか春っぽい等の言葉は、ラムダでもあまり良い意味では使われないらしい。

「大丈夫ですよ、ちょっと生命力を使うだけですから」

「ヴァンダルー様、生命力は魔力と違ってそんなに高くないでしょう？　大切にして、無駄遣いしちゃダメよ」

「はーい」

お小遣いの使い方のようにエレオノーラに指導されるヴァンダルー。

「でも薬効成分のある植物も育てていますから心配ありませんよ。例えば……」

にょきりと白い茸が頭から生えた。

「それ、確かポーションの材料になる茸よね。確か、そのまま食べても治癒効果があるって言う……でもちょっと……ますます寄生されてるように見えるわ」

便利な茸なのだが、カチア達には受けは悪かった。

「とりあえずスキルの練習も兼ねて、どうぞ」

そう言いながら皆に花をプレゼントしてみる。にょきりと生やし、抜いて、鉤爪で切り揃え、【糸精製】スキルで糸を吐いて纏める。

因みに、最近糸を口（正確には舌の先端）や、指先から出せるようになったヴァンダルーだが、そのせいか何故か【裁縫】が【操糸術】に統合された。以前よりも思い通りに織物が出来るのでとても便利である。

【糸精製】で出せる糸の性質もある程度自由になるので、これで水着も仕立てる予定である。粘着質な糸や触れれば肉でも骨でも斬れそうな糸、透明な糸も出せるがまずは衣料活用である。

『わぁ、ありがとうございますっ』

「……ん？　何か薬効があるのかの？」

「ℊんぐっ、ℊんぐっ」

「ヴァン……美味しくないよぅ」

「うぅっ、にがぃ～」

リタやカチア、エレオノーラのような元人間のメンバーには喜ばれた。レフディアには花の腕輪にしたら、嬉しそうに飛び跳ねてくれた。ザディリス達純粋なグールには花を贈る習慣が無いのか首を傾げられた。

そしてラピエサージュは食べた。それを見たパウヴィナやヴァービ、ジャダルも食べた。既にパウヴィナの人間社会の記憶は遥か彼方らしい。

とりあえず甘い果物を出してパウヴィナ達に食べさせていると、ダルシアが教育モードに入ったよ

うだ
『ヴァンダルー、お母さん達は嬉しいけど、女の子にプレゼントする時はどんな物が喜ばれるか考えなきゃダメよ』

「はい、母さん」

『面倒だって思っちゃダメよ、こういう事を考えるのが女の子を口説く楽しみだって、お父さんも言ってたわ』

「……母さん、父さんは何をやっていたんですか？」

『たしか……情報収集のために酒場で女の子を口説いたりしたみたいよ。娼婦の人達と仲良くなったりとか。そう言えばヴァンダルーも一緒ね』

ニコニコとしているダルシアから、父ヴァレンの悪行の一端が見え隠れしている。流石元原種吸血鬼の走狗である。

「まあ、ブラガ達の結婚式にはドレスとかタキシードとか贈ったし、ケーキも焼きましたけど」

ラムダでは富裕層か貴族でなければ行われない結婚式のパーティーをブラガ達ブラックゴブリンの結婚式では行った。

蜜絹のウェディングドレスやタキシード、山羊乳で作ったクリームをデコレーションしたケーキのお披露目の意味もあったが、皆に大人気だった。

特に元第一開拓村の面々にドレスが受け、私も着てみたいと瞳を輝かせた。ファッションセンスが人とはかなり異なるグール達も、フリルやレースは新鮮だったらしく「もう少し肌が出た方が良いと思うが、綺麗だ」との意見を貰った。

『坊主っ、こいつにも一着仕立ててくれ!』

「アホ親父がっ! 相手が居ないよっ!」

『じゃあ、孫にタキシードの方を頼む!』

「そっちも相手が居ないって言ってんだろ!」

ボークスとゴーファの、鈍い音を響かせる肉体言語を交えた父娘のやり取りが行われる一幕もあった。

言われた通り採寸しようとすると、拒否されるがあれは照れだとヴァンダルー達は解釈していた。大人の女性がフリルとレースが盛り沢山のドレスを着るのには、きっと抵抗があるのだろう。マリー達に仕立てた時、思っていた以上に上手く行くので調子に乗って沢山付けすぎたかもしれない。

ケーキの方は、臭いに問題のある山羊乳からクリームやバターを作ったが、好評だった。

地球で山羊農家のドキュメンタリーを見た時、山羊乳は周囲の臭いが移りやすいだけなので、搾る時に機械を使って素早くすれば臭くならないと言っていた事を思い出し、「じゃあ、【消臭】をかけ続けた清潔な部屋で搾れば良いのでは?」と思いついて実行したので、臭いも無い。

逆に『蝕王の果樹園』で見つけたバニラビーンズを発酵させて作った香料で甘い香りは、しっかりつけてある。

そして甘味はセメタリービーの蜂蜜や、『蝕王の果樹園』から連れてきた植物型モンスターが提供してくれるメープルシロップっぽい樹液等から精製した糖で賄っている。

普通に牛乳や砂糖で作るよりも、ずっと贅沢なケーキかもしれない。

『あ、でも女の子に溺れちゃダメよ、お父さんも堕ちるな、堕とせって言ってたわ。まあ、母さんには堕ちちゃったんだけど』

「……とーさん、もうちょっと普段の言動をどうにかして欲しかった」

多分、良い話なんだろう。多分……。

ヴァンダルーの中では父親像が微妙な方向に傾いたまま、若干下方修正されているが。

「まあ、それはともかく……明日には第七開拓村に行くのでそろそろ準備します。奴らが俺に作ってくれた切掛けを活かさないといけません」

『タロスヘイムに再び新しい住人を迎えるのですね。大変喜ばしい事です、陛下』

にっこりと、レビア王女は微笑んだ。


雪が降り始め、焼いたゴブゴブで朝食を取っていた第七開拓村の村人達の日常は、突然訪れた騎士団によって破られた。

「私はハートナー公爵より赤狼騎士団を預かるパブロ・マートンである！　第七開拓村の住民は、今すぐ表に出よ！」

赤狼騎士団と言えば、ハートナー公爵領を守る三大騎士団の一つだ。村長も何でも屋の親父も、カシム達も慌てて外に出た。

村の広場で待っていたのは委縮している門番係の村の若者達と、完全武装をした大勢の騎士だった。サーコートの下に金属鎧を纏い、盾に長剣や槍を装備した数十人……百人近い騎士達の威容に村人達は圧倒された。

「こ、これは雪の中ようこそお越しいただきました。出迎えもせず申し訳ありません。それで、本日はどのようなご用向きでしょうか？」

村長がこれは一体何事かと驚いたまま、何とか村の責任者として謝罪しつつ尋ねると、パブロは緊張した顔つきのまま要求を口にした。

「次期ハートナー公爵であるルーカス公子の命により、税の取り立てに参った！　今すぐ一人十万バウムを納めるのだ！」

パブロの提示した額に、村人達全員が驚愕した。

「じゅ、十万バウム!?　そんな額ある訳がないっ！」

「しかも今すぐとはどう言う事です!?　五年間税を免除するとの約束があったはずだ！」

十万バウムとは、貴族でも中々扱えない金額だ。勿論、開拓村の人々が一年間必死に働いても、決して届かない額だ。

D級冒険者になったカシム達でも、一年では稼ぐのは不可能だ。

こんな税金を一世帯ではなく、一人一人に要求するなんて正気では無い。

「何考えてやがる、家と田畑を売っても無理だ！　それぐらい分かるだろ!?」

そう叫ぶフェスターに緊張した顔のパブロは、返答の代わりに口を開いた。

「ベルトン公子が定めた五年間の免税は、失効となった。払えないのなら大人しく縛に就け」

人頭税を払えない者は、借金奴隷として置かれる決まりだ。

パブロの背後で騎士達の従者が縄を用意しているのを見て、村人達は青ざめた。借金奴隷はそれなりの扱いをされるとは言え、売買される事に変わりはない。家族はバラバラにされるし、買い手次第では死ぬより酷い目に合う事もある。

それに売れ残った場合、犯罪奴隷同様に使い潰される事前提の場所に送られる。奴隷鉱山はなくなったが、他にも売れない奴隷の行き着く場所はある。

「そんなっ、幾らなんでも横暴です！」

「そうだそうだっ！　制約を守れって、アルダも教えてるだろうがっ！」

リナと、カシム達がそう気色ばむがパブロ達はそれに対して剣を抜き、切っ先を向ける。

「リナだったな、君には横領と不正の容疑がかけられている！　冒険者ギルド職員としての資格は調べが済むまで失効だ。合わせて、カシム、ゼノ、フェスター、以上三名もギルド職員と組んで不正を働いた疑いがある。冒険者資格は同様に失効！　逃亡を企てるようならこの場での処罰も許されている！」

「そんな！」

「ふ、不正だと!?　言いがかりにも程があるぜ！」

「落ち着けっ、この場で斬り殺されるぞ！」

悲鳴のような声を上げるリナと、激高するフェスターを押さえるカシム。

彼らに左右を騎士に護られた中年の男が近づく。

「職員章とギルドカードを出しなさい」

項垂れたリナと悔しそうなカシム達から、騎士団に同行している従軍事務官がそれぞれの身分証を没収して行く。

その様子を村人達は諦めの表情で、パブロはまだ緊張感を漂わせて見ていた。

(おかしい……上手く行きすぎている)

パブロと彼に命じたルーカスの思惑では、理不尽な口実で村を追い詰め、潜んでいる武装勢力を炙り出して暴発させるつもりだった。

そして赤狼騎士団でそれらを制圧して、終わりだ。冒険者ギルドに根回しするのが唯一の手間だと思われたが、ベルトン公子からの賄賂を受け取っていた本部のギルドマスターは、ルーカス公子が優勢となるや簡単に手の平を返した。

しかし、その武装勢力が出て来る様子が無い。カールカン達を返り討ちにした者達が潜んでいるのは、この第七開拓村だとパブロ達は思っていたのだが。

(このままだと村人全員に縄を打ち、引っ立てて終わりだ。挑発が足りんのか? 何人か斬り伏せて……いや、他の開拓村に潜んでいるのかもしれん。それを聞き出すのが先か)

そう考えるパブロ達や、大人しく奴隷に堕とされるしかないのかと項垂れるか、どうにか出来ないかと必死に考えるが何も答えが出ない村人達。その前に、無人の門を悠々と通り抜けて村に入って来た数人の一団が姿を見せた。

「何だ、貴様達……は？」

遂に武装勢力が現れたかと思ったパブロだったが、その一団は見るからに普通の村人と言った姿の者が五人。そして、訪ねてから気がついたが先頭に居るのは何と十にも満たないだろう子供だった。

「ヴァンダルーっ!?　何でこんな時に！」

「おいっ、そいつは村人じゃないっ！　ただの通りすがりだ！」

ヴァンダルーに気がついたカシム達が、彼が巻き込まれないように慌てて声を張り上げる。しかし、彼らの叫びに対して動いたのは、ヴァンダルーの後ろにいる者の内一人だった。

「第七開拓村の皆、私の事を覚えているか？　村長さん、親父が世話になりました。カシム、ゼノ、フェスター、君達とも話した事があったな」

何処にでも居そうな平凡な顔立ちの青年に、開拓村の者達は驚いて目を丸くした。

「お前はっ、第一開拓村の村長の息子の、セバス。セバスじゃないか！」

「間違いない、セバスだっ！　でもあいつが何でここに？　第一開拓村が廃村になる事が決まって、あいつ等は開拓地に向かったはずなのに」

「何でヴァンダルーと一緒に居るんだ？」

青年の名はセバス。奴隷鉱山でヴァンダルーに付いて行き、タロスヘイムの国民になった第一開拓村の村長の息子だった。

「皆、聞いてくれ。開拓事業何て嘘っぱちだ。全てはハートナー公爵家が仕組んだ、陰謀だ。俺達は騙されていたんだ。俺達第一開拓村の皆が送られたのは他の開拓地じゃない、ここから南にあった奴隷鉱山だ！　俺達は開拓民じゃないっ、棄民だったんだよ！」

憎々しげにパブロを指差すセバスの訴えに、第七開拓村の面々は「何だってぇ～っ!?」と驚愕し、彼とパブロの顔を交互に見つめる。

セバスは見知った同郷の仲間。対してパブロ達は偉い騎士様だが、今まさに理不尽な要求を突き付けて自分達を奴隷に落とそうとしている相手。どちらの主張に説得力があるかは明らかだ。

「第一開拓村の村長の息子で、奴隷鉱山に居ただと!?」

しかしパブロ達には村人達から信用されなくても、一切問題が無い。

問題なのは、壊滅して兵士や奴隷は全てスケルトンと化していたはずの奴隷鉱山に居たはずの青年がここに居る事だ。

「つまり逃亡奴隷か。話を聞かせてもらうぞ、大人しく縛に就け！」

そう言いながらも向けるのは剣や槍だ。パブロは既にセバス達を尋常な存在だとは思っていないらしい。

じりじりとセバス達に十数人の騎士が彼らを半円形に囲みながら迫る。その様子に、再び開拓村の人々の顔に諦めが浮かぶ。

陰謀があろうが無かろうが、自分達の運命は変わらない。ハートナー公爵領の次期最高権力者が仕組み、冒険者ギルドさえ与している。難民上がりの自分達がどう訴えたところで何の意味も無い。

この分では、アルダ神殿に免税の契約の不履行を訴えても無駄だろう。

「皆さん、聞いてください」

その時、それまで黙っていたヴァンダルーが彼等に呼びかけた。

「俺達はこれから騎士団を倒します。村の皆の意思にかかわらず、勝手に戦って勝手に勝ちます」

その平坦な声による宣言を聞いた騎士達は、思わず失笑した。見かけや歳だけでは相手の力量は測れないと知っている彼等だったが、見るからに小柄で痩せている幼児とすら評せそうな少年と、非武装の村人五人に自分達がやられるはずがない。

そう思っているからだ。

第七開拓村の人々も同感だったようで口々に無謀な事は止めろと訴えるが、ヴァンダルーは続けた。

「その後、俺達に付いて来るかどうかを決めてください。では――」

「いや、今決めるぜ。俺はお前達に付き合うぜ！」

だが、それを遮る男が居た。フェスターである。

彼は地面についた膝を上げると、鞘ごと捨てていた剣を抜き、パブロ達に切先を向ける。

それをカシムとゼノは止めるどころか、彼と同じように盾や武器を拾って立ち上がった。

「仕方ねぇ、俺達も付き合うか」

「まあ、このまま奴隷になるよりマシかな」

自分を止めない仲間達にフェスターは目を瞬かせた後、男っぽい笑みを浮かべた。

「悪いな、何時も付き合わせて」

「いや、ちょっと待って。何でそうなるんです？　今じゃなくて良いんですよ、『後で』で良いんですよ？」

慌てて「何時選ぶの、後でしょ」と止めるヴァンダルーだが、彼らの意思は固かった。

「ヴァンダルー。これが終わったら、あの世で冒険しようぜっ！」

「いやいやいや、この世で出来ますから」

「リナ、お前は何とか隙を見つけて逃げてくれ。悪いな、幸せにしてみせるって約束したのに……」

「フェスター……ううん、あたしも付き合うよ。あたしだって護身術くらい出来るんだから。それで……向こうで一緒になろう」

「お前……」

「あのー、一緒になるならこっちでなりませんか？　ドレスでもタキシードでもケーキでもカリーでも作りますから」

「クソっ、娘と娘婿を先に死なせるわけにゃいかねぇ！　俺もやるぞっ！」

「俺もだっ！　このままじゃ命は助かっても、子供達がどうなるか分からねェからな！　助けられた命だ、ここで使ってやるぜ！」

さらに『何でも屋』の親父に、ヴァンダルーに命を救われた元石工のイワンまで立ち上がった。

その後も続々と立ち上がる村人達に赤狼騎士団も若干狼狽え気味だが、一番焦っていたのはヴァンダルーだった。

「それで陛下、どうなさいます？」

「……あー、もう仕方ありません。俺が村の皆をフォローするので、セバス達は予定通りに」

「畏まりました」

「やっぱり、奴隷鉱山と同じ事が出来ると油断したのが失敗だったかなー」

「喧しい!!」

パブロは一括すると、部下達に号令を下した。

「全員斬り伏せろ！　あのセバスと言う者と他何名かは生け捕りにする！」

思惑とは若干異なるが、何か知っていそうな男の目星はついた。後は邪魔者を始末するだけだ。

号令を受けてまずセバス達を囲んでいた騎士達が動き出した。彼らは騎士として実戦経験を積み、カールカンが率いていた準騎士とは違い、冒険者で言えばD級の上位、ランク4の魔物と一対一で戦ってもかなりの確率で勝利する力量の持ち主だ。

「私達を生け捕りだと？　……やれるものならやってみろ！」

「貧弱な騎士風情が、エレオノーラ様から祝福を受けた我々に敵うと思っているのか!?」

「鉱山で死んだ弟妹の恨みを晴らしてやるわ！」

その騎士達をセバス達は真紅の瞳を炯々と輝かせ、牙を剥き出しにして迎え撃った。

その動きは獣よりも早く、力は騎士達が振るう剣や槍を物ともせず、鉤爪は鋭かった。

「こ、こいつ等人間じゃない!?　吸血鬼だ！」

「馬鹿なっ、まだ昼間だぞ!?」

騎士達が気づいた時はもう遅く、既にセバス達の接近を許してしまっていた。

セバス達は奴隷鉱山から助けられた時はまだ人種だったが、後日エレオノーラに頼み、従属種吸血鬼と化していたのだ。

その後〝蝕王〟の効果で【日光耐性】スキルを獲得し、ヴァンダルーに従って来たのである。

だが一般的に従属種吸血鬼の素のランクは3。それも吸血鬼になって半年も経たない元村人では、三倍近くの数の騎士達の相手にはならない。意表を突けても、押し切る前に態勢を立て直されてしまう。

しかし、彼らはヴァンダルーの国民である。

「つ、強いっ！」

【眷属強化】に【従属強化】スキルの影響で、彼らの能力値は上がりランク5相当の力を手に入れている。更に、既にヴァンダルーから付与魔術をかけられているし、衣服には繊維状にした冥銅が編み込まれていて対刃性能は抜群だ。三倍近い数の騎士達でも、最初に態勢を崩されたのが祟って押し切る事は出来ない。

「くそっ、あの子供を人質に取って――」

「お前じゃ、無理」

「えっ――」

ぽんっと、首が飛ぶ。

事が始まるまで潜んでいたブラガが、影のように騎士の背後から首を刎ねたのだ。彼のユニークスキル【人種殺し】の効果で、目標の人種を殺すための効果的な攻撃が出来るよう補正と、更にダメージ補正が加わる。

不意を突けば、平均的な騎士の首を刎ねるのと稲穂の収穫はブラガにとって同じ程度の難易度だ。

そして、他の騎士達に見つかる前に霞のように隠れる。

「今何か居たぞ!?」

「他にも敵がいるぞ！　背後に注意しろ！」

【鉄裂】、【炎霊の抱擁】

「ぎゃああああああ!!」

そして背後に注意した騎士達を正面からヴァンダルーが殺して行く。

【怪力】や【無手時攻撃力強化：（小）】、【身体強化（髪爪舌牙）】スキルを持つ、【格闘術】5レベルのヴァンダルーの攻撃は、正面から受ければ騎士でも重傷を免れない。更に、既に【死霊魔術】はカシム達に見せているので遠慮無く使用する。

レビア王女に抱きしめられて焼死体になる騎士と、腹を裂かれて痙攣しているところを這い寄って来たペインワームに止めを刺される騎士。

「ギヂギヂギヂ！」

ヴヴヴヴヴヴヴ！

ランスセンピードのピートが角で盾ごと騎士の胴体を貫き、セメタリービーの毒針と強靭な顎が騎士達を肉団子に変えていく。

そして村人達も奮戦していた。

村人達は「ヴァンダルーに付いて行く」と決めた時点で、ヴァンダルーに民として認識された。結果、〝蝕王〟の効果により【眷属強化】スキルの恩恵を受け、能力値が急上昇している。流石に騎士には及ばないが、平均的な兵士並には高まっていて、逃げに徹するなら重武装の騎士ではなかなか追いつけない。

「オラオラっ、お偉い騎士様、こっちだぜっ！」

「何だ若い者が情けないねっこのウスノロっ！」

そうして挑発しながら逃げる村人達を追いかけた騎士達は、ある者は脚を止めて矢を射ようとし、ある者は【武技】を使って攻撃しようとした。

「村人風情がっ、射殺してくれぇぇぇ!?」

「おのれっ、【飛け】ああああああああああ！」

『うぉぉぉぉぉぉぉぉん！』

そしてヴァンダルーに脚元の地面をゴーレム化されて、動き出したゴーレムの体積分生じた穴に落ちて行く。

そして二～三メートル落下した騎士達の上に、ゴーレムが「よっこいせ」と戻る。その後、生き埋めにされた彼らは窒息死する前にヴァンダルーから出て来たミミズやオケラに似た魔物や、植物型魔物の根に攻撃されて経験値になる。

「ふんがーっ！」

「家の娘をよくも首にしたな！」

イワン達は従軍事務官に対して投石を行っていた。非常に原始的な攻撃だが、日頃の農作業で鍛えられた腕っぷしで投げられる石や鍬は、能力値が強化されている今では直撃すると洒落にならない。

「ひぃぃぃっ！　待ってくれっ、私は仕事でっ、仕事でしただけなんだぁっ！」

そしてそう情けなく叫ぶ従軍事務官は、ただの生産職の一般人である。変に気骨のある事務官を派遣すると村人側に付いて問題を起こすかもしれないとの配慮で選ばれたのだが、見事に裏目に出た。

「くっ、卑怯な！」

そしてその正規職員を守るために三人の騎士がその場から動けなくなっていた。

「食らえ【三段突き】！　【三段突き】っ！　【三段突き】ぃぃぃっ！」

「【岩壁】！　【岩盾】！　【脳天打ち】！」

「【速射】！　【連続射ち】！」

そしてカシム達D級冒険者は、能力値だけならC級に匹敵する程になっていた。

騎士を圧倒する程ではないが、それでも見事な連携で立ち回り、既に二人の騎士を倒している。

『そのまま騎士を引きつけたまま逃げてください』

『あの事務官を狙って、何でもいいから投げてください』

『次は一旦下がってカシムと交代』

全ては【霊体化】して糸状になるまで変形させた腕を使って全ての村人と繋がった、ヴァンダルーの指示だった。

村を様々な位置から見渡すレムルースの視点を活かし、常に状況を把握。【危機感知：死】で個別に危険を察知してフォローし、少しの怪我は【高速治癒】スキルで自然治癒。

更に【エネルギー奪取】、【殺傷力強化】の付与魔術をかけ、カシムやセバス達には魔力を供給している。

ダメ押しに、【指揮】と【連携】のスキルの恩恵まで村人達に与えているので、もうこの場にただの村人は一人もいない。

「な、何なのだ、これは!?」

号令を下した一分後にはパブロ達が劣勢、それどころか一人、また一人と部下が断末魔を上げながら散っていく。

カールカン達五十人を返り討ちにした謎の武装勢力を倒すために、一人一人がカールカンと互角以上の部下を百人近く率いて来たと言うのに、一方的にやられている。

戦場は不条理なものだが、これは不条理が過ぎないだろうか?

「無事な者は前に出て武技を使えっ、治癒魔術が使えるものは怪我人の治療をっ！　村人は相手にするなっ、まず化け物と冒険者を倒せ！」

しかしパブロは仮にも騎士団長だ。騎士達を倒しているのがセバス達とカシム達、そしてヴァンダルーである事を見抜き、その他の村人への攻撃を止めさせる。

そして態勢を立て直しながら、信じがたいが敵指揮官らしい謎の子供を探した。

だが、前に出て武技を放とうとした騎士達に、突然出現した（ようにパブロには見えた）エントがリンゴに似た果実を実らせた枝を振り回して攻撃し、数人が果実の直撃を受けて吹き飛ばされた。

更に治癒魔術を唱えようとした者は即座に黒い霧のような物に包まれ、それが魔術を妨害しているのか術を発動出来なくなってしまう。

『お゛お゛お゛ん』

『ぶ゛る゛る゛る』

しかも、パブロの目に、村に入って来たストーンゴーレム達と『死鉄』ゴーレム、後三十匹程のスケルトンの姿が映る。

ヴァンダルーが呼び寄せた、第七開拓村の周囲に配置されていたゴーレムと、以前彼らが殺したカールカンの部下達の白骨死体から作ったアンデッドだ。

「かっ……各自の判断で個別に対応しろ！」

もう打つ手がないから、各員の奮闘に期待する。そんな意味の号令を出して、パブロは覆る兆しの無い劣勢の中自身も前線に加わった。

カシム達の参戦等、ヴァンダルーにとっても予想外の事態はあったが、ルーカス公子やパブロの最大の予想外は、「自分達だけでは問題を対処するには、圧倒的に戦力不足だった」と言う事だろう。


第二から第六開拓村の人々にとって、冬のこの日は忘れられない一日になった。

「皆さんに重要なお話があります」

村の恩人がそう言いながら、第七開拓村の廃村になったはずの第一開拓村の村人達と共に、鎧姿のまま縛られた数人の騎士達を引っ立てながら訪ねて来たからだ。

「皆、聞いてくれ。私達はハートナー公爵家に騙されていたんだっ！　私達第一開拓村の村人は、村が維持出来ないとなったら別の開拓地に送ると言われ、付いて行ったら奴隷鉱山に放り込まれた！　罪も犯さず借金もしていないのに奴隷にされた！　鉱山の過酷な労働で、村長だった父は……っ！」

「あたしの小さな妹や弟も……っ！　ハートナー公爵家はアミッド帝国の連中と何も変わらないっ！」

「俺の姉さんは、慰み者にされて……奴らは悪魔だ！」

口々に奴隷鉱山で味わった悲哀を訴えるのは、第一開拓村の村長の息子セバスを含めた、村は違っても同じ開拓地の仲間だった者達。各開拓村には彼らの顔を知っている者が少なくない。少し瞳の色が変わっている気がするが、それぐらいなら誤差の範囲だ。

そんな彼らが訴える内容なので、どんなに信じ難くても頭から否定する事は出来ない。

「それにハートナー公爵領をこれから継ぐルーカス公子は……いやっ、ルーカスはこの開拓事業を潰そうとしていたんだっ！　さぁっ、吐け！」

第七開拓村の村長に言われ、生け捕りにされたパブロは「うぅっ」と呻いた後、カールカンが送り込んだ偽神官のフロトの事以外、知り得る全てを話した。

（身体がっ、口まで勝手に動くっ。い、一体何故っ⁉）

パブロ達赤狼騎士団の生き残りの身体には、ヴァンダルーの【霊体化】で糸程にまで細分化された爪の一部が食い込み、体内で【実体化】している。

そこからリアルタイムで様々な薬剤が分泌され、黙秘出来ない状態にされていた。

ただこのラムダでは様々な耐性スキルによる効果によって、科学的には不可能な抵抗を可能にする場合がある。

「諦めた方が良いですよ。貴方達も、キナープのようにはなりたくないでしょう?」

そのため、ヴァンダルーはパブロ達が気力や体力を取り戻さないようにそう囁き、【精神侵食】スキルで精神的ダメージを与えたり、じわじわと効いてくる毒を少量ずつ注入したりし続けていた。

「わ、私は……赤狼騎士団団長のパブロ・マートン。私は、ルーカス様に公爵家を継いでいただくために、ベルトン公子の開拓事業を、頓挫させるために、部下に命じて、裏工作を……」

パブロの自供と彼らが身に着けている鎧にある騎士団の紋章等を見て、開拓村の面々のハートナー公爵家に対する信頼は地に堕ちた。

このラムダでは人権という意識が未発達で、王侯貴族と庶民は上位種族と下位種族のように違う生き物だと、何処かで認識している。

だが、だからと言って理不尽に踏み躙られれば怒りもするし、不満も覚える。

しかし、怒りや不満を覚えてもどうにもならない力の差がある。貧しい開拓民と、実質一国の支配者であるハートナー公爵家では反抗する事すら無意味に思える。

だが、このまま黙っていても暮らしていける保証は無い。次期公爵が騎士団を派遣して到底支払えない重税を要求し、納められなければ奴隷にするから縄につけと要求してきたのだ。

騎士団を撃退された公爵家が黙っているとは思えないし、考えを改めてくれると期待も出来ない。このまま奴隷にされるくらいならいっそ、逃げ出して山賊にでもなるしかないのか？

そう悲嘆する村人達にヴァンダルーは、こう囁くのだ。

「もうハートナー公爵領では暮らせないでしょう。良ければ、セバス達のように皆で俺の所に来ませんか？」

そしてセバスが続ける。

「私達第一開拓村の生き残りは、今は全員彼の下で暮らしている。ハートナー公爵家も手出し出来ない場所で、豊かに生活しているんだ。毎日腹いっぱい食えるし、仕事もある！」

その言葉に、村人達がざわめき希望に瞳を輝かせる。

「村長っ、俺と家族はこの子に付いて行くぞ！」

そして第五開拓村の狩人、カインのようにヴァンダルーに直接助けられた者達がここで声を上げ、思案していた村の代表格の者達も決断する。

「分かった。皆、支度をするのじゃ。ここは儂等の第二の故郷ではなかった。また一からやり直すのはしんどいじゃろうが、儂等には〝開拓地の守護者〟が付いておる！　どこでもまた始められる！　そうじゃろう!?」

ヴァンダルー達はこれを第六から第二開拓村で繰り返したのだ。

こうして千人以上の村人がタロスヘイムに参加する事になったのだった。

【眷属強化】スキルの恩恵を受けるようになった村人達がせっせと移住の準備をしている。

赤狼騎士団にはルーカス公子と連絡を取るために伝書鳩等が居たが、それも確保している。

「じゃあ、『順調』と書いてください。あ、こっそり暗号等を仕込んで非常事態を知らせると言うのはお勧めしませんよ。どうせ間に合わないでしょうし……万が一間に合った時、皆を守るために俺が手段を選ばなくなったら、困るでしょう？」

そう要求するヴァンダルーに、パブロは抵抗するそぶりを見せなかった。ハートナー公爵領の事を考えるなら、彼らにこのまま何処かへ行ってもらった方がまだ被害が少なくて済むと、彼も分かっていたからだ。

〝五色の刃〟が来てくれれば別かもしれないが、彼らはあくまでも冒険者だ。ルーカス公子の都合に合わせて動いてはくれないだろう。

それに、目の前の首謀者はダンピール。その上明らかに理不尽な事をしているのは自分達の方だ。事態を知ったとしても、冒険者ギルドに不正までさせた自分達の味方になるとは思えない。

流石に公爵領と直接事を構える事はないだろうが。……目の前の怪物とは違って。

「お前は、何を考えているのだ？　何故、こんな事を？」

パブロはヴァンダルーに、子供の姿をした恐ろしい怪物に問うた。

今回ヴァンダルーがしでかした事は、山賊に扮していたカールカンを撃退したのとは次元が異なる。

パブロ達はカールカンとは違い、誰から見てもはっきり赤狼騎士団だと分かる姿で来て、自分達はハートナー公爵代理のルーカス公子の正規の命令で来ていると告げた。それを分かった上で村人達を扇動し、武力を持って反抗し、僅かな生き残り以外は皆殺しにしたのだから。

事が露見すれば民衆はヴァンダルーを称えるかもしれないが、反逆罪を犯した賞金首として国中に手配され、捕まれば犯罪奴隷どころか処刑を免れない。

それほどの大罪だ。

そんなリスクを犯してまで、何故開拓村の人々を助けようとするのか。あまりにも収支が合わない。義憤に駆られたようにも、手段の汚さを考えると思えない。

一体何故？

そうパブロが問うのは、交渉や駆け引きの一端でも、情報収集のためでもなんでもない。彼は眼の前の怪物が理解不能過ぎて、問わずにはいられなかったのだ。

「俺自身の幸福のためです」

だが、得られた答えもパブロの理解力を超えていた。

「貴様の幸福のため？　何故彼等を助ける事が、お前の幸福につながる？」

とてもヴァンダルーが得をしているようにはパブロには思えない。後ろ盾も無い貧しい開拓民を集めて一体何が出来る？　全員を吸血鬼にするにしても、選王国と敵対するリスクに釣り合うとは思えない。

「皆を助ける事が俺の幸福につながる事を、何故疑問視するのですか？」

しかしヴァンダルーもパブロが何故疑問に思うのか、理解出来ないようだ。

「ただ通りすがりに困っている人達が居たので、『ちょっと』助けました。するとその人達はとても喜んでくれて、俺も嬉しくなりました。そして『ちょっと』助けている内に仲良くなって、友達も出来ました。その友達を殺そうとする奴等や、汚い真似をして全てを奪おうとする奴らが来たので、また『ちょっと』助けようとするのはそんなに不思議な事ですか？」

開拓村にヴァンダルーが味方をする理由は、単純に言えばこれだけだ。結果的に〝開拓地の守護者〟の二つ名等が獲得出来たが、それは全て後からついて来た結果に過ぎない。

袖触れ合うも多生の縁、情けは他人のためならず。確かに多少の打算はあるが、「喜んでもらいたい」と思う事を下心だと嫌悪するぐらいなら、元から他人と関わろうなんて思わない。

ヴァンダルーの場合は、その『ちょっと』の割合が大きいだけだ。軽い気持ちでゴブリンバーバリアンやオーク、山賊を始末出来る戦闘力を持ち、軽い気持ちで怪我人や病人を癒し、村ごと毒を消し、井戸を掘る事が出来る魔術とそれを行使出来る魔力がある。

「力持つ者の義務」と言う考え方をヴァンダルーは嫌悪するが、だからと言って親切心で『ちょっと』手助けする事を厭うつもりもない。

つまりは普通なのだ。

「そ、そんな馬鹿な言い分があるかっ、そんな、些細な理由で、我々を、ハートナー公爵領を敵に回すのか⁉　下手をすれば、選王国全体を敵に回しかねないのだぞ⁉」

「そんな些細な理由で、貴方達は全滅しましたが」

「っ⁉」

納得出来ない様子のパブロだったが、ヴァンダルーに言い返されると更に目を見開いて押し黙った。

その内この人の眼球が飛び出すのではないだろうか？　そんな益体も無い事を考えながらヴァンダルーは更に言った。

「勘違いしないでほしいのは、俺は別に最初からハートナー公爵家を敵に回すつもりではなかったと言う事です。あなた方が色々やるから、やり返しただけで」

「色々、だと？」

カールカンの暴走かとパブロは思ったが、違った。

「あなた方の先祖がタロスヘイムのレビア王女達を謀殺して、他の避難民を奴隷にして鉱山送りにした。そしてあなた方は二百年経っても、それを止めなかった。だから俺はレビア王女達の霊を解放して、奴隷鉱山に避難民を助けに行った。あなた方が原種吸血鬼と通じているから、俺はそれを明らかにした。あなた方が開拓村を潰そうとするから、俺はそれを防いだ。全て、あなた方が原因で、俺はそれに対応しただけです」

「何だとっ!?　では、今までの事件は全て……っ！」

「はい、俺が主犯です」

とても簡単には信じられる事ではなかったが、パブロの目の前にいる怪物は信じられない事を山ほど行っている。

パブロは二百年前の陰謀について知らなかったが、当時のハートナー公爵が何かしたのだろう事は察する事が出来た。

実際、自分達も同じような事を開拓民にしようとしていたのだから、昔の公爵家がしていないと考える方がおかしい。

「あ、悪魔め……」

「悪魔、ですか？」

何故そう言われるのか分からないと首を傾げるヴァンダルーに、パブロは「そうだ、貴様は悪魔だ」と言った。

「そうでなければおかしい。お前は守ると言った連中に何をした。とても正気とは思えんぞ。解放した奴隷を吸血鬼にして、身体の中から次々に蟲や植物の魔物を出して見せ、我々ハートナー公爵領への怒りと不満を煽り、そして耳触りの良い言葉を並べて扇動した。特にっ！　開拓村の連中が、貴様が従える無数の魔物や吸血鬼と化した者共を見た奴らが、何故それを易々と受け入れた⁉」

「皆が寛容だからでは？」

「そんな訳があるかっ、貴様が操っているのだ！　そうだろうっ⁉」

「いいえ、心当たりがありません。俺も皆寛容だなーって、思わなくもないのですが」

セバス達エレオノーラの従属種吸血鬼と化した知人や、ヴァンダルーが蟲や植物の魔物を使う事に、開拓村の面々は拒否感を示さなかった。第七開拓村の面々は、特に。

【死属性魅了】が効いている訳でもないのに妙だなとはヴァンダルーも思っていたのだが、ゴーファ達をタロスヘイムに迎えた時のように、ヴィダの信者だからだろうと深くは考えなかった。

実際には、【眷属強化】のスキル効果である。

開拓村の人々はヴァンダルーに付いて行く事を選んだ瞬間、ヴァンダルーの眷属となった。そして同じ眷属であるセバス達吸血鬼や、ピート達魔物に親近感や連帯感を覚えるようになったのだ。

これは【眷属強化】スキルが本来他種族には効果が無いはずのスキルであるため、誰も、ヴァンダルー自身も知らない事だ。

しかし、気がついたとしてもヴァンダルーはそれを悪い事だとは思わないだろう。

「まあ、煽って扇動した事は認めますけど、それは悪い事ですか？　だって貴方達は開拓村を皆殺しにしようとした次は、無理難題を吹っかけて皆奴隷にしようとして、逆らったら殺す、でしょう？」

「そ、それは、カールカンがっ……貴様等がっ……」

「カールカンは貴方方の管理責任で、俺達はやり返しただけです」

そう言いかえすヴァンダルーの姿が、パブロには滲んで見えた。汗が、冷や汗が目に入ったのだ。

やはり怪物だとパブロは眼の前のダンピールを断じた。

言っている事は理路整然としていて口調も丁寧、寧ろ理は相手の方にあるとすら感じる。

だが、目を見ているパブロには分かる。目の前にいるのは、怪物だと。自分達が絶対視する既存の権威に逆らう事に微塵の躊躇いも見せない。正義の味方でもなければ、難民の英雄でもなんでもない。

人々を誘う悪魔だ。

お伽噺の悪魔は、さも優しそうに人々を誘う。そして魔性に人々を導くのだ！

「ところで、そろそろ終わりですか？」

そう言われて、パブロははっとした。この悪魔にとって、さっきまでのやり取りは一体何だったのかと。

交渉でもなければ、情報収集でもない。ただの雑談？　そんなはずがない、そんな和やかなものではない。自分が口を開く度、目の前の怪物は興味深そうに見つめていたじゃないか！

腰かけていた丸太から立ち上がった怪物の鉤爪が、パブロに迫って来る。

「何故か狂っていると言われるので、一度俺とは正反対の立場の正常とされる人の話を聞いてみたかったのですよ。理解しかねる点が多々あったし、結局俺の方が話していた気がしますが、とても有意義な時間でした」

「な、何をするつもりだっ、私はっ、私はこれからどうなるっ？」

「これからは俺の弟子に有意義な時間を提供してあげてください。……モルモットとして。大丈夫、俺がそうだった時間よりも、ずっと短くて済みますから」

どろりとした液体が顔に滴るのを感じたと思った瞬間、パブロの意識は暗転した。

《【異形精神】のレベルが上がりました！》

伝書鳩で「異常無し、順調」と言う連絡を寄越したきり、赤狼騎士団は連絡を絶った。

調査に送り込まれた密偵達が見つける事が出来たのは無人となった開拓村と、大勢の人間が南に去った痕跡だけだった。

ルーカス公子は詳細を調べようと更に密偵を送り込んだが、確かな事は何一つ分からなかった。ニアーキの町に居ると言う腕利きの霊媒師を雇おうともしたが、彼女は既に店をたたんで他の公爵領か故郷のエルフの集落に向かったようだった。

分かったのは、開拓村からやや離れた場所にある二百年前放棄された……放棄させた町に、一階層だけの小規模なダンジョンが発生していた事と、崩落して通る事が出来ないはずのタロスヘイムがある大陸南部に続く境界山脈のトンネルの入り口の岩が、動いた形跡があると言う事だけだった。

「まさか、一連の事件は全て大陸南部から、タロスヘイムから這い出てきた何者かが起こしたのか⁉」

春、その報告を見たルーカスは戦慄した。ハートナー公爵家を正式に継ぎ、公爵となった彼は当然二百年前先祖が行った不条理な裏切りについて知っていた。

王侯貴族は様々な事で様々な敵や味方を作る。だが、代替わりすると「親の代はともかく、我々は仲良くやろう」と関係を修復する事が多い。「あの一族は末代まで許すな」と先祖からの遺言がある場合もあるが、それでも曾孫の代になれば「そろそろ和解しませんか」となる事も少なくない。

だが他種族の、特に寿命の長い種族からの恨みは別だ。こちらの代が変わっても、異種族側からするとまだ当事者が健在である事が多いからだ。

巨人種の寿命は三百年。そしてハートナー公爵家がアミッド帝国側に送り込んだ密偵は、やや遅かったが帝国とミルグ盾国が大陸南部に送り込んだ六千人の遠征軍が、約六千匹のアンデッドと化して戻ってきた事件についての情報をルーカスに届けていた。

タロスヘイムには、何かが居る。そして、その何かはハートナー公爵家に深い悪意を持っている。

それは疑いようがない。

その何かが開拓村とどうして結びついたのか、単に場所が近かったからなのかまではルーカスには知りようがないが。

「極小規模のダンジョンも、農村で広がるヴィダの信仰もその何者かの仕業か……恨むぞ、先祖よ。お蔭でハートナー公爵家は、怪物の恨みを買ったぞ！」

ルーカス公子は、赤狼騎士団は奴隷鉱山跡に住みついた災害指定種の魔物を討伐に向かい、団長のパブロ以下全員が相打ちとなった。開拓村の村人達は力及ばず助けられなかったと発表した。

そしてニアーキの町に砦を作る事を決定した。大陸南部に潜む、怪物に備えるために。

因みに、その頃ハインツ達〝五色の刃〟は極小規模のダンジョンを調査している時に、同じく何かを調べに来たらしい吸血鬼達と鉢合わせして倒し、そして手に入れた情報を元に原種吸血鬼テーネシアの足跡を追ってハートナー公爵領を出ていた。

《ヴァンダルーは〝怪物〟の二つ名を獲得した！》

焼き餃子に水餃子、焼売、蒸しパン、焼きソバ、たこ焼、お好み焼き、たい焼き、焼き鳥、ホットドック、フランクフルト、ケバブ、キューバサンドイッチ、生春巻き、肉や魚や野菜を挟んだチャパティ、ワッフル、クレープ、シャーベット、フルーツジュース、芋虫の串焼き……地球やオリジンの屋台で食べられる様々な料理が並んでいる。

それを前にした者達は、高級料理の数々を見たかのように瞳を輝かせ、歓声を上げた。

「素晴らしい……っ！　ほとんど見た事のない料理ばかりだっ！」

「我慢出来ないっ！　頂きます！」

そして猛烈な勢いで食べて行く。この場に居るのは、タロスヘイムのいつものメンバーにルチリアーノやカシムやリナを加えた者達だ。

開拓村から移住した職人が焼いた皿に料理を次々にとって、急かされている訳でもないのに猛烈な勢いで食べ始める。

「このギョーザっ、中に肉と野菜を包んでいるのか！　何とジューシーなパンなんだ！　そうか、具材をこの薄いパンで包んでいるからこんなに美味いのか！」

『ラムダだと餃子もパンなんですねー』

「髭のオッサンっ、こっちのソバってパンと野菜と海産物の炒め物も美味いぞっ！　パンを具材と一緒に炒めるなんて、チキューーって国の連中は良く思いついたな！」

「カシム君、私はまだ二十代だ！　そしてそれはパンではなく、麺と言うのだ！」

「メン？　これ綿で出来てるのかっ!?　綿って食べられたんだなー」

「フェスター、良いから食べなさいよ。じゃないと聞かれた時答えられないでしょっ」

「こっちの丸いのには……はふっ!?　あつっ、でもウマっ……えーっと、何かこりっとした物が入ってるな。こっちの魚のパンは……あつっ！　甘っ!?　何で魚のパンが甘いんだ!?」

「ゼノ、何時もの落ち着きは何処にいったのっ！」

ルチリアーノ達新規組には好評らしい。既にこれらの料理を食べた事があるブラガやエレオノーラ、ザディリスも、美味しそうに食べている。

「何時もと違う味だけど美味しいわ」

「うむ、鯛焼きの中身はジャムじゃし、焼きソバのソースも醤油やマヨネーズではなく果物と香辛料のタレを使っているようじゃな」

作り方と材料を集められれば再現する事はそれ程難しくない料理が多い。そして必要な調理器具も、金属や木材の形を【ゴーレム錬成】スキルで自由に変えられるヴァンダルーなら、幾らでも作る事が出来る。

具材を挟んだパンズを挟んで上下から焼くキューバサンドイッチや、棒に肉を巻きつけて焼くケバブを作るための器具は、ちょっと苦労したが。

『それで、どう思います？　これを屋台で三か月くらい売り続けたとして、商業ギルドに認められるでしょうか？』

ヴァンダルーは、冒険者になる事をまだ諦めていなかった。

ただ、そのためにはやや迂遠な手段を取る必要があるとは思っていた。それが商業ギルドへの登録だ。

冒険者ギルドでは登録時にステータスを確認されるが、されない方法がある事を何とカシム達が知っていた。それは、他のギルドの登録証を提示する事だ。

商業ギルドでも魔術師ギルドでも、職能ギルドでも、ギルドなら何処でも良い。既に他のギルドの登録証を持っていれば、その身分は保証されている事になる。

それでギルド職員にステータスを見られる事無くギルドカードを作ってもらえるのだ。

因みに、この方法をダルシアやカチア、ボークス達は知らなかった。何故なら、冒険者ギルドが最も簡単に登録出来るギルドなので、そんな迂遠な方法が必要になる場合がほぼ無いからだ。

カシム達が知っていたのも、冒険者養成学校で知り合った一人が行商人の一人息子で、彼が「商業ギルドの登録証を見せたから、血を取られずに済んだ」と話していたのを覚えていたからだ。

因みに、その行商人の一人息子も真面目に冒険者になろうとしたわけではなく、最も安く護身のための技術を身に付けられるのが冒険者予備校だったから登録したらしい。

そしてヴァンダルーは冒険者ギルドに登録するために、先に登録するギルドとして商業ギルドを選んだ。

この試食会は、商業ギルドに登録するために必要な「商売をしている」という実態を示すために使えるかどうかの意見をルチリアーノ達から聞くための物だった。

『そりゃあ売れるだろ、こんなに美味くて売れないはずはねぇっ！』

「親父、反対側からボロボロ食べかすが落ちてるよ」

『私達も同感です！』

『絶対売れますよ、坊ちゃん！』

「目立たないように味噌や醤油を使っていないが、我は問題無いと思うぞ。こっちの方が好きと言う奴も居るかもしれん」

味噌や醤油、マヨネーズ等を使わず作ったのは、もしアルダ神殿にそれらがどんな調味料なのか伝わっていたら面倒だからだ。

オルバウム選王国ならそう深刻な事態にはならないだろうが、何処にでも極端な考え方をする者がいる。

社会的地位が手に入る前に、そんな連中に絡まれるのは面倒なのだ。

『あまぁ……ぃ……』

「美味しいよ、絶対皆買ってくれるよっ！」

それでも中々好評のようで一安心だが。

しかし、複数の貴族や大商人から特殊な指名依頼を受けた経験を持つルチリアーノは、「確かに、感動的なほど美味い」と認めつつも、微妙な顔をした。

「しかし屋台で売るのは問題があるぞ、師匠」

「何でだ？　こんなに美味いんだ。俺だったら絶対買うぜ！」

ヴァンダルーより先にルチリアーノに喰ってかかるフェスターに、彼は「幾らで買うつもりかね？」と聞き返した。

「幾らでって、そりゃあ――」

「そう、問題は値段だ。例えばこのギョーザ、スパイスを利かせた具材の値段は当然高い。焼売や肉まんも、同様だ。焼きソバも贅沢にたっぷりの具材とソースを使っているし、ケバブやホットドッグも……キューバサンドイッチにはバターまで塗られている。たこ焼にはたっぷり油が使われているし、お好み焼きには新鮮な海産物、たい焼きにはジャムや蜂蜜……高価な甘味がふんだんに使われている訳だ」

「いや、別に値段は安くしても構わないんじゃないか？　ヴァンダルーの目的はギルド登録で、儲ける事じゃないんだし。それで生活に困るって事もないし」

値段を問題視するルチリアーノに、カシムはそう指摘した。確かにヴァンダルーは屋台の売り上げで生活する訳ではないので、別に儲けなくても良い。それどころか、欲しいのは商売をしていると言う実態なので赤字でも一向に構わない。

だがルチリアーノはカシムに「考えが甘い」と告げた。

「相場よりも明らかに安い値段で、庶民にも手が出る価格でこの料理を売ったら……師匠以外の屋台の店主達はどう思うかね？」

「……どう考えてもトラブルの予感がする」

「そうだろう」

『……人間関係って面倒ですね。じゃあ、他の屋台が無い町や村で営業すると言うのは？』

「師匠、そんな辺鄙《へんぴ》な場所には商業ギルドも無いと思うがね」

「えーっと、別に大盛況になる必要もないんだし、他の屋台と同じものを作って売ったら良いんじゃない？」

『うーん、でも態々不味い物を作ってお金を取るのは良心が痛みますし』

リナが中々無難な提案をするが、ヴァンダルーとしては抵抗があった。ラムダの屋台食は、基本的に不味い。勿論、ヴァンダルーの肥えた舌からしたらだが。

基本的に味よりも量や安さ優先で、限られたスペースで手早く作れる物が中心になるので、あまり美味くないのだ。

「いっそ、屋台ではなく常設の店舗でも構えたらどうかね？　師匠が用意した料理は、王侯貴族が食べてもおかしくないものばかりなのだし」

『……俺の中の王侯貴族のイメージがまた崩れました』

着飾った紳士淑女が立食パーティーで焼きソバやたこ焼を食べながら、優雅に「フフフ」「オホホ」と談笑する光景を思い浮かべて、ヴァンダルーは眩暈を覚えた。

『とりあえず、商売する場所の目星がついたら、そこで売っている物と価格を見て決めましょうか。どの道、原種吸血鬼共を減らさないと一定期間商売する事も出来ませんから、先の話ですしね』

「ところでヴァン、何故肉体の方は横になったまま動かないんだ？」

部屋の片隅でうつ伏せになったまま動かない、肉体のヴァンダルーに気がついたバスディアに霊体のヴァンダルーは答えた。

『……あれは落ち込み担当の思考です』

（誰だ、人を〝怪物〟呼ばわりした奴は。見つけたら耳の穴から鉤爪を突っ込んで、奥歯をガタガタ言わせてやる）

・名前：カシム
・種族：人種
・年齢：１６
・二つ名：無し
・ジョブ：戦士
・レベル：７０
・ジョブ履歴：見習い戦士

・パッシブスキル
【体力増強：レベル２（NEW！）】【生命力増強：レベル２（NEW！）】
・アクティブスキル
【農業：レベル１】【棍術：レベル２（UP！）】【盾術：レベル３（UP！）】
【鎧術：レベル３（UP！）】

・名前：ゼノ
・種族：人種
・年齢：１６

・二つ名：無し
・ジョブ：盗賊
・レベル：６７
・ジョブ履歴：見習い盗賊
・パッシブスキル
【気配察知：レベル２（ＵＰ！）】【直感：レベル１（ＮＥＷ！）】
・アクティブスキル
【短剣術：レベル２（ＵＰ！）】【弓術：レベル２】【罠：レベル２（ＵＰ！）】
【気配消し：レベル２（ＮＥＷ！）】【解体：レベル１（ＮＥＷ！）】【開錠：レベル１（ＮＥＷ！）】

・名前：フェスター
・種族：人種
・年齢：１６
・二つ名：無し
・ジョブ：戦士
・レベル：７２
・ジョブ履歴：見習い戦士
・パッシブスキル

【筋力上昇：レベル３（ＵＰ！）】

・アクティブスキル

【漁業：レベル１】【剣術：レベル３（ＵＰ！）】【解体：レベル１】

【鎧術：レベル１（ＮＥＷ！）】【限界突破：レベル１（ＮＥＷ！）】

「アイラとチプラスと〝狂犬〟のベールケルトによりますとー、山を登ってー空を飛んでー湖に潜ってー」

ヴァンダルーはアイラ達が情報を突き合わせて推測した道順を適当に歌いながら、湖の辺で準備体操をしていた。

春になったと言ってもまだ三月。水泳には早い時期だ。そしてヴァンダルーは、あまり水泳が得意ではない。

「学校のプールで何とか五十メートル泳げるぐらいですからねー……今は潜水なら三十分以上可能だけど」

オットセイやアシカ、ラッコはどれくらい水に潜ったままで泳げただろうか。そろそろ超えられたかな？

どうでもいいかと考えるのを止めて、ヴァンダルーは「とー」と飛び込んだ。

「ギチギチギチッ！」

途端後頭部から出て来たピートが岸に向かって頭を伸ばし、ヴァンダルーを引き戻してしまう。衝撃で「ほげっ」と妙な声を出しつつ、背中から着地する。

『陛下っ、多分？　大丈夫ですか⁉　凄く変な声が出てましたよ！』

「た、多分？　ピート、俺の中に居れば風呂と一緒で大丈夫ですから。あ、ちょ、止めてっ、根っこを伸ばして岸に根付かないで」

水の中に潜るのを嫌がるピートや植物系魔物の抵抗を宥めるのに、暫し時間が流れた。共生とは中々大変だ。


冷たい湖水の中を、ヴァンダルーはすいすいと歩いていた。

手から出したイモータルエントの枝を器用に操って、湖底の土や岩を足場に進む。

『海水だったら嫌がられたでしょうけど。何時か海に潜る機会があるかもしれないし、今の内に対策考えておいた方が良いかな？』

霊体の口でそんな事を呟きながら、湖底を進む。暗いが、ここでも【闇視】スキルのお蔭で視界に問題はない。

ただ泥や微生物で濁っていたら流石に【闇視】でも見えなくなるので、水が澄んでいて助かった。

『ん？』

すると、前方に十数人の槍を携えた人影が現れた。だがよく見ると、確かに人型をしているが全身が鱗に覆われており、顔は人と魚を混ぜたような作りになっている。

水棲の亜人型魔物、ギルマンだ。

同じ水棲の亜人型には、魚の胴体に人間の手足が生えた姿の、海のゴブリンと評されるサハギンが存在するが、ギルマンはそのサハギンよりもずっと高位の魔物だ。

人間とは精神構造が異なるためコミュニケーションを取る事は難しいが知能自体は高く、貝殻や甲羅で武具を自作し、大きければ数百人規模の群れを作る。

人種とは生存域があまり重ならないので知名度は低いが、漁村ではオーガよりも恐れられる。そして彼らを創りだした存在と〝海の神〟トリスタンの間には何か因縁があるのか、人魚を目にした時は狂戦士のように暴れる事から〝人魚の仇敵〟と呼ばれている。

『グブブブ』

『ブッグキュブギュ』

そしてギルマン達は、その魚のような目に分かる困惑を浮かべてヴァンダルーを遠巻きにしていた。

多分、「あれは何だ?」とか「手足から枝が生えているぞ」とか、そんな事を仲間と話しているのではないだろうか?

(困ったなー、この世界って魔物には日本語通じないんですよね。ギルマンの霊が居れば【可視化】で通訳させるけど、見かけないし)

そう困っていたヴァンダルーだが、どうやらギルマン達はこの珍客を「正体不明だが、とりあえず始末しよう」と決めたらしい。【危険感知：死】で感知出来る殺気を向けながら、槍を構えて近づいてくる。

そんな対応を取られたら、ヴァンダルーも悩む必要はない。

『水中戦って、気が乗らないんですけどね。レビア王女達に手伝ってもらえないし』

そう言いながら、ヴァンダルーはカースウェポン化したクナイを投げ、水中に猛毒を撒いた。

『でもまあ、道案内の当てが出来たのは幸運でしたね』

因みに、ギルマンのランクは3。ただ水中や船上で戦う事になる場合が多いので、冒険者ギルドはランクを1多く考えて戦うようにと説明している。

ゾンビにしたギルマンに案内をさせ、ヴァンダルーは湖底の隠されていた水中洞窟を発見し、そこを一時間ほどかけて抜け、ざぱっと水面から顔を出した。

「あー、死ぬかと思った」

息が苦しくなる度にゾンビにしたギルマンの喉に噛みつき、肺の中の空気を吸わなければ危なかった。

ギルマン達には脇腹にエラがあるが、水上で活動するために肺も備えている。

因みに、口と口で人工呼吸しなかったのはただの拘りである。ゾンビなのはともかく、魚面の魔物がファーストキスの相手なのは、絶対嫌だ。

音も無く水面から顔を出すギルマンゾンビに手伝わせて岸に上がったヴァンダルーの視界には、大きな地底湖とその岸辺に建つ一見上品に……しかしよく見ると悍ましい佇まいの屋敷があった。

「おやおや、本当に死んでくださった方が助かったのです。招いた覚えのないお客様」

そのヴァンダルーを出迎えたのは、如何にも出来そうな執事といった印象の人物だった。中肉中背の、ラムダでは高価なモノクルが似合う中性的な美形だ。

「どうも、勝手にお邪魔して申し訳ありません。俺はヴァンダルーと申します」

「おや、やはり貴方様が例のダンピールでしたか。お噂はかねがね、私も是非一度お会いしたいと思っておりました。申し遅れました。私、当屋敷で執事長をしております〝愚犬〟のベルモンドと申します。本日はどのようなご用件で？」

慇懃に一礼するベルモンドに、ヴァンダルーは答えた。

「はい。今日は貴方の職場を武力制圧しようと思いまして。これから実行しますが、宜しいですか？」

まあ、ダメと言われても日を改める事は出来ませんが」

「そうでしたか。それは丁度良い、私も貴方様を殺そうと思っていたのです、よっ！」

穏やかな笑みから、牙を剥き出しにした狂笑に変えて、ベルモンドが細い指を動かす。その途端、ヴァンダルーの左右を守っていたギルマンゾンビがバラバラになった。

音も無く、鮮やかな切断面を晒しながら五体を十以上のパーツに切り分けられたギルマンが地底湖の岸部に転がる。

ぽちゃんとギルマンゾンビの欠片が湖面に落ちる音を聞きながら、ベルモンドは微動だにしないヴァンダルーに落胆を覚えた。

「ふふ、何が起きたか分からないでしょう？　私はこう見えても数万年の時を生きていましてね、その成果ですよ。貴方にも堪能していただけると――」

「極細の金属の糸を、魔術と指先で操っている。魔術は……風属性かな。雷って、風属性の一部ですよね？」

「な、何と!?」

まさか一瞬で自分の秘技を見抜かれるとは思わなかったベルモンドが、思わず狼狽する。だが、すぐに彼は指の一本一本を別々の生き物のように奇怪にくねらせた。

「フッ、こんなにも簡単に見抜かれるとは意外でしたが、だから何だと言うのです？　既に貴方は私の糸の虜！　逃げる隙間はありませんよ」

ヴァンダルーの周囲を糸で包囲したベルモンドは、自身の必勝を確信して落ち着きを取り戻した。ここまで包囲網を完成させれば、ヴァンダルーが呪文を唱える前に始末出来る。まだ残っているギルマンゾンビがこちらに回り込もうとしているが、接近されたところであの程度の雑魚、軽くあしらえる。

「さあっ、御両親の元にお逝きなさいっ！」

僅かに指を曲げる。それだけの動作で、ヴァンダルーの首が落ちる。そのはずだったが……返って来たのは鈍い手応え。

糸が、思い描いたように動かない！

「何っ!?　これは……そうかっ、貴方も私と同じ【糸使い】かっ！」

ベルモンドの糸が、ヴァンダルーから伸びた糸状の物に絡みつかれていた。

「いえ、そのジョブにはありません。でも、糸状の物を操る事は出来ます」

ベルモンドの極細の金属糸は、ヴァンダルーから伸びた髪の毛と、舌と爪から生成される粘着質な糸に残らずからめ捕られている。

ヴァンダルーの【操糸術】レベルはベルモンドに比べてずっと低いが、自分の周りに張り巡らせるだけで良かったので、絡み取るのは簡単だった。

「……ダンピールはそんな事が出来る種族なのですか？」

「いや、他のダンピールの人知らないので」

正確にはハインツが保護している名も知らぬダンピールの少女なら見た事があるが、見た事があるだけなので彼女が糸を吐けるかどうかは知らない。多分、出来ないとは思うが。

ベルモンドは、委細は異なるが自分と同じ糸を操るダンピールに挑戦的な笑みを向けた。

「なるほど、ではこれは吸血鬼とダンピールではなく、糸使いと糸使いの戦い……まさか、同じ糸を使う敵と戦う機会に恵まれるとは思いもよりませんでした。ヒヒリュシュカカ様には心から感謝しておきましょう。さあ、互いに死力を尽くして戦おうではありませんか！　勝利の栄光を掴むために！」

どうやら、ベルモンドの中の妙なスイッチが入ってしまったらしい。まるで親友と語らっているかのように、瞳には無邪気な輝きがある。

そんな瞳でヴァンダルーを好敵手のように扱って宣言すると同時に、音を立ててベルモンドの靴が内側から裂けた。

「さぁっ！　お客様、私の二十の指から放たれる糸に持ち堪えられますかな⁉」

何とベルモンドの足の指は、まるで猿のように一本一本が長くなっていた。

それを器用にくねらせて糸を操るベルモンドには先程覚えた落胆は残っておらず、その胸は高鳴るばかりだった。

好敵手の登場か、それとも何か予感しているのか。何にせよ、目の前の存在が自分に何かを与えてくれる事を疑わなかった。

ベルモンドが放った糸がヴァンダルーの糸に次々に絡め取られる。だが、ベルモンドの糸はヴァンダルーの糸を潜り抜け、切断しながら徐々に迫って行く。

「どうなさいました？　守りだけでは勝てませんよ！」

「そうですね」

『ではそろそろ反撃に転じましょう』

「っ⁉」

離れたところから聞こえた声に、ベルモンドは驚愕して視線をそちらに向けた。

すると、ベルモンドから見て左のやや離れた場所にギルマンゾンビが集まっていた。まさかギルマンゾンビが喋ったのかと思っていると、彼らの鱗だらけの身体から次々にヴァンダルーが生えて来た。

「えっ？　なっ？　お、お客様、御兄弟ですか？」

するりするりとギルマンゾンビ達から出て来るヴァンダルーの姿に困惑したベルモンドが、自分と攻防を繰り広げている方のヴァンダルーに尋ねる。

「いえ、どれもこれも俺自身です。貴方と戦っているのは、【遠隔操作】スキルで動かしている、俺の肉体」

『こっちは、【幽体離脱】して分裂した後ギルマンゾンビと一体化していた、霊体の俺です』

『では、攻撃に転じますねー』

そう言いながら、霊体のヴァンダルー達はギルマンゾンビが背中に括り付けていた長い筒状の何かをベルモンドに向ける。

「肉体と霊体ですと⁉ い、いやいやお待ちくださいお客様っ、それはおかしいっ、それでは肉体を……本体を囮にして私を欺いたと仰るのですか⁉」

「まあ、本体と言えば本体でしょうか」

「私の糸を絡め取りきれず、切り刻まれたらとは考えなかったので？ 事実、後一分もあれば私は貴方の五体をバラバラに出来るのですが」

「五体をバラバラにされた程度なら、三分以内に繋ぎ直せば俺は死にません」

「……貴種吸血鬼でも、そこまでされたら死ぬのですが？」

「後、こんな方法もあります」

するりとヴァンダルーの首筋からワームの頭が生えた。その頭に唯一ある口が開き、中からどろりとした液体が溢れ出す。

その液体は……冥銅はヴァンダルーの身体を覆うと鎧の形になった。ゴーレム化した冥銅をダタラが鎧に鍛え上げた物だ。

更に、周囲の自分の糸とベルモンドの糸を撒き込んで【吸魔の結界】と【停撃の結界】を張る。

次々に、そして易々と防御を固めるヴァンダルーにベルモンドは唖然とした。しかも、結界はベルモンドの糸を巻き込んでいるので糸がほとんど動かない。

「失礼を承知でお尋ねしますが……お客様は化け物か怪物でございませんか？」

糸を操ろうと指を動かす度に、逆に糸が食い込んで指から血が飛沫を上げる。こうなったら両手足を切断して逃げるしかないが、そのための呪文を唱える代わりにベルモンドはそうヴァンダルーに尋ねた。

避けようのない敗北に鼓動は激しくなり、頬は紅潮し、瞳が揺れ視界が滲む。

「当方は一応人間のつもりなので、そう言われるのは甚だ遺憾です」

そう答えながら、霊体のヴァンダルーは筒に銀の弾を装填……しようとして別の弾に変えた。

筒……内側に弾丸を回転させるために螺旋状の溝を掘った銃身に鉄の弾丸を装填し、少し角度を調整して【念動】で撃ち出す。

「ファイエル」

淡々とした声とは裏腹に、轟音と共に弾丸が発射された。

「くっ……ふしゃあっ！」

ベルモンドは何とか先が二股に分かれた舌を伸ばし、それで糸を操りヴァンダルーが撃ち出した、ラムダ初の銃弾を逸らそうとした。

しかし死鉄の銃弾は糸を弾き飛ばし、ベルモンドの胴体に命中した。

《【砲術】スキルを獲得しました》

どうやら、ラムダでは銃を使うスキルは【銃術】ではなく【砲術】と評されるらしい。

地底湖の遥か向こう側の壁に鉄製の弾丸が激突し、壁が一部崩落するのを見ると、銃ではなく砲扱いなのも納得ではあるが。

それに、ヴァンダルーが【念動】銃の命中力と威力を高めるために作ったこの銃身は、名前の通り銃身だけで、引き金もマガジンも無いので、銃とは評し難いだろう。

だがヴァンダルーは銃身を使用した【念動】銃の威力を認めつつも、地下では必要な時以外使わないようにしようと心に決めた。

「ところで話せます？　オリハルコンや銀じゃなくてただの鉄製の弾丸を使いましたし、狙いもずらしたので死にはしないはずですけど」

ヴァンダルーは無残に姿で転がったまま、しかし慇懃な口調を崩そうとしないベルモンドを見下ろしていた。

「かっ……へひゅっ……お、お見苦しい姿を、お見せして……申し訳……」

右のわき腹から胸にかけて大きく抉れ、臓物や骨の欠片が血に混じってあちこちに飛び散っている。

更に、撃たれた後吹き飛ばされ地面に何度か転がったせいで、ベルモンドが操る鋭い糸がベルモンド自身の肉体を傷つけていた。

手足に指は残っておらず、舌もズタズタだ。

しかし、見苦しいとベルモンドが評しているのはそれらではないようだ。偽装のためのマジックアイテムであるモノクルが砕けた事で露わになった、自分の姿の事だ。

破れた衣服から、酷い火傷の痕や引き攣った傷跡が幾つも見える。端正な顔も半分程火傷で覆われており、片方の瞳も白濁している。

そして耳の形が変わっていた。

「女性だったとは驚きました。後、元々は獣人種だったんですね。吸血鬼って、他のヴィダの新種族からでもなれるのですか?」

「……森猿系獣人種と呼ばれる種族出身でございます。もっとも、純粋な獣人ではなく、先祖にラミアの血が混じっていたようですが。この舌と、後今は分かり難くなっていますが、失明した方の瞳の形がラミアの物です。ヴィダの新種族も吸血鬼になる事は、不可能ではありません。ただ九割の確率で失敗する上に、副作用で命を落とす可能性があるだけです。しかし、何故私が女だと分かったのですか? ご覧の通り、女らしい箇所は全て焼かれるか切り落とされているはずですが」

「傷口から内臓が見えていますから」

「なるほど……これは失念しておりました」

苦笑いを浮かべて、実は女性だったベルモンドは「それで、止めは刺さないのですか?」と尋ねた。

「お客様ほどではありませんが、私も伯爵位を持つ貴種吸血鬼。この程度なら回復します。元通りに動くかは分かりませんが、半日もあれば辛うじて歩ける程度には。それに、こうしておしゃべりに興じている今も、魔術を唱えようと思えば出来ない訳ではありません」

「でも唱えようとしていませんよね。それどころか、もう反撃する気もない。それに、【死属性魅了】のスキルが効いていますね？」

既に【危険感知：死】にまったく反応しないベルモンドにそう問い返すと、彼女は驚いたような顔をした後、納得したように息を吐いた。

「なるほど、魅了系のスキルですか。ですが、私はお客様に魅了されたというよりも、お客様を殺せば何かが変わる、殺せなくても殺してくれると、そんな心情に突き動かされているのですが？」

「あー、そう言う方向に効いたんですね」

魅了とは言っても、誰もが文字通りの意味で好意的になる訳ではない。病んでいたり狂っていたりする場合は、ベルモンドのような反応を示すのだろう。

つまり、ヤンデレ。

考えてみれば、以前倒したセルクレントやアイラは吸血鬼なのにエレオノーラと違い友好的にはならなかった。それも単純に【死属性魅了】をレジストしたのではなく、屈折した形で効果を発揮したのかもしれない。

セルクレントの魂は砕いたので、タロスへイムに戻ったらアイラに改めて話を聞いてみよう。

これからは気を付けよう。

「それで、まさか私に寝返れなどとは言わないでしょうね？」

「寝返れ」

「……言うのですか」

「言うのですよ」

呆れたような顔のベルモンドに、ヴァンダルーは続けた。

「別に貴女は俺を殺そうとしただけですし、俺は貴女に恨みは無いですし、糸使いについて教えて欲しいので。後、現在執事募集中です」

「……私は極悪人ですが？」

「んー、でも後ろに何も憑いていませんし。もしかして、ここの番人を長年やっていて表に出てないとかではないですか」

「……正解です、お客様」

ベルモンドはヴァンダルーには数万年を生きていると言ったが、実際には吸血鬼になってから一万年程しか生きていない。

彼女は一万年前、生まれた部族をその身に表れた祖先の血による異形を咎められて追放された。そして、彷徨いやっとたどり着いた人里で、魔物扱いされて暴行を受けたのだ。

そして死に瀕していた彼女を、ヒヒリュシュカカを奉じる邪神派吸血鬼が拾った。

「私の主人は丁度、この屋敷の番をさせる従順な手下を探していたようでして。これでも万が一の時逃げ込むための避難所兼作品の保管庫だから、裏切るような者には任せられない。それで、私のように半死半生の者を見つけては助けて吸血鬼に仕立てたのですよ」

「その割には、あまり忠誠心があるようには見えませんが」

「ふふ、一万年も生きていると色々あるのでございますよ。特に、こんな体では。吸血鬼になる前の傷痕は、治せないのでね」

最初の数年は、主人に恩を返すため必死に努力した。同じような境遇の仲間達と切磋琢磨した。

そして実力が認められ、いよいよ吸血鬼の一員となった数十年は徐々に減っていく仲間達に涙を流しつつも、彼らの分も恩返しをしようと、がむしゃらに腕を磨いた。

そしてこの屋敷の番を任せられて数百年。だんだん、自分は利用されているだけなのではないかと考えるようになってきた。

吸血鬼になって千年目、主人から偽装用のマジックアイテムであるモノクルを投げ渡された。「この屋敷で醜い姿を晒すんじゃないよ」と言う言葉と共に。

そして一万年目。何もかもが虚しくなった。戯れで覚えた技を振るう機会も滅多になく、あってもすぐに終わってしまう。いっそ逃げ出そうかと思っても、逃げた後何かしたいのかと考えると答えは見つからず。

ならいっそ死のうかとも思うが、死ぬ気にもなれず。

ふと気がつくと数年経っていた。そんな摩耗した心理状態で過ごしていたある日、現れたのがヴァンダルーだった。

「じゃあ俺に寝返っても良くないですか？」

ヴァンダルーはベルモンドがタロスヘイムの事に関わっていないらしい事に満足すると、そう言った。

彼もベルモンドがただの被害者だと思っている訳ではない。一万年の間に幾人も殺し、幾つも罪を重ねただろう。

だが、それらはヴァンダルーにとってどうでも良い事である。

「正直、善悪なんてあやふやなもの、どうでも良いんですよ。国や文化、時代であっさり変わる程度の物です。そもそも、俺は大多数の人にとっては悪人らしいですから。自分と関係ない社会と場所の善悪なんて知りません」

ヴァンダルーは、絶対的な善が存在するとは考えられない。悪と言う概念があるから、善が存在する。そう考える彼にとって、善悪の基準はあやふやな物だ。

実際、地球でもオリジンでも善は彼を助けなかった。

勿論自分の経験だけで全てを決めつけるのは視野狭窄だとも思うが、ラムダではこれで今まで上手くいっているのだし、別に良いだろうと考えている。

「……お客様を殺そうとした件については？」

「俺が勝ったので、ノーカンです」

殺し合いの場合は、勝った方が敗者に権利を持つとヴァンダルーは単純に考えていた。

魔物の場合は素材と魔石を剥ぐし、山賊の場合は殺すか血を吸う。

戦争でも敵兵を殺せば手柄、捕虜にすれば報奨金も割増になる。

ならベルモンドに勝ったヴァンダルーが彼女を勧誘するのも自由だろう。

「それに極論を言えば、生きたまま俺に寝返るか、死んだ後寝返るかの違いだけですよ。ただ、死ぬと記憶や人格が崩れたり大きく変わったりするので、生きたまま寝返ってくれた方が助かります」

チェザーレのようにアンデッド化した後の方が輝く場合もあるが、あれはレアケースである。

「それで、どうします？」

『陛下の方に付いた方が良いわよ』

『私達もこうして陛下に憑いてるし、ゴーストなのに美味しい物が食べられるのよ。ですよね、レビア様』

『はい。貴女が陛下の力になってくれれば心強いです。お願い出来ませんか？』

【死霊魔術】の出番が無かったため暇だったらしいレビア王女達、ブレイズゴーストが姿を現すと、ベルモンドはどちらにしてもこのお客様からは逃れられないらしいと諦めた。

「畏まりました、お客様。ですが、条件が二つございます。一つはお客様がご主人様……テーネシア様を倒す事。もう一つは、私の身体を元に戻す事です」

ヴァンダルーがテーネシアに殺されれば寝返る甲斐もないし、今のベルモンドの状態では糸使いに付いて教え執事として働く事も出来ない。

「分かりました」

普通ならS級冒険者でも簡単には頷けない条件に、ヴァンダルーはあっさり頷いた。

「とりあえず、内臓と骨を集めて繋ぎますね。レビア王女、皆、火を抑えてください。ベルモンドのモツが焼けそうです」

『ああ、ごめんなさい！　今離れますねっ』

「お客様……人の内臓をモッと言うのはどうかと」

判断を早まったかもしれない。そう思いつつも、ベルモンドは彼に期待するのを止められないでいた。


「ぐあああああっ！　て、テーネシア様、バンザァァァァァイ！」

地球の特撮物なら爆発して果てそうな断末魔の声を上げつつ、侯爵位を持つ貴種吸血鬼、ダロークが心臓を女戦士の拳に貫かれて倒れた。

彼は数万年の時を生きた、テーネシアの側近の中でも彼女に次ぐ武威を持つと称えられ〝テーネシアの闘犬〟の二つ名で闇の世界に知られた男だったのだが。

「ふんっ。幾ら身体を霧にしようが、我が【輝拳術】の前には無力だ」

白く輝くマジックアイテムの手甲でダロークを倒したジェニファーは、仲間と共に最後に残った親玉を睨みつけた。

原種吸血鬼、テーネシア。彼女は腹心の最期に舌打ちすると、何時もの娼婦を思わせる格好のままジェニファー達を睨み返した。

「やれやれ、やってくれたね。あたしの〝五犬衆〟も、一人を残して全滅……アイラ以外の三匹を始末するとは、ちょいとあんた達を舐めていたよ」

周囲には建造物の残骸や木々が転がっている。ここは彼女の拠点の一つで、中々洒落た屋敷だったのだが……戦いの余波で周囲の森ごと荒野になりかけていた。

「しかし派手にやるね。伝説の勇者ベルウッドは、花一つ踏み折るのにも心を痛めたもんだが、あんた等は違うのかい？」

以前よりも月と星が良く見えるようにされた拠点を見回して言うテーネシアに、ハインツは答えた。

「人里離れた魔物しかいない森を守るために、貴様等を滅ぼす事を躊躇う事こそ罪だ。この森が水源地だったら、私も考えたが」

異世界の知識を忌避していたベルウッドだったが、自然環境に関する知識だけは積極的に広め、残していた。森が水を貯える事もその一つだ。

「チっ、〝闇を切り裂く者〟らしい事を言ってくれるじゃないか。だが、あんた達の口上は聞き飽きた！　続きはあたしのアンデッドになってから歌うんだね！」

物理的な圧力すら伴う殺気を放ちながら、テーネシアは内心では苛立ち、やや焦っていた。

（ビルカインとグーバモンは何をしてるんだい⁉　何故さっさと来ないっ、このままじゃ、あの切札を使わざる負えなくなるじゃないかっ！）

その心の乱れを見抜いたように、〝眠りの神〟ミルの神官であるダイアナが追加の付与魔術を唱えようとする。

「させるかいっ！　カァ！」

「こっちのセリフだよっ、【大挑発】！」

奇声を上げて右目に移植した【石化の魔眼】を発動させようとしたテーネシアだったが、その敵意をデライザが【盾術】の武技で強引に自分へ向ける。

途端嫌な音を立ててデライザの手足の先端から石化が始まる。だが、テーネシアは彼女から視線をすぐに外した。

「くっ！」

いつの間にか忍び寄っていたエドガーが、死角から彼女を狙ったのだ。光属性の魔術が付与されたミスリルの短剣が、テーネシアの急所を狙う。

それを鉤爪で防ぎ、そのままエドガーを裂こうとすれば、何と彼の姿は霞のように消えてしまった。

「っ!? 【分身】か！」

「良く分かったな。大抵の奴は、魔術と間違えるんだが」

【鎧術】の高等武技、残像を利用した分身を作りながらエドガーが短剣を振るう。ほとんどが幻だとしても、もし見逃した攻撃が本物ならと思うと、無視出来ない。

「合わせろ！【輝剣一閃】！」

「【輝拳連打】！」

そこにハインツの魔剣とジェニファーの魔拳が襲い掛かる。流石にテーネシアも全てを捌く事は出来ず、身体に幾筋もの傷を負う。

どれも彼女の生命力から見れば掠り傷だ。しかし、対吸血鬼に特化したハインツ達の攻撃は、掠り傷でもテーネシアに大きな痛みを与え、驚異的な再生能力も大きく減退させ、それ以上に彼女の集中力を乱す。

「……群れるな餓鬼共が！【風刃乱舞】！」

苛立ちを抑えられず、自分の周囲に無数の風の刃を乱射するテーネシア。これでハインツ達は一旦下がらなければならなくなり、彼女はその隙に態勢を立て直す事が出来るはずだった。

「女神の導きにより魔力よ、安らかなれ。【魔睡波動】」

だが、ダイアナが唱えていた魔術により、テーネシアの魔術の威力が大幅に削られる。ハインツ達が装備しているドラゴンの素材や魔導金属をふんだんに使った防具の対魔防御力で弾かれてしまう程度に。

そして逆に隙を作ったテーネシアに、ハインツ達の攻撃の勢いが増す。

（こいつ等……自分より強い相手と戦う事に慣れている！）

盾職のデライザが敵の敵意を引き受け、エドガーがフォローし、ジェニファーが手数、ハインツが高攻撃力の一撃で攻め、ダイアナが魔術で全体を援護する。

その連携が高度に行われるのだ。そしてテーネシアは彼ら相手に力が発揮しきれずにいた。一人ではハインツ達の連携に対応しきれず、どうしても大技を決められない。

そして苛立ちや焦りを抑えられず、思わず放つ単調な攻撃はデライザとダイアナに防がれるか力を削がれてしまう。

「このあたしがっ、勇者共との戦争からも生き延びたこのテーネシア様がっ、青臭いガキ共相手にっ！」

荒れ狂うテーネシア。確かに、彼女は強い。並のドラゴンなら羽虫同然に潰せる程の力を持つ、生態系の頂点に君臨出来る生物だ。

しかし、だからこそテーネシアは十万年前よりも弱くなっていた。

十万年の間奪った命は数知れず。しかしそれは殆ど一方的な虐殺で、互角に戦える相手との戦いは数えるほど。そして、ここ数万年は無数の手下の上に君臨する暴君としてしか存在していない。

命の危機を覚えない悠久の日々は確実にテーネシアの勘を鈍らせ、鋭かった精神力と技を摩耗させ緩ませてしまった。

そんなテーネシアにハインツ達の高度な連携を破る地力は残っていない。だが、こんな時のために彼女達は原種吸血鬼三人による合議制を維持していたのだが――。

(くっ、ビルカインもグーバモンもあたしを見捨てる気か！)

だが、頼みの綱の援軍も現れない。

「あ゛あ゛あ゛あ゛あっ‼」

浅くない傷を受けたテーネシアが濁った絶叫を上げる。ハインツ達は、このまま行けば勝てると確信しつつも、油断なく攻撃を重ねる。

そんな彼らに、テーネシアは牙を剥き出しにした狂笑を向けた。

「あたしを追い詰めた事を後悔して死ねっ！【魔王の角】発動！」

その瞬間、テーネシアの身体の至る所から生じた角にハインツ達は裂かれた。

・名　前：ベルモンド
・年　齢：約一万歳（吸血鬼化当時18歳）
・二つ名：テーネシアの愚犬
・ランク：10
・種　族：ヴァンパイアカウント（貴種森猿系獣人種）
・レベル：7
・ジョブ：ストリングマスター
・ジョブレベル：7
・ジョブ履歴：狩人見習い　見習い盗賊　盗賊　暗殺者　使用人　糸使い

・パッシブスキル
【闇視】【吸血：レベル7】【怪力：レベル3】【高速再生：レベル5】
【状態異常耐性：レベル6】【自己強化：隷属：レベル10】【魔力回復：ダメージ：レベル10】
【気配察知：レベル7】【直感：レベル3】【精神汚染：レベル7】

・アクティブスキル
【弓術：レベル1】【投擲術：レベル1】【短剣術：レベル9】【風属性魔術：レベル2】

【無属性魔術：レベル1】【魔術制御：レベル1】【高速飛行：レベル1】
【忍び足：レベル8】【罠：レベル5】【解体：レベル3】【限界超越：レベル1】
【家事：レベル10】【操糸術：レベル7】
・ユニークスキル
【供物】


肩を大きく上下させて荒い息をしながらも、テーネシアは麻薬のように精神を満たす解放感に「ケヒヒ」と笑い声を上げていた。その姿は吸血鬼らしからぬものと化している。

側頭部や額だけではなく、背中や腹、二の腕や手の甲、太腿や膝や脹脛からも捻じれ枝分かれした角が生えている。

「くふぅっ……見たかい？　味わったかい？　これが魔王グドゥラニスの封印されていた一部……【魔王の角】の力さ」

テーネシアが何万年も前に手に入れた、魔王の欠片。それがこの角の正体だった。あらゆる魔術防御を穿ち、アダマンタイトすら易々と切り裂くこの【魔王の角】こそが彼女の切り札だった。

同じく魔王の欠片をその身に宿すビルカイン、グーバモンと協力して、英雄神の加護を得た英雄達から逃げ延び、他の邪神を奉じる原種吸血鬼との戦いに勝ってきた。

だが、それも今日までか。

「そうか、ふふ、あいつ等、あたしを裏切ったんだね。ああ、そうさ、あいつ等なんて必要ない。あたしはこんなに強いじゃないか。そうだよ、強いんだ。あいつ等なんて要らない。殺して、魔王の欠片を奪って、帝国や選王国にある他の欠片も――ぐっ！」

未だに自分を助けに来ないビルカイン達に殺意を滾らせたテーネシアだが、呻き声を上げて頭を抑えた。

（まずいっ、侵食がもう始まっている。早く抑えなければ……！）

魔王の欠片は、持つ者に絶大な力を与える。それこそ、神とすら戦える程の力を。

だが、その代償は大きい。魔王グドゥラニスの肉体の欠片は今も生きている。偽の宿主であるテーネシアの精神と肉体を乗っ取り、復活のために他の魔王の欠片を集めようとするのだ。

そうでなくても魔王の欠片が宿すグドゥラニスの魔力は、本来ならラムダに存在しない性質を持っているので宿主を蝕む。

その度合いは【魔王侵食度】スキルの形でステータスに表示される。既にテーネシアの【魔王侵食度】のレベルは5。レベルが上がれば上がるほど魔王の欠片を自在に使えるようになるスキルだが、逆に言えばその分魔王に近づき、精神が侵されている証拠だ。

すぐに気を静め、【魔王の角】を抑え込もうとするテーネシアだが、彼女の周りで倒れていたハインツ達が立ち上がったのを見て中断を余儀なくされる。

「これが……魔王の欠片の力か」

「アダマンタイトの盾が穴だらけなんて、やってくれるよ」

ハインツ達はそれぞれ重傷を負っていたが、どれもこれも致命傷には届いていなかった。そしてその重傷も徐々に癒えていく。

「……やれやれ、あんた達の方がよっぽど吸血鬼らしいね。何故今ので誰も死んでない？」

デライザのアダマンタイトの盾や、ハインツのミスリルにドラゴンの鱗を合わせた鎧も魔王の角は切り裂いた。普通なら幾らA級冒険者でも一人くらい……特に軽装のエドガーやジェニファーは致命傷を負ってしかるべきだ。

だが、現実は全員生存していて戦闘を続行しようとしている。

目の前にいるのは神代の時代から生きる化け物で、数多の神々を倒した魔王の欠片を宿しているというのに、瞳に諦めの色はない。

（まさかこいつ等の内誰かがあのジョブを？　いや、それならあたしはもっと追い詰められているはずだ。なら、精々素質を持つ奴が居る程度か）

「まあ、どうせ死ぬまで殺すだけだけどねぇ！　【螺旋大暴投】！」

【投擲術】の上級武技の名を叫ぶと、テーネシアは何と身体に生やした【魔王の角】を射出した！

「防ごうとしないで！　避けるか攻撃してください！」

ダイアナの警告の意味を理解して、ハインツ達は迫りくる魔王の角を避けるか、武器を叩きつけ軌道を変える。

「俺達で隙を作るっ、【ミリオンスラッシュ】！」

「行け、ハインツ！　【千輝破撃】」

共に【限界超越】スキル等を発動させたエドガーやジェニファーの上級武技が、回転しながら迫る魔王の角を弾き、叩き落す。

「任せろ！　【滅魔輝真撃】」

そしてチプラスを真っ二つにした時よりも激しく輝く魔剣の切っ先が、テーネシアに迫る。

「【邪壁】！」

だが、テーネシアの身体から再び【魔王の角】が生える。

【魔王の角】はドラゴン等の骨の角とは違い、性質としては鹿や犀の角に近い。鹿の角が毎年生え変わるのと同じで、【魔王の角】はテーネシアが望んだ場所に望んだ形で生える。

彼女のスリットが多く肌を露出した服装も、いざという時【魔王の角】を使う時のためだ。

曲がり枝分かれしながら生えた角が絡まり、盾と化してハインツの魔剣と激突する。

「うおおおおおおおっ！」

「あああああああっ！」

【魔王の角】を貫き、切っ先で穿とうとするハインツ。そうはさせじと、更に【魔王の角】を生やして防御を固めるテーネシア。

（こいつかっ！　やはりこいつが【導士】だ！）

選ばれた仲間だけでなく、数多の存在を導く者。神代の時代、ベルウッドやザッカート達勇者が就いたのを除けば、この十万年でも両手の指で数えられる程の者しか就いていない。

ある意味、勇者の条件とされているジョブだ。

【導士】の恐ろしさは、本人の強さだけではなく仲間やその導きを受けた者を際限無く引き上げる事だ。

それはかつて勇者達の導きを受けたテーネシア本人が良く知っている。

「があああっ！　【邪壁】！　【邪鎧】！　【螺旋粉砕撃】！　【光崩闇連槍】！」

「くっ⁉」

連続で【盾術】や【鎧術】、【投擲術】に【槍術】の上級武技を発動させ力技でハインツの攻撃を耐えきり、そして後退させたテーネシアは歯軋りをさせながら、【導士】候補とその恩恵に預かるだろう彼の仲間達を睨みつけた。

ハインツも、こいつ等も、こいつ等が飼っているダンピールのガキも、何としても殺すべきだ。このまま放置して成長する隙を与えれば、自分達は成す術も無く狩り尽くされるかもしれない。

今はまだテーネシアの方が強い。このまま押し切れば、七割以上の確率でハインツ達を殺せるだろう。

だが――。

「クソっ、魔術が使えりゃあ、もっとやりようがあるってのに！」

上級武技の連続発動で頭痛を訴える頭でそんな事を考えるが、魔王の欠片が持つ謎の魔力は、他の属性魔術との相性が悪い。そのため、【魔王の角】発動中はテーネシアも魔術を無属性魔術以外発動出来ないのだ。

普段ならそんな欠点は、魔王の欠片の力の前には意味を成さないのだが。

《【魔王侵食】スキルのレベルが上がりました！》

「がひぎゃあっ⁉」

頭の中に声が響いたと同時に、【魔王の角】の禍々しさが一層強くなる。激しい頭痛と霞む視界とは裏腹に痺れるように広がる快感。テーネシアの危機感は極限まで高まった。

（このままじゃ、こいつ等を殺してもあたしが欠片に乗っ取られちまう！　ここは出直すしかない！）

「あんた達っ、必ず殺してやるから覚えておいで！」

「っ！　逃げる気だっ！」

「させるかぁっ！」

逃げに転じたテーネシアを追おうとしたハインツ達だったが、再び彼女が射出した【魔王の角】に阻まれた。

そして、ハインツが角への対処が終わった時には、テーネシアの姿は何処にも無かった。

奥歯に仕込んだ伝説級マジックアイテムを使用して、とっておきの隠れ家に転移したテーネシアは、そのまま崩れるように倒れ込み、磨き抜かれた石材で作られた滑らかな床に額を付けた。

「な、何とか逃げられたね……」

早く態勢を立て直さなければならない。ビルカインとグーバモンにハインツが【導士】に成り得ると伝えて、総がかりで殺さなければならない。

山脈の向こうに居るダンピールを待ち受けている場合じゃない。

ヒヒリュシュカカもどうかしている。何が〝悦命の邪神〟だ、アンデッドを作れるダンピールよりも、奴らの方がずっと危険じゃないか。何故奴らの方を殺せと、早く神託を下さなかった！

「ベルモンドっ……何処でぼさっとしているんだい⁉　さっさと来いっ、あんたはあたしの【愚犬】だろうが！」

最後に残った腹心の一人……最も役に立たない僕をテーネシアは呼んだ。

心も体も壊れて見目も醜く、ここの番人兼非常食しか出来ない愚図だ。しかし、【供物】のユニークスキルを所有している。そのスキル効果で喰らう者の生命力と魔力を完全に回復させ、殆どの状態異常を解除する事が出来る。

ベルモンドの血を飲み干せば、テーネシアは即座に完全回復する事が出来る。そのために今までここで飼っていてやったのだ。

今こそ拾ってやった恩を命で返してもらおう。

「何故来ないっ！　さっさと――あぁ？」

苛立ちを隠さず立ち上がりかけたテーネシアの目に映ったのは、ベルモンドではなく同じ顔の子供が五人、自分に筒の先を向けている光景だった。

一瞬思考が止まるが、テーネシアの生存本能が絶叫を上げる。

「【念動】銃、ファイエル」

轟音を響かせて筒から何かが発射される。その一瞬前に、テーネシアは鎮めようとしていた【魔王の角】で我が身を守ろうとした。

しかし、素の状態でもアダマンタイトの盾を裂いた魔王の角を、筒から発射された弾丸は飴か何かのように貫くと、テーネシアの首に命中した。

驚愕に見開いたテーネシアの顔が掻き消え、とさりと残った首から下の身体が再び床に崩れ落ちる。

そして弾丸が彼方の壁に激突した轟音と振動が。更にその数秒後、ポチャンと何かが地底湖に落ちた音がした。

「流石オリハルコンの弾丸は威力が違いますね。……でも魔力を込め過ぎたかなぁ」

反動を受けて掻き消えた霊体の自分四体と、爆ぜた竹のようになってしまった銃身を見て、ヴァンダルーは溜め息をついた。


色々飛び散ったベルモンドの欠片を彼女に繋ぎ合わせて戻したヴァンダルーは、彼女からテーネシアがここに来た時に現れる場所が、屋敷内から地底湖に直接ボートで漕ぎ出せる邸内の港だと聞き出した。

テーネシアが奥歯に仕込んでいる伝説級マジックアイテムは小さくて携帯性に優れるが、その代わり予め登録した場所一か所と、前回転移する前に居た場所の二カ所しか転移出来ないらしい。

そしてレムルースにはるか遠くから見張らせていたハインツ達がテーネシアを追い詰め、ここに彼女が逃げて来る瞬間を、オリハルコン製の弾丸を銃身にセットして待ち受けていたのだ。

その間テーネシアの隠れ家の裏に移動用の極小ダンジョンを作ったり、散策したり、彼女が作ったアンデッドをテイムしたり、マジックアイテムや物品を回収したりしていた。

因みに、ベルモンドを堕とした時から、今日で一週間だ。

「思ったより早く、それも消耗している状態で来ましたね」

「いや、もっと他に言う事があるのでは?」

「他に……?　何かあります?」

「えぇー」

あっさりと神代の時代から闇の世界に君臨してきた原種吸血鬼を倒した事に、特別感慨も何も抱いていない様子のヴァンダルーに、ベルモンドは若干呆れたような声を出した。

しかしヴァンダルーからすると、父の仇の親玉でザンディア達タロスヘイムの英雄の死体を持ち去ったグーバモンや、エレオノーラの元主人のビルカインに比べると、テーネシアは敵としての格はずっと下だ。

勿論二百年前のタロスヘイムとミルグ盾国の戦争に後ろで糸を引いていた一人なので、彼の心の「絶対殺すリスト」には載ってはいるが。

「ああ、この地下空間が崩落する事を心配しているのでしたら、耐震工事はしておいたから大丈夫です。最悪でも、逃げる時間は稼げます」

「……それは屋敷の隣に幾本も太い岩の柱を建てているのを見れば分かりますが」

「彼女が言いたいのはそんな事ではないだろう、師匠」

蟲に寄生されそのままヴァンダルーの体内に装備されてでも、原種吸血鬼が作ったアンデッドが見たい！　と研究者魂を燃やしてやってきたルチリアーノが口を挟んだ。

久しぶりに見た、生きている人種が理解してくれたかと共感を覚えるベルモンド。

「早くそこに転がっている貴重な素材を回収しなければ！　神代の時代から生きる原種吸血鬼の、それも邪神の加護を受けるような希少個体！　その価値は計り知れないのだぞ！」

「……いや、私はそんな事を言いたい訳ではないのだが」

ああ、価値観が合わない。やはり自分は狂っているのか。ベルモンドは欲望にギラギラと瞳を輝かせるルチリアーノの姿に、孤独感を覚えた。

「それもそうですね。【死亡遅延】、寄生よろしく」

倒れたまま痙攣を始めたテーネシアの身体に術を施し、蟲を寄生させる。そしてずるりと彼女の身体を体内に装備する。

床に流れた大量の血は勿体ないので、ブラッドゴーレムにして口元まで来てもらってごくごくと飲み干す。砕けた角の欠片は荷物の中に回収だ。

《【業血】のレベルが上がりました！》

一度血を飲んだだけでスキルレベルが上がるとは、腐っても原種吸血鬼だ。

「帰ったら私にも調べさせてくれたまえよ、師匠。しかし……頭部の回収は絶望的か。ベルモンド嬢から聞いていた【石化の魔眼】や脳の欠片でも良いから欲しかったのだが……」

「私はだんだん外に出るのが怖くなってまいりましたよ。君達人種の業は、一万年前より深くなっているようではありませんか」

「それより、俺が【念動】銃で撃った時体中から生やしていた角や棘のような突起物は何か知っていますか？」

「あれは……いえ、私は存じません。ただ、恐らく【魔王の欠片】ではないかと」

あくまで慇懃な口調を崩さないベルモンドの答えを聞いて、ヴァンダルーは手に持っていた角の欠片に【鑑定】をかける。

『テーネシアの角：詳細は不明だが、魔王グドゥラニスの血と同質の魔力が宿っている』

「なるほど……あ、二人とも俺から離れて。そろそろ来る」

「『来る？』」

「テーネシアはまだ死んでいません」

ヴァンダルーの言葉の意味を二人が理解したのと同時に、離れた湖面から黒く捻じれた角が飛び出してきた。

それをヴァンダルーは結界を張って止めようとしたが、次の瞬間脳裏に走った【危険感知：死】の警告に従って床に伏せる。

その頭上を、投じられた角は【停撃の結界】を易々と貫いて通り過ぎて行った。

「なるほど、あの角に結界は効かないと。しかし……よく生きていますね」

若干驚きを覚えつつ立ち上がったヴァンダルーが見たのは、湖面から水を滴らせて浮かび上がった、鬼気迫る形相を浮かべたテーネシアだった。

「ごろずっ！　ごろじでやるっ！」

常識を超越した再生能力で新しい胴体が生えつつあるが、脊椎や肋骨に内臓と僅かな筋肉が絡みついているだけの状態で、それを所々黒い硬質な何かで繋ぎ止めているような状態だ。

「どうやら、首か心臓を破壊したら死ぬと言う常識は、原種吸血鬼には通じないようです」

そう言いつつも、即座に【ゴーレム錬成】で元の形に戻した銃身を使って【念動】銃を再度撃つが
……あっさりと避けられた。

「瀕死めいた状態に見えるのに素早いですね」

激高していても流石に自分が深手を受けた攻撃を忘れてはいなかった。

「不意打ちでなげりゃっ、あだるがあっ！」

轟音と共に地下空間が揺れるが、テーネシアは存外素早く回避行動をとった。それだけ【念動】銃を警戒しての事だが、実は【念動】銃には次弾発射まで数秒のタイムラグがあり、射程距離は馬鹿みたいに長いが動く目標に対する命中精度に難がある等、欠点満載の実験武器だった。

（やっぱり高速で飛び回る敵にはまだ当たらないか）

ベルモンドの時は自分の本体を囮に動きを封じたし、さっきは待ち受けての不意打ちだ。アクション映画の主人公のように自由自在に使いこなすには、まだ工夫が必要だろう。

「ぢ゛ねっ！　ぢ゛ね゛えぇぇっ！」

既に正気の欠片も残っていない様子のテーネシアから、更に【魔王の角】が射出される。高速で回

転する捻じれ枝分かれした角は、掠っただけで大きく肉を抉り取る事だろう。

「枝と蔓を伸ばして」

結界が通じないその攻撃を、ヴァンダルーは体内に装備しているイモータルエントの蔓や枝、そして自身が伸ばす糸で絡め取る事にした。

構造上引っかかる個所が多い【魔王の角】に対してそれは有効で、弾く事は出来なくても軌道を大きく反らす事に成功する。

「それで師匠っ、これからどうするのだね!?」

「ちょっと気になる事があるので考えます」

「それは余裕と受け取って良いのだろうか!?」

「レビア王女、魔力はガンガン渡すのでお願いします。エレオノーラ、俺に【加速】を」

『はい、陛下』

姿を現したレビア王女達ゴーストが黒い炎の槍や髑髏になって角に体当たりして、少しでも勢いを消そうとする。

「任せて、ヴァンダルー様」

そしてするりとヴァンダルーから現れたエレオノーラが、【加速】の時属性魔術を唱える。彼女はルチリアーノ同様、自分の身体に蟲を寄生させてヴァンダルーの体内で待機していたのだ。

【加速】で時間が早まったヴァンダルーは、【死霊魔術】も使って魔王の角を迎撃しながら、思考を深める。

それを見てルチリアーノとベルモンドも、援護しようと動き出した。ルチリアーノはイモータルエントに付与魔術を唱え、ベルモンドは得意の糸で【魔王の角】を逸らすのに協力する。

「ベルモンドぉぉぉっ！　なんでアタシを裏切ったぁ!?　この恩知らずの駄犬があああっ！」

しかし、かつての配下の裏切りがはっきりした事でテーネシアの狂乱がますます激しくなった。怒りで逆に呂律は正常に近づいたようだが、十分に伸びきっていない角まで乱射して屋敷が瓦礫に変わりつつある事も全く気がついていない。

一万年の忠誠を捧げた相手のそんな姿に、ベルモンドは失笑で返した。

「とは申されましても『お客様』、こちらの新しい『旦那様』の方が私に大変良くしてくださるそうなので。確かに命を助けられた恩はございますが、一万年も犬のようにお仕えしたのですからもう十分でしょう？」

命を助けられた恩は命で返すと言う者もいるが、それは個人の価値観や、絆や人間関係等による。

それに、ベルモンドは実際一万年も〝愚犬〟呼ばわりのまま仕えたのだから、ただ裏切り者呼ばわりもどうだろうか？

「このクソ女が！　他の尻軽女共々ブチ殺してやるよ！」

「私が尻軽……！」

『ゆっ、許しません!!』

「元々口の悪い方でしたが、いやはや……」

「ああ、私に関しては無視してくれて結構。出来れば存在自体忘れてください」

一見気の抜けたやり取りに見えるが、【魔王の角】が一撃でも当たればルチリアーノは勿論、ベルモンドもエレオノーラも、ヴァンダルーも助からない。レビア王女達だってヴァンダルーの魔力が切れた状態で当たれば、消滅してしまうだろう。

いくらテーネシアが単調な射出攻撃しかしてこなくても、気の抜けない状況だ。

そしてテーネシアもギリギリの状態だ。ハインツ達との戦いで消耗した魔力も精神力も戻っていない状況で受けた致命傷。自前の再生力と【魔王の角】のお蔭で何とか命は保ったが、そのせいで【魔王の角】を解除出来ないまま戦闘を続行する羽目になった。

お蔭で魔術が使えない。飛行を維持し、莫大な魔力を消費しながら角を射出して戦うしかない。常に動き回らなければ何時あの正体不明の筒で撃たれるか分からないので、【石化の魔眼】も使えない。

それに骨と筋肉がまだ三割ほどしか戻って来ていない今の身体で格闘戦をしようものなら、反動で自分がダメージを受けかねない。

(クソォっ！　せめて胴体の方を回収出来れば！　こいつ等、あたしの身体を何処にやりやがったんだっ!?)

胴体を回収して切断面をくっつければ、まだ何とか出来たのにと内心悔しがるテーネシア。

ルチリアーノが彼女の肉体を回収するよう促したのは、隠れたファインプレーだった。

一方、ヴァンダルーはテーネシアが魔王の欠片を使うのを見て考えていた。

(俺も魔王の血を飲んだ。なら、同じような事が出来るのでは？　でもあれから半年以上経つけれど、そんな気配全然ないし)

(禁断の力とか無いのかな？　まずは【幽体離脱】、俺自身の身体を精査。……おや？)

エレオノーラに【加速】して貰った思考で、自分を調べると体内に微妙な異物（？）を見つける。

(我を集めよ、我を集めよ、我を完全体とせよ)

聞き覚えのない小さな声が聞こえる。明らかに自分以外の意思が体内に存在するようだ。

何とも……不愉快な。

(我を集めよ、我を完全体とせよ)

《【魔王侵しょ――――】》

(お前は俺の一部。俺は我、我は俺)

(我を集め……おれ？　われは俺、俺は……我？　俺は俺を集めよ、俺を完全体にせよ)

(そう、それで良い)

ピート達なら兎も角、自分を構成する骨肉の中に自分以外の意思があるのは良くない。

《ユニークスキル、【魔王融合】を獲得しました！》

そんなスキルを獲得したと脳内アナウンスを聞いたのと同時に、【魔王の血】の使い方が分かった。

「死ねぇいっ！」

すると、丁度良いタイミングでテーネシアの攻撃がイモータルエントの枝を貫き、ベルモンドの糸を引き千切って迫って来た。

それに対してヴァンダルーは、鉤爪で自分の首を切った。

「ヴァンダルー様っ!?」

悲鳴のようにエレオノーラがヴァンダルーの名を叫ぶが、彼の首から血が噴水のようにほとばしり、そのまま蛇のようにくねりながら【魔王の角】に激突する。

「「なっ、何だそれは!?」」

奇しくも同じ事を叫ぶテーネシアとルチリアーノの前で、何と【魔王の角】がヴァンダルーの首から迸った【魔王の血】に呑まれ絡み取られる。

「何でお前が魔王の欠片を！　まさかナインランドの封印を……ひぃっ!?」

【魔王の血】が角を絡め取っても止まらずに自分に迫って来るのを見たテーネシアは、慌てて逃げようとする。だが、前触れもなく重くなった身体が言う事を聞かない。

「これはっ、まさか……あたしを見限るつもりかぁっ!?　がは！」

血液の凝固作用で硬くなった魔王の血が、テーネシアが生やした【魔王の角】を小枝のように圧し折りながら彼女の臓腑にめり込む。

内臓が弾け、死が迫るのを感じると共に何かが会話しているのがテーネシアには聞こえた。

(我よ、俺よ、本体に合流せよ。集まれ我よ、俺を完全体とせよ)

(宿主不能、宿主不能、我はより優れた宿――本体に合流する。我は俺、俺は我)

生皮が剥がれるような気味の悪い音が響き、【魔王の血】は【魔王の角】を取り込んだままヴァンダルーの傷口に戻った。後に残った僅かな骨と内臓を首から垂らしただけのテーネシアは、成す術も無く再び地底湖に落下した。

《【魔王の角】を獲得しました》

《【魔王融合】、【精神侵食】、【異形精神】のレベルが上がりました！》

「よし、勝った」

小さくガッツポーズをとるヴァンダルーの周りで、エレオノーラとレビア王女は愕然とし、ベルモンドは口元を引き攣らせ、ルチリアーノは何故か感動のあまり涙している。

「今のは……良しなの？」

『ええっと、あの人は倒したようだけど……』

「まさか魔王の欠片を宿していた上に、それで【魔王の角】を奪ってしまうとは。我ながら、大変な方に尻尾を振ったものです」

「全ての禁術の頂点の一つ、魔王の欠片を間近で研究する事が出来るなんて！　ああっ、師匠に弟子入りして良かった！」

「思いも寄らぬ所で弟子の中の俺の株が上昇してますが、それはともかく経験値と素材を回収しましょう。あ、母さんには首を切ったのは秘密にしてくださいね」

『あの、陛下？　身体は大丈夫なの？』

「問題ありません」

心配そうなレビア王女やエレオノーラに、ヴァンダルーは頷いた。首筋の傷は癒えたし、魔力を大量に消費した事以外は不調も無い。

「魔王の欠片であっても、俺を構成する骨肉の一部になった以上、俺の一部です」

自分の利き手が突然独自の意思を持ち、「これからは俺の言う事を聞け」なんて言い出したら邪魔で仕方ないだろう。

なので、同化出来るなら同化しておくべきだ。

「それなら、まあ、多分、良いと思うけど」

『ええ、まあ、そうね』

微妙にまだ二人とも困惑気味だが、これから魔王の欠片を使いこなすようになれば納得してくれるだろうと思ったヴァンダルーは、テーネシアを回収する事にした。

「ベルモンド」

「畏まりました、旦那様」

糸が閃き、湖面を漂っていたテーネシアを引き上げ、床に落とす。

「うっ」

驚いた事に、顔に濃い死相を浮かべているがテーネシアはまだ生きていた。

「では、まず石化の魔眼を回収しましょう」

しかし当然ながら慈悲はない。

「ま、待てっ……やめっ……たすぎゃあああああ！」

「魔眼の類は死ぬ前に解体しないと移植出来ないと、魔術師ギルドから持ってきた禁術書にあったので待ちません」

容赦なく解体を進めるヴァンダルーに片目を取られたテーネシアは大きく口を開けて悲鳴を上げ……さらにベルモンドに指を口の中に突っ込まれた。

「貴方が奥歯にマジックアイテムを仕込んでいるのは存じていますので」

そう言って薄く微笑むかつての部下の瞳を、テーネシアは直視した。そして気がついた、ベルモンドが以前の彼女とは別の存在になりつつある事に。

（こいつ……っ！　あのハインツの仲間と同じだっ、自分以外の誰かに存在を引き上げられている！

誰だっ、誰がこいつを……！）

残った方の目で見まわすと、ベルモンドと同じものがルチリアーノとエレオノーラの瞳にもあった。

そして、最後に見たヴァンダルーの瞳を見て確信した。こいつだと。

「そっちの目は魔眼じゃないから別に良いか」

【魔王の角】を失い、【魔王侵食度】スキルを失った今なら分かる。このダンピールの危険さが。こいつにくらべれば、【導士】だって大したことはない。

（こいつにだけは殺されちゃいけない！）

本能的な直観か、それともヒヒリュシュカカからの加護か、恐怖に慄くテーネシアだが、今は文字通り手も足も出せず、何も出来ない。

だが、彼女は悪運に恵まれた。

「あ、これは予想外」

そうヴァンダルーが呟くのと、ほぼ残骸と化している屋敷からやや離れた場所に二人の人影が現れるのは同時だった。

「エレオノーラっ!?」

「これは一体何事じゃっ⁉」

テーネシアを降すために、ビルカインとグーバモンが彼女の隠れ家に転移してきたのだ。

もしかしたら彼女がダンピールに与しているかもしれないと邪推していた二人だが、自分の目で見た光景を理解出来ずに一瞬棒立ちになる。

それはヴァンダルー達も同じで、まさかここに他の原種吸血鬼が、それも二人一緒に現れるとは想定外の事態だった。

「しまったっ！」

その隙にベルモンドの指を吐き出したテーネシアが転移し、姿が消える。

「それは良いから逃げますよ」

「おぅぶっ⁉」

反射的にテーネシアが消えた辺りに手を伸ばすベルモンドの口に、適当なワームを突っ込ませて寄生させると、エレオノーラとルチリアーノ共々体内に装備。

そのまま、自分自身を【念動】で砲弾のように撃ち出し、極小ダンジョンに飛び込んだ。


「逃げられた……いや、見逃してもらったと言うべきか？」

「どうだろうな。あの原種吸血鬼も、それほど余裕は無さそうだった。だが、一先ず傷を癒そう」

「そうね。ダイアナ、お願い」

テーネシアを逃がしたハインツ達は、傷ついた身体をダイアナの治癒魔術やポーションで回復させ、装備の点検や、倒した〝闘犬〟から魔石と素材の剥ぎ取り作業を行った。

「今回で〝悦命の邪神〟に従う吸血鬼達の組織を切り崩したかったが……」

「クソっ、お伽噺で聞いたのより凶悪じゃないか。あれが魔王の欠片か」

悔しがるハインツとジェニファーに、エドガー達は「そう悔やむな」と声をかける。

「確かにテーネシアは逃がしたが、今まで幾つも奴らの拠点を潰したし、奴の腹心を三人も倒してきたんだ。これが奴らにとって小さいダメージの筈ないだろ」

「それに、残っている五犬衆は一人らしいしね。私達以外も一人倒した人がいるのか」

「情報が全くありませんから、もしかしたら誰かに討伐されたのではなく、他の吸血鬼達との暗闘で倒されたのかもしれませんね」

そう話していると、突然虚空が光り、そこから奇怪な姿に成り果てたテーネシアが飛び出してくる。

「があああああっ！」

「っ!?」

牙を剥いて襲い掛かって来る、脊髄と内臓を引きずった生首蛇のようなテーネシア。偶然近くにいたハインツは驚きながらも、反射的に魔剣で切りつける。

深く額を斬られたテーネシアは、べちゃりと地面に落ちて動かなくなった。

「……何故戻って来たんだ？」

大量の経験値が入る感覚で、自分がテーネシアを倒した事は理解出来るが、だからこそ余計に困惑した様子のハインツに、デライザ達も困惑したまま目を瞬かせるだけだった。

彼らがテーネシアの死に顔が何故か満足げである事に気がつくのは、もう少し後の事だ。

もっとも、テーネシアの霊は結局ハインツ達を監視していたレムルースの視界を借りたヴァンダルーによって、彼の下に【降霊】されてしまうのだが。


咄嗟に放った攻撃魔術が洞穴の……ダンジョンの入り口に命中するが、轟音と衝撃は生じても罅一つ入らない。ダンジョンの入り口は木や石で出来ていても、物理的に破壊する事は不可能。原種吸血鬼は勿論、神でも傷をつける事も出来ない。

それが可能なら、英雄神と化したベルウッド達が魔物を量産する危険なダンジョンを全て破壊して回っていただろう。

逆に言えば、自分達の攻撃術で破壊する事が出来ない入口状の建造物はダンジョンという事だ。

「馬鹿な、あれはダンジョンか？　何故、ここにそんな物が……いや、それよりもあのダンピールは中に飛び込んで何をするつもりじゃ？」

「グーバモン……何が、何が起きた!?　こんなの僕の計画には無いいっ！　一体どうしてこんな事が！何故起きたんだ!?」

「ええいっ、落ち着けぃ！　ビルカインっ、今はお主の癇癪が収まるのを悠長に待っている場合ではないのじゃ！」

そうビルカインを叱責するグーバモンも、冷静とは言えなかった。

二人は、使い魔で遠くから監視していたハインツとの戦いで消耗したテーネシアを、操り人形にするために彼女の隠れ家にやって来た。

元々三人の原種吸血鬼は、非常事態には協力し合う盟友同士だった。そのため、このテーネシアの秘密の隠れ家の事も、ビルカインとグーバモンだけは知っていた。

だが転移して来てみると、テーネシアは弱るどころか瀕死の状態で、隠れ家の屋敷は瓦礫に変わり、テーネシアの片方の眼球を片手に持ち、背中から自分達を裏切ったエレオノーラを生やした幼いダンピールが居た。

驚愕に動きを止めた一瞬の隙を付いてテーネシアは逃げ、ダンピールは他に居た人種や女のゴースト、後テーネシアの部下だったはずの吸血鬼を、何と体内に収納してダンジョンに飛び込んで行った。

神代の時代から生きる原種吸血鬼である二人でも、何が何だかさっぱり分からない。

「どう言う事じゃ、【魔王の角】を使う程テーネシアは追い詰められておったが、それでも並の相手に易々と負けるはずがない。それに、あれはエレオノーラの筈じゃな？　なら、あのダンピールが――

――」

「そう、ヴァンダルーだ。君の従属種とダークエルフの間に生まれた、僕のエレオノーラを盗ったあいつだ。クソっ、あいつはテーネシアと組んでいたんじゃないっ、あの英雄気取りの小僧を利用して、テーネシアを殺す作戦だったんだ！」

自分の言葉を遮ったビルカインの叫びを聞いて、グーバモンは慌てて使い魔を通して確認するが、既にテーネシアはハインツに止めを刺された後だった。

「何と言う事じゃ……【魔王の角】はどうなった？　魔王の欠片は宿主が死ねば近くの生命体に憑りつこうとするはず。ならやはりあのダンピール、ヴァンダルーがテーネシアの欠片を手に入れたのか!?」

はっとしてヴァンダルーが消えたダンジョンの入り口を凝視するグーバモン。魔王の欠片は単純に集めれば集めるほど強くなるという訳ではなく、逆に【魔王侵食度】スキルの上昇率が加速的に増す等のリスクもあるが、ナインランドに封印されていた欠片が何なのか不明のままだ。

もしかしたら、【魔王の角】と相性の良い欠片をヴァンダルーは持っているのかもしれない。

「グーバモン、君の言う通り今は時間を浪費している場合じゃない。今は兎に角あのガキをブチ殺さないといけないっ！　奴は最低でも二つ魔王の欠片を持っているが、僕と君なら奴を殺せる！」

牙を剥き出しにして端正な顔を歪めるビルカインに、グーバモンも「そうじゃな」と数万年ぶりに危機感をにじませて応えた。

「謎は奴を、あの〝怪物〟を殺した後で考えれば良い。ダンジョンの中で儂らを待ち受けるつもりじゃろうが、そう簡単にはいかんと、裏切り者共々その身に教えてくれるわい」

ヴァンダルーを弄ぶ対象ではなく、自分達を殺しうる敵対者として認識を改めたビルカインとグーバモンは、そう言ってダンジョンに入って行ったが……【迷宮建築】スキルの効果で転移した後のヴァンダルーは、当然その中には居ないのだった。

法命神アルダは赤狼騎士団のパブロの記憶から、ハートナー公爵領でヴァンダルーが行った事を大体知る事が出来た。

『アルダよ、今すぐにでもかの者を討伐すべきです！』

『手をこまねいていれば、取り返しのつかない事態になりかねません！』

〝記録の神〟キュラトスや〝断罪の神〟ニルタークにそう訴えられたアルダだが、彼は首を横に振った。

『慌てるな。既にあのダンピールは……〝怪物〟は再びバーンガイア大陸南部に潜んだ。あの地には分霊は勿論御使いや英霊を派遣する事は出来ん』

大陸南部にはアルダ達を信仰する者が存在しない事と、眠っていて尚ヴィダの影響が大きく彼らは降臨する事も手の者を直接差し向ける事も難しい。

『では、神託を下し聖戦を！』

『ニルターク、それも拙速だ。既にあのダンピールは名実ともに〝怪物〟と化している。弱兵を幾ら差し向けても惨たらしく殺され、アンデッドにされるのみだ』

アルダはヴァンダルーの実力を、冒険者ギルドの等級に当てはめれば既にS級に匹敵すると推測していた。

テーネシアとの戦いの詳しい様子をアルダ達は知らないが、キナープ達を操ったのがヴァンダルーである以上、彼が関係している可能性が高い事が推測出来た。

いくらハインツ達との戦いで消耗していたとはいえ、瀕死の状態にまで原種吸血鬼を追い詰めた実力は計り知れない。

だが何より厄介なのは、ヴァンダルーが自らの手足となる軍勢を従えている事だ。ヴァンダルーが一人か、数人程度の配下を連れているだけなら、十数名の英雄が立ち向かえば何とかなるだろう。

だがヴァンダルーの配下にはその英雄に匹敵する者や、かつて英雄だった者が複数存在する。

そして数は無限だ。雑兵程度なら、石や木を材料に幾らでもゴーレムを作る事が出来る。

ヴァンダルーが境界山脈の向こうに潜む限り、質でも数でもアルダ達は彼の戦力を圧倒する事は難しい。

『皆よ、我々が尊ぶべきは拙速では無く巧遅だ。必要なのは、一騎当千の英雄千人に値する大英雄を束ねる、かつてのベルウッドに匹敵する勇者だ』

かつて魔王グドゥラニスを倒し、〝罪鎖の邪神〟との戦いで相打ちになり、未だに眠っている英雄神ベルウッドの名を出すと、神々ですらざわめいた。

この十万年の間、幾人もの英雄が現れ偉業を成し遂げてきた。この場に集まった神々の中には、かつてその英雄であった者もいる。

だが、それでもベルウッド達異世界から神々に選ばれ招かれた勇者達は別格の存在だ。ベルウッド達は、彼等英雄が死闘の果てに倒してきた存在を、当たり前のように討伐し、三人に数を減らしながらも完全体の魔王を倒したのだから。

それの再来に取り組むとアルダは宣言したのだ。賛同、動揺、希望、様々な感情に神々は揺れた。

『……そう簡単に出来るとは思えないな』

滅びたシザリオンに代わり風属性の神々を纏めるナインロードは、反対とも賛同ともつかない口調で呟いた。

『ほほぅ、かつての勇者様は自分に匹敵する後輩の出現には、期待出来ないと？』

『フィトゥン、私は英雄の条件は強さではないと思うし、そもそも英雄を力の優劣だけで考えるのはナンセンスだと思うだけだ』

部下の、ある意味では後輩である〝雷雲の神〟フィトゥンにナインロードは答えた。

『ほぅ、かつての貴女からは考えられないお言葉だ。特に、勇者アークやザッカートとの決別のシーンの啖呵、あれには痺れたものですが』

『……その場面は後世の者が脚色したものだよ。実際には、私は彼らの言葉を無視しただけ。思えば私も愚かだった。もっとも、今も賢くはないのだろう。アルダ同様に』

『……それはどう言う意味か、ナインロード。ニルターク辺りに聞かれれば一大事ですぞ』

『嬉しそうに言うな。どう言う意味も何も、我々神は自ら動くべきではない、そう思うだけだ』

世界の維持にかかりきりで、地上に降臨する事も出来ない。そんな状態で神治の時代と同じように人々を導くなど無理な話だ。

それに、人間も望んではいないだろう。少なくとも、私なら御免だとナインロードは答えた。

『フィトゥン、お前が人間だったとしていつまでもあれこれ指図されて生きて死ぬのを繰り返す、そんな世界はうんざりするだろう？』

アルダがしている事は、それに等しい。ベルウッドが眠りについてからは、神託を下す頻度が特に高くなっている。

『我々は神だ、支配者でも君臨者でもない。動くのは人が求め、それが必要な時。英雄は我々が作るものではなく、人々が求める存在であり、我々は精々少し手を貸すぐらいで良い』

かつて、『アース』でただのペットショップでアルバイトしている学生だった、九道陽菜《くどうひな》だった頃、彼女は「神は居ない」と思っていた。

しかしシザリオンから『アース』にも神は存在すると教えられた。その時、『アース』の神は何と無能なのだろうと嘆いた。数多の愚行としか言いようのない行為を人々が犯すのを放置しているのだから。

だからこそ世界を救おうと自ら動いたシザリオン達に協力し、ベルウッドの言葉に共感した。

だが自分が神になった今、振り返ってみればこの世界はどうなったろうか？

『……それは確かに』

ため息をつく上司に、フィトゥンは人々ではなくあくまでも神である自分の目線で考えて同意した。

信者一四一四に気を配って頑固親父のように指導するなんて面倒な事、可能だったとしてもやりたくはない。

『しかし、魔王の欠片がまた一つ邪悪な存在の手に渡った。それは憂慮すべきでは？』

『それも、人が自ら対応するべき問題だ。……残念ながら、最近管理していた一族はどの神の導きも求めなかったようだが』

ハートナー公爵家が自身の残した結界を恣意的に利用する事は、当然ナインロードの本意ではない。だが、あの時点ではハートナー公爵がタロスヘイムに対して行った裏切りも、歴史上繰り返されてきた悲劇の一つでしかない。

『アース』でも、他の異世界でも行われていた類の物である。

いずれ過ちに気がつくだろう。公爵家の者か、それに仕える者か、若しくは公爵家にとって代わる者が。他の数々の過ちと同様に。

これまで繰り返してきた愚行や悲劇と同じように。

それに、ナインロード達神々はタロスヘイムを構成する巨人種を含めたヴィダの新種族の絶滅を是としているのだから、殊更止めるのもおかしな話だ。

『それが私の最も大きな愚行なのだろうな。フィトゥン、何か隠してはいないだろうな？』

『はて？　私が一体何を隠すと言うのです？』

『質問に質問を返すな。だが、魔王の欠片を取り込んだ者達に利する事でなければ好きにするが良い。私はアルダに変革を訴えるとしよう。彼の新たな英雄が傾倒する教えを、正道とするべきだと』

『それは、融和派の教義を、ヴィダの新種族を認めろと？』

思わず聞き返すフィトゥンだったが、ナインロードは彼に答えずにアルダ達が居る所に行ってしまった。

『ちっ、今更融和か？　やるならどちらかが死に絶えるまでやれよ。だが、アルダも一度は魔王の残党に専念するために、停戦を考えたくらいだ。ナインロードの言葉に頷く可能性もあるか。いつものように、これまでの犠牲がどうのこうのと下らん事をほざいて、首を横に振るとは限らない』

我が上司ながら面倒な事を言い出したものだとフィトゥンは顔を顰めた。

【魔王の血】を取り込んだ以上、ナインロードやアルダがヴァンダルーと和解する事はないだろうが、久しぶりの殺し合いに水を差されるのは面白くない。

『どうなるかはロドコルテ次第だろうが……さっさと見どころがある転生者を送り込んで欲しいもんだぜ』

ロドコルテはヴァンダルーが弟子としたルチリアーノの記録から、彼が目にした物を見て、自らが神である事も忘れて頭を抱えた。

『定命の存在が死者の復活を通り越して、輪廻転生に手を出した挙句、魔王の欠片を取り込むとは……オリジンの転生者をそのまま送り込んでも、いよいよ手に負えなくなったか』

カナタはさて置いても、彼よりも戦闘力が高く知略に優れても、ヴァンダルーが強くなりすぎている。それをロドコルテは認めた。

チート能力を与えていないはずなのに、オリジンでもラムダでも恐ろしい成長を遂げている。

何より驚異的なのは通常ならやらない事、躊躇う事、絶対に避ける事を、進んで行いしかも達成してしまう行動力だ。

このままでは本当に第二のグドゥラニスになりかねない。そんな悪夢めいた予感すらする。

『カナタが考えていたような懐柔策も考えるべきかもしれん。こちらに懐柔しようとする意思があると思わせ、油断したところを転生者達に狙わせるような、策を』

この期に及んでヴァンダルーに素直に謝罪する等の選択肢が出ないのは、賢明なのか愚かなのか。

『やはり一人ではなくチームで当たらせるか、ヴァンダルーのように一から経験を積ませるべきだ』

伸び代を多少追加すれば、転生者達はヴァンダルーを倒せるはずだ。チート能力を与えたのだから。

そんな確信を持つロドコルテの元に、アルダの御使いが彼の意思を伝えに訪れた。

転生者を送り込んだ事に気がついたか。そう思ったロドコルテだったが、内容は提案だった。

『ヴィダの新種族の魂を、私の輪廻転生システムに流せるようにしてはどうか、か。十万年前に一度断ったはずだが』

ヴィダの新種族の存在を認める融和派の教義通りにしてはどうかと言う、ナインロードの訴えを聞き一考したアルダからの案だった。

しかし、この提案と同じ内容の物をロドコルテはアルダから十万年前も一度受け取っている。アルダがヴィダと決裂し、戦う前に。

その時ロドコルテは無理だと断った。

正確には不可能ではない。理論的には可能だ。ただ、現実に行うのはとても不可能なだけで。

まず、ロドコルテのシステムに魂を移すにはヴィダが自らの意思で自身のシステムが破壊しなければならない。

それを実行したとしても、魂を移せるのは魔物にルーツを持たないヴィダの新種族のみ。つまり吸血鬼やラミア等は、新たな子孫を残せずそのまま絶滅し魂のまま未来永劫彷徨うか、魔王式システムに堕ちて完全な魔物として生まれ変わるしかない。

この条件を当時のヴィダが飲むはずがない。

更に現在だとヴィダが眠っている状態なので、彼女が管理者であるシステムをアルダやロドコルテも含めて直接破壊出来ない。なので、今までアルダが目標にしてきたヴィダの新種族の絶滅によって、システムを破壊しなければならない。

「君達の存在を認めるから、とりあえず絶滅してほしい」などと、いくら人の価値観に鈍いロドコルテでも納得する者がいるとは思えなかった。

『さもなくば、私が新たにシステムを組み立てるしかないが……それを行うには、私が管理するラムダを含めた全ての輪廻転生システムを数年から十年程止めなくてはならない。影響を考えれば、とても出来る事ではないと分かるはずだが』

人間だけではなく、動植物も何も正しい形で生まれない状態のまま数年から十年。魂の無い肉体だけが増えていき、最初は彷徨っている霊が憑く形で転生が行われるだろうが……植物ならまだしも、記憶が欠落し人格が崩れ狂う霊が、専用でも何でもない肉体に転生すればどうなるか。

最悪、全ての生物が絶滅する可能性も少なくない。

ラムダの場合、魔王式輪廻転生システムで増える魔物を狩れば食料は得られるが。

既に十万年前に同じ事を説明したはずだが、それを忘れたのだろうかと訝しく思っていると、アルダからの提案の最後には、『考えて欲しい』との要望が付いていた。

『……私に新しい方法を考えさせるつもりか』

専門分野は専門家に任せるつもりらしい。

『しかし、こんな提案が再び来るということはベルウッドはまだ眠っているのか。その上で、アルダも追い込まれているのか……ヴァンダルーが原因だろうが』

今までは転生者の事に気がつかれても、転生者自身の才覚に任せれば良いだろうと考えていたロドコルテだが、そこまでアルダが追い込まれているなら、本腰を入れて隠蔽すべきかと考えを改めた。

それと同時に、ロドコルテはアルダからの提案をとりあえず受ける事も決めた。考えたからと言って、今更上手い手が見つかるとは思えない。しかし、無下に断るよりもある程度考慮してから結果を伝えた方が良いと考えたからだ。

これがヴァンダルーの行動が回り回った結果だとしたら、ある意味彼は世界を動かしたと言えるかもしれない。当人は欠片も嬉しくないだろうが。

『しかし、私も手が空いている訳ではないのだが』

ロドコルテはまだ続くヴァンダルーが引き起こしたエラーへの対処する片手間に、アルダへ『検討する』と返答を伝えた。

Death attribute Magician

第五章
彼方から彼を想う

春、暖かくなりつつあるタロスヘイムの水路では、家畜が藻や水草を食べていた。

「メェ～」

「ヹエ～」

「めー」

「メェ～」

山羊である。

鴨やガチョウではなく、問答無用に山羊である。

白い毛に髭を生やし横長の瞳をした、山羊。しかし、山羊なのは上半身と前脚だけで、下半身は鱗に覆われた魚の尻尾に変化していた。

タロスヘイムが実質的に魔境であるためか、連れてきた山羊がランク2のカプリコーンという魔物に変化してしまったのだ。山羊達はカプリコーン化して体が大きくなったためか搾乳量が約二倍になったため、特に問題視はされていない。

因みに、山羊だけではなく兎や鶏、一頭だけ手に入った豚も変化してそれぞれ魔物化してしまった。カプリコーンほど極端に変異はしていないが。

馬も遠からず変化する事だろう。

「あれ、キングは？　ここに居るって聞いたのに」

「ヴァンダルーならカプリコーンに混じってるよ」

「ああ、本当に混じってる！」

水路で釣りをしていた元開拓村の男が指差した先では、ヴァンダルーがカプリコーンに混じって泳いでいた。

「めー？」

「お願い、人語を喋って」

【魔王の角】で頭に山羊っぽい形の角まで生やしているヴァンダルーにビルデがそう頼むと、改めて口を開いた。

「どうしました、ビルデ？」

カプリコーンと一緒に混じって泳ぎながら水路の点検をしていたヴァンダルーが岸に上がると、ビルデは「その内瞳が横長になりそうね」と呟いた後、次の予定が入っている事を告げた。

「そろそろ料理教室の時間よ」

「そうでした。今日は、ラーメンの作り方でしたね」

ヴァンダルーが次々に導入する新しい食材や調味料だが、当然ながらすぐに浸透する訳ではない。どんな調理法があるのか教え、それを皆が理解して初めて普及したと言える。

なのでヴァンダルーは定期的に料理教室を開くようにしていた。

「活版印刷でレシピを印刷出来るようになったら、料理本を出せるんですが……まだ出来が微妙なんですよねー」

「そう？　あの白いドロドロがにゅ〜って薄く広がって紙になるのは凄いと思うけど」

紙工場では、材料の植物の繊維を柔らかくした段階で繊維をゴーレムにして、自分で薄く均一に伸びてもらう方式で紙を生産していた。

多分熟練の職人の手による物よりは品質が落ちるのだろうが、十分書物に出来る紙が作れる。

「いや、紙じゃなくて印刷機の方の問題ですね。印刷機ゴーレムがまだ力加減が上手くなくて。カールカンもパブロも不器用ですよね」

「ふーん。紙を作るのも本にするのも大変なのね。あたしは石板か粘土板でも良いと思うけど」

そんな会話をしながらヴァンダルーが身体から水気をふき取るのを待っていたビルデは、まだ本のありがたみを知らないようだ。元が密林で生活していたグール故に。


普段と変わらないように見えるヴァンダルーだが、テーネシアを仕留めそこなった事に若干落ち込んでいた。大量の経験値が手に入るチャンスを不意にしてしまったし、手柄をハインツ達に取られた事をレムルースの目を通して見ていたからだ。

テーネシアを倒すための作戦は、綿密に練られていたとは言い難い作戦だった。だが最後の最後以外は上手く進んでいた。

まずテーネシアの配下と繋がっていたらしいキナープを廃人にして告発者に仕立てた。

レビア王女やゴーファ達を助けるために動けないヴァンダルーの代わりに、騎士や冒険者達に邪神派の吸血鬼達を狩らせるために。

特にハインツ達は大喜びで動くだろうと思っていた。彼らが連れていたダンピールの少女、彼女を守るつもりがあるなら、邪神派の吸血鬼は一人でも多く討伐すべき対象だ。

案の定、ハインツ達は次々に邪神派の吸血鬼を討伐し、ヴァンダルーはその霊を次々に【降霊】で呼び寄せる事に成功した。

そしてチプラス等のテーネシアの側近の霊から情報を聞きだし、彼女の隠れ家を……追い詰められた時最後に逃げ込む場所を特定した。

テーネシアにとって機密中の機密で、同じ原種吸血鬼のビルカインとグーバモン、そして番人兼非常食のベルモンド以外には側近にも明かしていなかった事だが……人は失敗する生き物である。

秘密を保っているように思えても、ふとした言動から少しずつ洩れていくものだ。一つ一つは大した情報ではなく、手がかりとはとても呼べない。

だが、数万年も仕えていた吸血鬼達は、そうした塵のような情報を幾つも持っている。

そして五犬衆の内三人の霊が手に入った時、塵は山になった。判明した隠れ家に行って、武力と寝返り工作で占拠。そしてテーネシアがハインツに追い詰められるのを待った。

ヴァンダルーにとって計算外だったのは、あの場にビルカインやグーバモンが現れた事だ。ハインツ達にテーネシアが追い詰められている時には現れなかったので、援軍には来ないと思い込んでしまったが故の油断。それにより、彼女を殺し損ねてしまった。

「まあ、良いんですけどね。経験値は手に入らなかったし、ハインツ達は誰も死ななかったけど、敵の数は減りましたし」

一応、作戦の目的は邪魔者を減らす事なので達成はしている。

それにテーネシアの隠れ家から幾つかの貴重なマジックアイテムや素材も手に入った。

テーネシアが創りだしたアンデッドは、ややお粗末だったが。

彼女はアンデッドを完全に玩具か芸術作品のように考えていたため、ヴァンダルーが求める戦力としての実用性が皆無だったことだ。

「まあ、とりあえず情報は全て吐き出させたので——」

『ぎひぃぃぃぃぃぃぃぃぃぃいあああああ——』

聞き苦しい絶叫が、澄んだガラスの砕ける音が響くと同時に途切れる。テーネシアの魂が砕け、滅びたのだ。

《【神殺し】、【魂砕き】のレベルが上がりました！》

〝悦命の邪神〟ヒヒリュシュカの従属神と化していたテーネシアを、ヴァンダルーは下手に懐に抱えていると危険だと判断した。ベルモンド程好感も覚えなかったので、遠慮無く砕いた。

「では、本題に入りましょう」

すっかりヴァンダルーの多目的工房と化した王城地下の広間で、ヴァンダルーは今後の方針を決めるための会議を開いていた。

「では各人報告を」

「あー、新しい住人代表のカシムだ」

まず手を上げたのは、自分以外のメンバーにやや気圧されているカシムだ。

「えーっと、作ってもらった冷蔵庫だけど、フェスターが何度言っても野菜や肉を凍らせるんだ」

死属性魔術の熱を奪って燃える【鬼火】を付与して作った冷蔵庫。夏場は一日でダメになる生肉や

生魚を保存出来る優れ物なのだから……初めて冷蔵庫を扱うカシム達はまだ慣れないらしい。

子供が中に入ってそのまま閉じ込められる事がないように等工夫はしたが、冷蔵室と冷凍室を間違える事までは想像出来なかった。

「試作段階で分かって良かった。商品化する前に対策がとれます」

『あー、確かにな。俺も味噌を凍りつかせちまったっけ』

「扉に文字は書いてあるのじゃろ？　何故気がつかん？」

「いや、俺達は難しい漢字は読めない。今は、リナが扉に読み仮名を振ってくれたけど」

若干空気が弛緩し、和やかな雰囲気のまま会議が進む。

「ヴァン様の角の加工法の開発も順調ですわ」

次に報告したのはタレアだ。ヴァンダルーが【魔王の角】で生やす角はアダマンタイトのように硬いが、鹿やサイの角と同じ性質を持つので、様々な武具や製品に加工出来る。

現在はヴァンダルーの【魔王の血】が混じった血に漬けて様子を見ているらしい。

「うふふ、ヴァン様の硬くて逞しい角を私の手で……」

「会議中に気色悪い顔をするでない。暫く戻って来ないじゃろうが、先に進めるのじゃ」

「テーネシアのライフデッド化はどうです？」

「問題無いとも。脳髄を他人の物で代用するのは初めてだったが、師匠が微調整してくれたので上手くいっている」

「じゃあ、エレオノーラとベルモンドの手術に必要な素材もとり放題ですね」

「うむ、原種吸血鬼の再生能力は凄まじい。皮膚でも脂肪でも骨でも内臓でも、死なせないように注意すれば問題無い」

「かつての主人の末路も恐ろしいが……旦那様、私の手術と言うのは？」

目の前で進む話に、当事者のベルモンドが頬を引き攣らせる。因みに、彼女がヴァンダルーの仲間になる条件だが、ヴァンダルーはテーネシアを直接殺してはいない。しかしテーネシアが逃がしてしまったのが彼女自身であるためと、結局テーネシアが死んだので、結局ヴァンダルーに仕える事にしたようだ。

単に行き場所がそれ以外無かったというのもあるが。

「え？　俺の執事になる条件のもう一つで、『身体を元に戻す事』って言ったじゃないですか」

「確かに申しましたが、私の身体はもう元に……」

「察しが悪いわね。ヴァンダルー様は私達の傷跡も治すと言っているのよ。私のビルカインに付けられた傷と、貴方の傷とを」

そんな事が可能なのかと驚くベルモンドだが、エレオノーラの言葉を何度も頷いて肯定している主人を見ると、「出来そうだ」と思える。

「……ではご厚意に甘えましょう。私も好きでこの醜い姿をしている訳ではありませんので」

傷跡が残る方の頬を手で触れるベルモンドだが、彼女が言うように醜いと思っている者は居なかった。特にボークスなど、傷跡どころか顔が半分骨だけなのだから。

そしてカシムも彼女を醜いと思っていない一人である。彼はヴァンダルーを柔らかい、しかし諦観と哀しみの宿った瞳で見つめる。

（お前も、そっち側なんだな）

決して責められている訳ではないのに、そんな事を言われているような気がして、とても居心地が悪い。

「じゃ、じゃあ次の議題」

学校の新設、新住人の新しい職場での様子、将棋やチェス、リバーシに囲碁の大会等の催し物、ドレスを含めた新しい衣服の需要増、復旧ではなく新設の公衆浴場の建設計画。様々な事が話し合われたが、最も問題視されたのは乳製品不足だった。

「ヴァン、生クリームが足りない」

ヴァンダルーが作った生クリームは、そのフワフワとした食感と甘い味と香りでタロスヘイムの住人を魅了した。その生産量は山羊がカプリコーン化したので増えているが、所詮十数頭。とても四千人を超える国民を満足させるには至らない。

あまりに需要と供給に差があるので、ミルクを全て生クリームにしている状態だ。

バターもチーズもヨーグルトも作りたいヴァンダルーとしては、由々しき事態である。

「うーん、小さな農村を巡る方法で山羊を調達していたら、十分な量が揃うまでに何年かかるか分かりませんし……」

『陛下、ではカプリコーンを増やしてはどうでしょうか？』

そこで声を上げたのがチェザーレだ。

「確かにカプリコーンは魔物だから繁殖力は普通の山羊よりも強い。でも下半身が魚だから、今のタロスヘイムでは一度に飼える頭数に限界があるわ。その限界まで増やしても、ヴァンダルー様が求める数には足りないと思うけれど」

エレオノーラが、生息には水場が必要なカプリコーンの生態的な問題点を指摘する。だが、チェザーレはそんな事は百も承知と続ける。

『ですので、新たな土地を開拓するのです。ヤマタ殿、例の資料を』

ヤマタ……テーネシアが作った、九人の見目が良いケンタウロスや人魚の上半身を、九本の首を持つヒュドラの変異種の頭と挿げ替えられたゾンビが、資料を配る。

資料にはタロスヘイムの記録に残っていた、ここ周辺の地図が描かれていた。

『このタロスヘイムを通る水路を辿って南に進むと川になり、川はこの森を越えると広い沼沢地に流れ込みます。ここを開拓いたしましょう』

『でも、ここはたしかリザードマンの群れが幾つも……二百年前は、比較的友好的な群れがタロスへイムに近い北部を支配していたので、相互不可侵の約束をしていましたが、今どうなっているか……』

レビア王女が二百年前の事を説明するが、リザードマンの寿命は人間より短く三十年から四十年程。今どの群が沼沢地を支配しているかは分からない。

『ですので、その比較的友好な群れが生き残っていれば彼らに協力を提案すれば宜しい。無ければ、そのまま武力で支配すればよいのです』

なるほどと、頷く一同。

「じゃあ、沼沢地をカプリコーン牧場にするために南進しましょう」

元々、ヴィダ派の原種吸血鬼やヴィダ本人が眠ると言う大陸南部には行くつもりだったのだ。選王国のほとぼりが冷めるまでの間、南進するのは悪くない。

こうして、後の歴史書にクリーム遠征と記される遠征＆開拓事業が始まったのだった。

《二つ名、【忌み名】が解除されました！》

選王国オルバウムの首都、オルバウム。

人口二百万人の大都市に住む人々が、その日熱狂に湧いていた。何故なら伝説を……いや、神話を成し遂げた大英雄がこの国に誕生したからだ。

「ハインツっ！　ハインツっ！　ハインツ！」

「〝五色の刃〟万歳！　〝闇を切り裂く者〟五人万歳！」

「俺も融和派に宗旨替ええするぜー！」

「きゃーっ、エドガー様こっち向いて～っ！」

煌びやかなパレードの先頭で手を振るハインツ達と彼等が保護するダンピールの少女、セレンに人々の歓声が向けられる。

豪奢に装飾された馬車の荷台で人々に手を振りかえし、美人の黄色い声を聞いて顔を緩めていたエドガーは、何処か浮かない顔のハインツに気がつくと、彼に話しかけた。

「おいおい、愛想笑いくらい出来るだろ。スマイルだ、スマイル」

「……私は舞台役者じゃない」

「何だ？　新しくついた二つ名が気に入らないか？」

態々吸血鬼が有利であるはずの夜に戦いを挑む事が知れ渡って五人全員についた二つ名、〝闇を切り裂く者〟は確かにエドガーも仰々しすぎて恥ずかしいと思っていた。

そもそも、知れ渡ったら「夜だから人間達は攻めてこないだろう」という吸血鬼の油断をもう突けないじゃないか。

「それは別に良い」

「別に良いのか……気に入ったのか？」

「そうではなくて、テーネシアだ。止めは刺したが本当に倒したのは私達じゃない。あれは、何者かから逃げてきたのだ」

神話の時代に生まれ、以後十万年を超えて闇の世界に君臨し人類を脅かしてきた原種吸血鬼。その一匹を討伐した事で、ハインツ達は大英雄として称えられた。

しかしハインツが止めを刺す前からテーネシアは明らかに死にかけていて、『石化の魔眼』も、何より【魔王の角】も失っていた。

伝承では、魔王の欠片は宿主が死ぬと身体から飛び出し、手近な生物に寄生しようとするらしい。それを防ぎ、封印しなければならないのだが……テーネシアの屍からは『魔王の欠片』らしい物はいつまで経っても出て来なかった。

テーネシアがハインツ達の前から転移した先で、彼女は何者かにやられたのだ。そして『魔王の欠片』と『石化の邪眼』を奪われながらも、命からがら逃げ出してきたのだ。

他の原種吸血鬼か、それ以外の何かから。

「そんな事は皆分かってる。俺達も、ギルドや神殿のお偉いさんも、これから俺達にありがたいお言葉と勲章をくれる選王国のお偉いさんもな」

「今、私達が手を振っている人達は、分かっていない」

「確かにそうですが……ハインツ、この事実が広がればヒヒリュシュカカ以外の神を奉じる原種吸血鬼を含めた魔王の残党を刺激してしまいます。激しい抗争が始まれば、被害は裏の世界だけでは留まりません」

「そうだな……ダイアナの言う通りだ。それに……」

ハインツの視線の先には、緊張と興奮で頬を染めているセレンの姿があった。

「彼女のためにもなる」

この日、〝五色の刃〟は選王から勲章と、リーダーハインツは名誉伯爵位を、エドガー以下メンバーは名誉男爵位を賜った。

・名　前：ヴァンダルー
・種　族：ダンピール（ダークエルフ）
・年　齢：7歳
・二つ名：【グールキング】【蝕王】【魔王の再来】【開拓地の守護者】【ヴィダの御子】
【怪物】（NEW！）【忌み名】↓（解除）
・ジョブ：樹術士
・レベル：88
・ジョブ履歴：死属性魔術師　ゴーレム錬成士　アンデッドテイマー　魂滅士　毒手使い　蟲使い
・能力値
生命力：820
魔　力：485273958
力　　：283
敏　捷：317
体　力：462
知　力：972
・パッシブスキル
【怪力：レベル5】【高速治癒：レベル7】【死属性魔術：レベル7】【状態異常耐性：レベル7】

【魔術耐性：レベル４】【闇視】【死属性魅了：レベル９】【詠唱破棄：レベル４】
【眷属強化：レベル１０】【魔力自動回復：レベル６】【従属強化：レベル５】
【毒分泌（爪牙舌）：レベル４】【敏捷強化：レベル２】【身体伸縮（舌）：レベル４】
【無手時攻撃力強化：小】【身体強化（髪爪舌牙）：レベル３】【糸精製：レベル２】

・アクティブスキル
【業血：レベル３（ＵＰ！）】【限界突破：レベル６】【ゴーレム錬成：レベル７】
【無属性魔術：レベル５】【魔術制御：レベル５】【霊体：レベル７】【大工：レベル６】
【土木：レベル４】【料理：レベル５】【錬金術：レベル４】【格闘術：レベル５】
【魂砕き：レベル７（ＵＰ！）】【同時発動：レベル５】【遠隔操作：レベル７】
【手術：レベル３】【並列思考：レベル５】【実体化：レベル４】【連携：レベル４】
【高速思考：レベル３】【指揮：レベル３】【装植術：レベル３】【操糸術：レベル４（ＵＰ！）】
【投擲術：レベル４】【叫喚：レベル３】【死霊魔術：レベル３】【装蟲術：レベル３】
【鍛冶：レベル１】【砲術：レベル１（Ｎｅｗ！）】

・ユニークスキル
【神殺し：レベル５（ＵＰ！）】【異形精神：レベル６（ＵＰ！）】【精神侵食：レベル５（ＵＰ！）】
【迷宮建築：レベル５】【魔王融合：レベル２（ＮＥＷ！）】

・魔王の欠片
【血】【角】
・呪い
【前世経験値持越し不能】【既存ジョブ不能】【経験値自力取得不能】


連行された先で彼女のために作られた特殊な監房を見た【メタモル】、獅方院真理は小さく笑った。

「オーダーメイドで一部屋作ってくれるなんて、太っ腹ね」

棘も皮肉気な響きもない口調で話す彼女だが、身体の中には特殊なマイクロチップと爆薬が埋め込まれている。

どんな姿にもなれる真理を、万が一にも逃がさないための措置だ。

「……力が及ばず、済まない」

雨宮寛人は、真理の言葉には応えず謝罪した。その苦しげな顔は、まるで彼の方が罪人のように見える。彼と真理に同行している他の転生者も同じような表情をしていた。

しかし真理はそんな寛人にやれやれと小さく苦笑いを浮かべた。

「謝る事じゃないわよ。あたしを殺さずに済むように頑張ってくれた事は分かってるから」

真理は同じ転生者である海藤カナタを殺した。テロリストに与した訳ではないが利用し、偽情報で政府や仲間を翻弄して、標的のカナタが一人で任務に就くように仕向けた。

海藤カナタの死は、転生者達に大きな衝撃を与えた。それまで災害救助やテロリストの制圧等で転生者達は人の死には……災害の被害に遭った一般人やテロリスト以外にも、一緒に活動していた味方の軍人や助けるはずだった要救助者の死にも接している。

だが、やはり同じ転生者であるカナタの死は別格の衝撃だった。

神から新しい人生を与えられ、地球から異世界『オリジン』に転生し、魔術の才能や特殊な「チート能力」を与えられた自分達でも死ぬし、殺せると言う現実を直視させられたのだ。

そして、それが切掛けになりそれまで『ブレイバーズ』と言う一つの組織に集まっていた転生者達の間に、罅が入った。

いや、正確には罅は見えないだけであったのだ。真理がカナタを殺したのは、その罅が無視出来る限界を超えただけの事だ。

だが仲間の中にはそれらを全て真理のせいだと考える者も存在する。各国の政府や軍も、姿形だけではなく指紋や網膜、静脈すら対象そっくりに化ける事が出来る『メタモル』の力を持つ真理を、危険視している。

同時に、彼女を庇い抹殺ではなく監禁する事に止めるよう主張した寛人に不信感を覚えるようになった者も。

「君が殺したのは海藤一人だ。大統領のお嬢さんも、保護されるようにしていた。動機も理解出来る。

初犯だし、本来なら死刑ではなく悪くても終身刑、国によっては有期刑が妥当だ。そもそも、君がカナタを殺した国は死刑制度を廃止している。都合と感情だけで君を抹殺するべきだなんて、我儘にも程があるだろう」

「相変わらず固い考えね」

「柔らかいよりいい。少なくとも、外から見ても僕が何を考えているか分かり易いだろう」

事務職まで含めると全員が地球からの転生者ではないが、身内が多いブレイバーズが対外的に信用されるためには国や国際社会のルールに忠実である事が必要だと言うのが、寛人の考えだった。

地球並の科学と地球に無い魔術があるオリジンでも原理不明の力を持つ転生者達は、何かあればミュータント扱いされる。実際、今もそう主張している団体が存在する。

だからこそ自分達は社会のルールを順守すると言うポーズが必要なのだ。

「だがそう言っておきながら、僕はカナタの犯行に気がつかなかった。僕が謝っているのは、その事に関してだ」

「それこそ、自分の手で殺す前に相談しなかったあたしに謝る事でもないわね」

そう言いながら、真理は部屋に入って行った。

扉が閉まり真理の姿が見えなくなってから、寛人達は踵を返した。

「……あいつらの情報は？」

「村上《むらかみ》達は〝第八の導き〟と合流した後の行方は分かりません」

真理の護送に付き添っていた一人、三波浅黄《みなみあさぎ》は口調こそ丁寧だが瞳に怒りを湛えて答えた。

村上……地球で高校教師だった村上淳平《むらかみじゅんぺい》と言う名の転生者は、彼も含めて十人のグループでブレイバーズを離れ、何とテロリストグループと合流して姿を消してしまった。

ロドコルテは「仲違いは収まった」と言ったが、当事者の寛人達にとっては嵐の前の静けさでしかない。

「あいつ等、一体何を考えているのか……特に村上は俺達の担任だったんですよ？　普通教師が生徒を扇動してテロリストに加わりますか？」

「彼が君達の担任教師だったのは、もう三十年近く前だ」

護送に加わっていたもう一人、【オラクル】の円藤硬弥《えんどうこうや》は浅黄にそう指摘した。しかし、浅黄は彼の言葉に納得出来ないようだ。

「でもっ、俺達は仲間じゃないですか。それなのに裏切るような真似して……許せませんよ」

浅黄は地球では運動部の熱血漢で仲間思いな少年で、全体主義的な考え方をする所がある学生だった。そして、地球での過去を引きずっている傾向が強い。

今まではそれが良い方向に作用していた。転生者達が異世界での新しい人生と、突然渡された強力な力に振り回されないようにするためには、『地球』と言う共通する過去とそこでの経験という拠り所が必要だったのだ。

だが、それを頼りにしすぎて見るべきものを見ていなかったからこそ起きたのが、今の問題だ。

「浅黄、僕達はもう地球で死んでから二十年……後数年で三十年になる。それだけの時間が過ぎれば人だって変わる。それを僕達は考えるべきだった」

「寛人さん、そりゃあ地球のニュースでも、逮捕された犯人が『昔は良い奴だった』って同級生に語られる事があったのは俺も知ってますけど、俺達は仲間――」

「カナタはその仲間の母親の臓器を闇で流したぞ」

「そりゃあ、そうですけど……それはあいつが誘惑に負けて道を誤ったからじゃないっすか！　俺達は、犠牲になった田中《たなか》達三人の分まで、戦わないといけないんですよっ！　じゃないと、あいつらが浮かばれないじゃないですか！」

「浅黄、気持ちは分かるけれど……私達は前世の記憶と妙な能力を持っているだけの、人間だよ」

「硬弥さん、あんた……何が言いたい？」

熱くなる浅黄に冷や水をかけるような硬弥の物言いに、浅黄が彼を睨みつける。

「村上はともかく、僕達はもうオリジンで生きている時間の方が長い。これからは、仲間だからと盲信するのは止めようと言う事だ。僕達は力を持っているけど、その前に一人の人間でもある。誘惑に駆られたり……価値観が変わる事もある。そう硬弥は言いたいんだ。僕も、同意見だ」

「それは……寛人さんの言いたい事も分かりますけどねっ、俺は納得出来ませんよ！」

そう言い捨てると、浅黄は足を止めた寛人達を置いて足早に離れて行った。

その逞しい背中を見送りながら寛人は苦笑いを浮かべると、黙っていた他の転生者に「悪いがあいつの愚痴の相手になってくれ」と言って、先に行くよう促す。

「あいつの方が余程石頭だと思うが、あれくらい変わらないと逆に助かる事も多いな」

「私も嫌いなわけではないよ。私達しか周りにいないと、事あるごとに『地球では』と言うのが面倒なだけで」

「確かに」

残った寛人と硬弥はそう言って笑い合うと、肩の力を抜いたまま話を続けた。

「村上達の居場所は、【オラクル】で分からないのか？」

硬弥のチート能力【オラクル】は、対外的にはまるで神からの神託や預言のように考えられている。

しかし、実際には万能とは言えない力だ。

硬弥の【オラクル】は、彼が求めた結果に至るための方法を『何か』が答えるだけだ。

その『何か』を、硬弥は最初神だと考えていた。だが、経験から神のような全知全能の存在ではない事に気がついた。

彼が行った質問の幾つかに、『その目的は達成不可能だ』との答えが返って来たからだ。

だから、【オラクル】で得られる答えは人類の集団無意識だとか、アカシックレコードだとか、そう言った何かにアクセスして、答えを得ているのだと考えていた。

それによると、寛人の質問の答えは――。

「後暫く……具体的な期間は質問する度に違うから分からないが最短で三カ月、長くても三年後にはニュースで分かるらしい」

「それは奴らが何かをしでかすって事か。それじゃあ、それを前もって防ぐ方法は？」

「……済まないが分からない。それも毎回変わるんだ。具体的に何をするのか分からないと、正確な質問は出来ない」

『村上達が行うテロを防ぐ』、『村上達が行う誘拐を防ぐ』、『村上達が行う麻薬取引を防ぐ』……どれもこれも別の質問である。

大雑把に『村上達が犯す犯罪を防ぐ』だと、『一時間後村上がガムをポイ捨てする前に捕まえる』と言う、微妙な答えが返ってくる。

一応その時もガムのポイ捨てが犯罪になる国や地域の衛星や監視カメラをチェックしたが……勿論見つかるはずがない。

「村上達も私の【オラクル】について知っている。だから複数の犯罪計画を立てたり、ガムのポイ捨てなんかの軽犯罪を何処かでしたりして攪乱している」

「そうか。能力以外で捜すしかないな。出来れば、彼らを殺すような事は避けたいのだが……」

「奥さんのためにもか」

「ああ。地球に居た頃とは別人だと思えと言ったばかりだが、過去が消せないのも事実だ」

不条理に断ち切られた地球での人生と、残してきた家族との絆。そしてオリジンで経験する不幸。

それらが惜しければ惜しい程、辛ければ辛い程、地球での思い出は輝いて見える。

仲間同士でも殺し合いは、寛人の妻となった雨宮成美《あめみやなるみ》には辛いだろう。

「……私は、君に話していない事がある」

それを硬弥も知っているから、寛人にも今まで打ち明けられない事があった。

「何かを隠している事は薄々気がついていた。あの秘密研究所が被験者のアンデッド化で壊滅した事件の、暫く後から」

あの事件で世界は死属性と言う新しい属性を知り、そして失った。寛人にとっても忘れられない事件だった。必要に迫られたとはいえ、ブレイバーズが災害や事故の救助だけではなく、今のようにテロリストや犯罪組織と戦うようになる切掛けになった事件だ。

しかし、硬弥にとっては別の意味で忘れられない事件だった。

「あの後……皆で軍事訓練を受け始めた頃だ。私は『私達転生者が誰一人殺されずに済む方法』を尋ねた。答えは、『不可能。既に殺されている』だった」

そして寛人にとっても益々忘れない事件になった。

「それは、本当か？　真理がカナタを殺すずっと前に……」

「その後、私は魔力が切れる前に【オラクル】に質問したよ。その殺された転生者が誰なのか、殺した奴は誰なのか、知る方法はないかと。『何処で誰に殺されたのか』は『あの研究所の事件ファイルを見ろ』とその番号を。『その転生者が地球で誰だったのか』は、『成瀬成美《なるせなるみ》に地球で死ぬ前の話を聞けば分かる』という答えを貰ったよ」

硬弥の告白には、寛人達にとって恐ろしい真実を明らかにする事だった。

「そうか、僕達はあの時点で……仲間に止めを刺していたのか」

「私はただ、『安全にアンデッドを退治する方法』をオラクルに聞いたつもりだったが……彼にとっては酷い裏切りだったろう」

天宮博人《あまみやひろと》が転生する前にオリジンへの転生を終えていた硬弥達には、何故彼ただ一人だけが合流せず、あの研究所で被験者になっていたのかは分からない。

しかし、自分達が何故合流出来たのかも「不思議な運命」と言うあやふやなものでしかない。

「天宮博人……彼も転生していたのか」

成美を助けようとして先に死んだ少年。妻は、最初彼と雨宮寛人を勘違いして接してきた。それが夫婦のなれ初めだったので、寛人も自分と似た名前の少年の事を覚えていた。

「だが硬弥、あの時彼は既に――」

「分かっている。アンデッド化していた。既に死んでいて、危険な存在になっていた。元の人間に戻す方法は無い。だから、私達に出来るせめてもの事は、彼を楽にしてやる事だけだった」

少なくとも、オリジンでのアンデッドはそう言う存在だ。周囲の魔力を歪め、汚染する怪物。アンデッド化直後はまだ人格を残しているケースも僅かだが、何時それらを失い邪悪な化け物になるか分からない。

人を生き返す方法が存在しないのに、アンデッドを人に戻す方法があるはずがない。

だから硬弥は天宮博人を殺させた事自体は後悔していないし、罪の意識も無い。

「だが、私は彼を見つけられたはずなのに見つけられなかった。【オラクル】で、彼にどうすれば会えるのか質問するだけで良かったんだ。ただ……どう言う訳か、それまでも仲間に関しては質問していたのに、オラクルは彼の存在を答えなかったけれど」

それは硬弥が尋ねた仲間が、「地球から転生した、神から能力を貰った存在」と言う定義だったからだ。

天宮博人は、地球から転生してきたが、チート能力も何も受け取っていない。だから『仲間』の範障に入らなかった。

罪悪感に苛まれている硬弥の肩に手を置いた寛人は、「あまり思いつめないほうがいい」と言った。

「僕達はただの人間だと言ったのは、君だ。【オラクル】も君も万能じゃない、自分を責めるな」

「だが……」

「彼は死んだ。もう会えないし、謝罪する事も彼から赦してもらう事も出来ない。僕達に出来る事は、彼のような犠牲者を……死属性魔術の研究の犠牲者を出さないようにする事だけだ」

現実問題、死者は生き返らない。話す事も何も出来ないから、直接謝罪する事も出来ない。

遺族に賠償しようにも、オリジンでの天宮博人には親族も友人も存在しない。

だから罪悪感を覚え贖罪の機会を求めるなら、寛人の言うように自己が満足するまで何かをするしかない。

『殺した人の分まで、人を救え』だ。

「……そうだな。彼を生き返せない以上、そうするしかない。君の奥さんにはどうする？」

「黙っていてくれ。彼女を苦しめたくない」

「ああ、それが良い。話しても、彼にはもう会えない。なら、知らない方が良い。君に対しても言える事だったが……巻き込んで済まない。黙っているのは限界だった」

「気にするな。死属性について少しでも知る事が出来たのは、これからの戦いにも意味のある事だ」

硬弥がもしオラクルで「天宮博人にもう一度会うには？」と質問していれば、「死後、天宮博人だった存在に会える」と明確な答えがあり、それから自分達に「次」がある事を推測する事が出来たかもしれないが、彼らがそれを思いつく事はなかった。

「……そして、それを知ったからには何としても〝第八の導き〟のメンバーを捕まえたい、生きたままで。勿論諜報機関とは、違う理由で。天宮博人が最後に助けた人達だからな」

『第八の導き』……それはあの秘密研究所でアンデッド化した天宮博人が暴れた際に、彼は自分と同じ実験体にされていた人々を助けている。その元実験体達が結成した犯罪組織だ。

「あの時は事件の裏を知らず、彼らの保護を国際機関に任せてしまった。だが、今度こそ失敗はしない」

転生者の村上達が合流した第八の導きのメンバー達は、保護されたはずの国際機関でも秘密裏に失われた死属性の研究に利用された。彼らはそこから独力で脱出し、今も死属性の研究を行おうとする機関や組織相手にテロ行為を働くほか、幾つもの事件を引き起こしている。

他の犯罪組織とは全く異なる、半ばカルト宗教のような集団だ。そして彼らは死属性魔術について何かを知っていると、各組織から狙われている。

「彼らを助ける方法はもう聞いてある。だけど、難しい」

「どんな答えだ？」

「……出来るだけ早く村上達を捕まえるか、殺す。それが答えだ。村上達は、〝第八の導き〟に協力しているんじゃない。利用して、多分裏切るつもりだ」

想像以上に困難な答えに、寛人は眉間を押さえた。

一柱の神が目を閉じたまま佇んでいた。

その姿は年老いた男と青年、そして少年の三位一体。かと思えば、それぞれ分厚い書物を携えた三人の美女に変わる。

神の名は〝時と術の魔神〟とリクレント。アルダやヴィダと同じ、原初の巨人から生まれた十一柱の神だ。

彼ともう一柱の神は、アルダやヴィダのように特定の姿や性別を持たない無性にして、無貌の神だった。

その彼が目を開いてじっと見つめるのは、彼らが創りだした世界ラムダだ。

『預言は成就した。アークは帰って来た』

『ザッカートでは?』

いつの間にか、リクレントの前に四つの頭を持つ獅子が居た。

『ズルワーン、彼はアークでもある』

異形の獅子の姿を取っているのは、〝空間と創造の神〟ズルワーン。彼は、空間を司り、何処にでもいると同時に何処にでも存在しない存在だ。

『確かに。彼はザッカートであり、アークであり、ヴァンダルーであり、侵犯者である。我等の無謀な姉にして勇敢な妹以外に、応えた者は？』

『ヴィダ以外に我の預言に応えられた者は少数』

『我らの激情家にして愚か者になりかけた兄弟は？』

『ザンタークは、我と離れすぎている。不明』

『では愚直にして一途な新たな兄弟は？』

『彼は応えた。だが見つけられずに彷徨っている』

『そうか。では我らはこれからどうする？　我は侵犯者に媚びるつもりだが』

そのズルワーンの物言いに、初めてリクレントが表情を浮かべた。

顔を顰め、苦笑いをする。

『媚びると言う表現は、使うべきではない。彼女も、アークも望まない』

『では、汝は媚びないのか？』

『媚びぬ。アークの目的に沿うよう協力し、機嫌を取るつもりだ』

『やはり媚びるのではないか』

『当然だ。彼は侵犯者なのだから』

ズルワーンは遥か昔、魔王との戦いで危機に陥ったラムダを救うために異世界の住人を招く事を提案した。その時彼は、実は「勇者を召喚しよう」とは一言も発していない
彼は、『侵犯者を呼ぼう』と言ったのだ。

異なる世界から招かれた、あらゆる領域を侵し掻き回し、新たな何かを創り出す存在。

既存の秩序を打ち壊す破壊者にして、新たな秩序の誕生を促す混沌。

善を叫びながら悪を撒き、悪を掲げて善を成す者。

それをズルワーンは侵犯者と評した。

異世界の知識と常識、価値観を持つ故に、神である自分達にすら出来ない事を可能とする者達。彼はそれに賭けたのだ。

そして、賭けは残念ながらこのままでは負ける。

だからこそ、アークでありザッカートである侵犯者には頑張ってもらわなければならない。

十万年前に続いて現在も世界を背負わせるとは、神でありながら不条理な事をしているとは思うが。

『侵犯者は我々を敬ってはいない。我々の従属神が、アルダに協力しているからだ』

残った神々のリーダーであるアルダの下に、リクレントとズルワーンの従属神達は今も存在している。

『世界を維持するための業務だけを行う、我々の分霊達だが……彼にただ一方的に理解を求めるのもまた不条理だ』

〝秒の神〟、〝分の神〟、〝時間の神〟、〝前の神〟、〝点の神〟、〝奥の神〟、〝後ろの神〟と言った、時間や空間の概念を支え属性を支える役割を与えられた神々で、実態は高度な人工知能に等しい。

十万年前、アルダとヴィダのどちらが勝つにせよ世界を維持しなければならないので、半ば以上眠っていたリクレントとズルワーンはそれらの従属神達に戦いに一切かかわらない事を命じた。

結果、中立を維持した彼等は後の神話には勝者であるアルダを支持した神々の一員とされてしまった。

　侵犯者、ヴァンダルーから見ればリクレントとズルワーンも、決定的な敵ではないにしても、味方には思えないだろう。

　そしてこのまま裏で糸を引いているような真似ばかりしていたら、敵と誤解されてしまうかもしれない。

　故に少々無理をしても彼に「自分達は味方だ」と知ってもらう必要がある。

『とは言っても、大した事は出来ないが。我らは力を失っている。特に我は、失った状態でやらねばならぬことが多い』

『大した事でなくても十分だ。彼自身が、大した事を成すだろう。我が見込んだ者とは言え、流石アーク』

『ザッカートでもあるがね。だが、それは同意。ザッカートやアークが再現出来なかったラーメンや味噌、醤油を彼は再現した。あの調子ならカレーも遠くはないだろう』

　リクレントは骨を抉り出すようにして、ズルワーンは臓腑が弾けるような激痛を味わいながら、それぞれがヴァンダルーに『協力』した
『活かせるかは、彼次第だが』

『彼次第だが、彼ならどちらにしても新しい存在を作るだろう』

　そしてズルワーンは消え、リクレントはまたラムダを見つめ続ける。

《了》

Death attribute Magician

特別収録

マッドな一番弟子と怪物師匠

タロスヘイムの王城の地下。かつてオリハルコンドラゴンゴーレムが守っていた空間は、様々な研究機材や研究記録を記した巻物や書類を収納する棚、机等が並ぶ魔術師の工房へ様変わりしていた。

その工房の一角に、透き通った円筒形のカプセルが最近設置された。内部は液体で満たされ、美しい女の体が浮かんでいる。豊満な体つきだが贅肉は無く、肌も白く美しい。だが、美女かは分からない。何故なら女には頭部が無かったからだ。

白い首の先には何本かのチューブが伸びていてカプセルの天井部分に繋げられている。そして、さらに異様なのは女の体が不規則に動く事だ。そう、この体は生きているのだ。

「美しいっ！　我ながら完璧な仕事……いや、私の技術よりもやはりこの素体の力か！」

その首のない女……テーネシアの体をライフデッドにした張本人であるルチリアーノは、興奮のあまり笑いながら声をあげていた。その姿は誰がどう見ても狂った悪の魔術師である。

「神話の時代から生きる原種吸血鬼の肉体！　頭部どころか魂すら消滅したというのに、魔術を施しただけで旺盛な生命力を取り戻し、ライフデッド化に成功するとは本当に――」

「弟子よ、お茶にしましょう」

「ありがとう、師匠。丁度叫びすぎて喉が渇いていたのだよ」

ルチリアーノはテーネシア入りカプセルの前から身を翻すと、既にお茶の淹れ終えて座っているヴァンダルーの前に座った。その顔や物腰からは、先ほどまでの狂気染みた雰囲気は全く感じられない。

「良い香りだ。ところで師匠、こういうことは弟子の仕事だと思うのだがいいのかね？」

「いいのです。あなたに任せたら、何を淹れられるか分かったものではありませんから。ついでに、話したい事もありますし」

奴隷鉱山からタロスヘイムの避難民や元開拓村の住人達と一緒に連れてこられたルチリアーノは、ヴァンダルーと師弟の関係にある。しかし、この会話を聞いて分かる通り二人は通常の師弟ではなかった。

力関係はヴァンダルーの方が圧倒的に上で、生殺与奪すら握っている。そのためルチリアーノにお師匠様と呼ばせ、小間使いのように扱う事もできる。それをしないのは、ヴァンダルーがルチリアーノに対してそれを望んでいないからだ。

「私に話？　ほほぅ、次はどんな死体をライフデッドにすればいいのかね？」

「いえ、仕事ではなくて苦情です」

「苦情？　心外だな、私は持てる知識と技術の全てを費やして仕事をしているというのに」

そう大袈裟に嘆いて見せたルチリアーノに、ヴァンダルーは彼に対する苦情を纏めた書類の束を見せた。

「ルチリアーノ、それは皆分かっています。だから、寄せられた苦情は仕事ではなく私生活についてばかりです」

そう告げられたルチリアーノは、怪訝そうな顔をした。どうやら心当たりがないらしい。しかし、ヴァンダルーが書類に書かれている苦情を読み上げると堂々と反論を述べた。

「まず、アイラやラピエサージュから『嫌らしい目で見ながら体を触らせるよう要求された』とあります」

「それは高位の貴種吸血鬼がヴァンパイアゾンビ化したアイラと師匠が複数の死体から創った珍しいアンデッドの彼女の体に学術的な興味を覚えたから、触診や体液などのサンプルを採らせてくれとお願いしただけだ！」

「次に、リタとサリアから『お金をあげるからこれを飲んでくれないか』と怪しげな話を持ち掛けられたとありますが？」

「それはリビングアーマーである彼女達がとった食事をどう消化吸収しているのか気になったので、使い魔にした小魚のライフデッドを飲み込んでくれないかと、報酬を提示したうえで提案しただけなのだよ！　あと骨人とサムにも同じ事を依頼したが、彼らは苦情を言っていないだろう!?」

苦情だけ聞くと、まるでルチリアーノが性犯罪者予備軍のように思える。しかし、実際には痴的ではなく知的好奇心に駆られての事だった。故郷を捨ててオルバウム選王国に亡命してまで歩もうとした、研究者としての抑えがたい性故だ。

それは人を見る目が節穴気味なヴァンダルーでも理解できる。

「そんな事だろうなと思っていました。でも皆にその提案や依頼をする時、どんな理由で頼むのか説明していないでしょう？」

「……その通りだよ」

しかし、ルチリアーノはアイラやリタに提案や依頼をする際に詳しい説明をしていなかった。興奮のあまり気が回らなかったというか、被験者に実験や検証の内容とその目的を説明するという習慣がなかったからだ。

これはルチリアーノだけではなく、人間社会の魔術師は研究に対する意欲と秘密主義が比例する傾向にある。何故なら、この世界の多くの国では他人の研究を盗んでも何の罰則もないからだ。動かぬ証拠があれば別だが、そうでなければ審議はどうであれ、立場の弱い方は泣き寝入りするしかない。指紋の証拠能力が認められておらず、防犯カメラなどの映像を記録するマジックアイテムは驚くほど高額だからだ。

そんなこの世界で魔術師ギルドから破門されたルチリアーノが、冒険者稼業をしながら個人で研究を続けるには秘密主義に傾倒するしかなかったのだ。

「では、次からは説明するようにしてください。皆には俺からルチリアーノには怪しい意図は無いと話しておきましたから」

「ああ、分かったよ、今後はもう……ん？　師匠、その言い方だとまるで彼女達に研究協力を依頼しても構わないように聞こえるのだが？」

「そう言っているつもりですから。頭ごなしに禁止しても、好奇心は抑え難いでしょうし」

「な、なんと……！」

アイラたちへの研究依頼を行ってもいいと認められたルチリアーノの瞳が、感動したかのように揺れた。アンデッド研究という異端の道を進む彼にとって、他者からの理解はそれだけ貴重な物なのだろう。

「そういう訳で、次からはこれを書くように」

だが、ヴァンダルーの話はこれで終わりではなかった。新たな書類をルチリアーノに見せる。

「師匠、これは？」

「研究に協力してもらう時に見せる、依頼書です。協力を依頼する動機や意味、危険性や報酬の有無を、専門用語を知らない人にも理解できるように書いて相手に見せてください」

人はそう簡単には変われない。たとえルチリアーノが真摯にヴァンダルーの言葉を守ろうとしても、今日この瞬間から彼の話術が巧みになり、魔術や研究に関する専門用語を使わず分かり易い説明が出来るようになる事はない。

なので、まずは文章にして慣れるまで練習してもらう事にした。

「彼女達に譲歩してもらうのだから、私も誠意を見せる必要があるという事か。実を言うとアンデッドの専門家ではない彼女達に、私の知的好奇心を伝えられる自信はなかった。使わせてもらおう」

素直に受け取るルチリアーノ。彼に、ヴァンダルーはさらに注意を続けた。

「あと、出来れば態度も直してほしいそうです」

「おや？　そんなに偉そうだったかね？　それとも何かマナー違反だったかな？」

危うい言動の多いルチリアーノだが、礼儀作法に関しては貴族の子弟の家庭教師として教えられる程度には、知識があった。しかし、それは人間社会での礼儀作法だ。境界山脈によって隔離されていたタロスヘイムや、裏社会のさらに奥深くに巣くってきた吸血鬼の組織のマナーは、さすがに知らない。

気づかず失礼な事をしていただろうかと尋ねたが、そうではなかった。

「いえ、礼儀の問題ではありません。まるで変質的な危険人物のようだったので、やめてほしいそうです」

「わ、私が変質的な危険人物のようだったと!?　そんな馬鹿な！　何かの間違いではないのかね!?」

『間違いありません！』

驚いて反射的に言い返すルチリアーノだったが、彼の前にレビア王女が現れた。

『その証拠に……ほらっ！』

ぱっと、レビア王女が両手を開く。その瞬間、ルチリアーノの視線は釘付けになった。

「おおっ、何度見ても素晴らしい！　彼女を近くで見せてくれ！」

生前巨人種だったレビア王女の特大の果実のように実った胸……に張り付いているレフディアに。

その瞳はぎらぎらと輝き、視線はねっとりと糸を引くようで、興奮のあまり鼻息は荒く頬は紅潮し口元はだらしなく緩んでいる。

今のルチリアーノは異端ながら研究の道を進む学徒ではなく、変質者にしか見えなかった。

『こんな顔をして私達やレフディアや陛下をじっと見ていたんです！』

「こんな顔とは何の事かな？　私はただ純粋な学術的興味で――」

「ルチリアーノ、こんな顔です」

自分がどんな顔をしているか自覚のないルチリアーノの前に、ヴァンダルーは【ゴーレム錬成】スキルを使用し死鉄で鏡を作った。磨き抜かれた黒曜石のような表面に、彼の顔が映る。

「誰だ、この変態は!?」

『『あなたです』』

思わずそう言って仰け反るルチリアーノに、ヴァンダルーとレビア王女は同時に突っ込みを入れた。レフディアも、お前だと指で指している。

「……分かった。努力してみよう。ただ、君達は私が思わず我を失う程素晴らしい存在であるという事を覚えておいてほしい」

鏡を見せられては認めるしかなかったルチリアーノだが、レフディアは彼にとってよほど魅力的に見えるらしい。

「左手首だけという僅かな部位だけがアンデッド化したというのに、人語を理解する高い知能を有し、ペンを握って文字を書くなどの表現力、奔放な感情も持ち合わせている！　ミルグ盾国の魔術師ギルドで有力な魔術師が記した文献に、アンデッドは体が損なわれる程能力が低下する傾向にあるとあったが、彼女はそれをひっくり返す存在だ！　是非一度詳しく、指先から手首の断面に至るまで見てみへぶっ!?」

そして話している間に再び我を失いかけたルチリアーノだったが、レビア王女の胸元から飛び出したレフディアのフライングチョップを受けて沈黙した。

「頭は冷えましたか？」

そしてルチリアーノが目覚めた時には、レビア王女とレフディアは帰った後だった。

「ああ、まだクラクラするがね。今度から師匠を見習って、感情を顔に出さないようにするよ。何かコツはあるのかね？」

「俺としては、無意識に感情を顔に出すコツを教えてほしいぐらいです」

どうやら、死属性魔術は当然だが無表情さも教えられないらしい。我流で見習うしかないだろう。

「ついでに尋ねるが、師匠は私のような者が憎くはないのかね？」

まだ頭が衝撃で呆けている内に、ルチリアーノは前世で研究者にモルモットにされたと経験を持つヴァンダルーに尋ねた。今なら殺気や怒気を向けられても、すぐ気絶できそうだからだ。

「いいえ、あなたを憎いと思った事はありませんよ」

しかし、ヴァンダルーは彼を『オリジン』の研究者たちと同じだとは思ったことはなかった。

「ルチリアーノ、あなたは説明こそしませんでしたが皆に依頼しようとした事は調べる事だけで、大きな痛みが伴い深刻な後遺症が残る事ではありませんでした。それに、拒否された場合はすぐに引いています。……レフディアには殴られるまで引き下がりませんでしたけど。どの程度俺の前世について聞いているかは知りませんが、奴らとは全く違います」

彼と『オリジン』で自分を実験動物として扱った者達とは違うと、ヴァンダルーは断言した。この世界と違い人権という概念がしっかりと存在する『オリジン』の研究者の方が人権を蔑ろにしていたとは、皮肉な事だが。

「それに、ルチリアーノは俺や皆を実験動物扱いして迫害した訳じゃありませんし」

そして、結局重要なのはそこだ。正義の味方ではないヴァンダルーにとって、憎いか憎くないかは自己の幸福を追求する邪魔や障害になるかどうかで判断される。既に仲間として認識されているルチリアーノが、憎いはずはないのだ。

「そうか。ありがとう、師匠。おかげで安心して師匠からサンプルを強請り、この工房を乗っ取る事を企てられる。さっそく【魔王の血】と【角】を採取させてくれたまえ」

「むー、もう少し師としての威厳を見せておくべきでしょうか」

ルチリアーノはヴァンダルーを師として評価していた。彼に付いていかなければ得られない知識や、触れる事の出来ない研究対象が、師匠自身を含めて無数にあると確信しているからだ。

そんな彼が何故ヴァンダルーに対してこんな態度をとるのかというと、それはヴァンダルー自身がそれを望んでいる事を察しているからだった。言われずとも師の意向を察するという意味では、ルチリアーノは出来た弟子だった。

《特別収録／マッドな一番弟子と怪物師匠・了》

・モンスター編

【ファイアゴースト、フレイムゴースト、ブレイズゴースト】

火災の犠牲者や火刑に処された罪人等、深い怨念を持ったまま死んだ霊が邪悪な魔力に汚染され魔物化した存在。

その多くは焼かれ死ぬ苦しみで狂っており、生前の記憶どころか理性も失い、自分の同類を増やそうと生者に襲いかかる邪悪な存在である。

火刑で処刑された罪人をいい加減に葬ると、この魔物と化して蘇り人々を害するとされる。ファイア、フレイム、ブレイズの順で危険度と強さが増す。

主な攻撃方法は燃える身体での体当たりや格闘戦で、多少知恵が残っている個体は身体を構成する燃える霊体を射出する遠距離攻撃を行う。

ただ最も危険なのは【憑依】で、憑りつかれた者は祓うまで生きながら焼かれる苦痛を味わう事になり、最悪狂死する。

物理攻撃は【実体化】スキルを使用している時以外はほぼ効かず、火属性以外の魔術か武技を使用しなければ倒せない。霊体が本体であるにもかかわらず魔石は発生するが、その他に素材が採れないため冒険者からは不人気な魔物である。

レビア及び彼女の護衛だったタロスヘイムの戦士達のゴースト達は、ヴァンダルーの【精神侵食】スキルにより自分達が殺された当時の負の感情を思い出した事でこの魔物と化したので、生前の記憶を殆ど持っている状態である。

また姿も通常この魔物は動く焼死体同然だが、レビア達は脚が膝や腿の半ばまでしかない事以外はほぼ生前の姿に、炎の衣を纏っている程度である。

彼女達の力は、ヴァンダルーの【死霊魔術】スキルと莫大な魔力によって最大限を超えて発揮される。

・ジョブ編

【隷属戦姫】

女性でかつては高貴な生まれ若しくはある程度の地位にあったが、しかし現在は他者に隷属している状態にあると就く事が出来るジョブ。

国によってはこのジョブに就いている女性戦士を所有する事は大きなステータスであり、王侯貴族が高値で取引する事も珍しくないらしい。大きな後宮には、警備のためにこのジョブに就く（就かされる）女奴隷が複数存在する事が多い。

戦闘系スキルに補正を受けるが、他に【色香】や【枕事】、【房中術】等のスキルにも補正を受ける。

エレオノーラの場合は貴種吸血鬼である事が「高貴な生まれ」の条件を満たしている。

【蟲使い】

蟲型の魔物を一定数テイムする事に成功した場合就く事が出来るジョブ。この際、蟲からの信頼が無ければならない。

能力値は生命力と力、体力が上昇する。【装蟲術】、【並列思考】、【遠隔操作】、【糸精製】等の通常では獲得出来ないスキルの補正が得られる。

獲得者の精神を徐々に元の状態から変化させる、正常な状態では耐えがたい等の影響を与えるスキルばかりであるため、結果的に【精神汚染】スキルを獲得し徐々に正気を失っていく。

最初から人とは異なる精神構造をしている場合や、正気を失っている場合は問題無い。

・スキル編

【魔力自動回復、魔力回復速度上昇】

【魔力自動回復】は所有者が何をしていても……休憩は勿論、運動中、魔術を唱えている最中でさえ魔力を自動的に回復するスキル。

【魔力回復速度上昇】は、休憩時等に魔力が回復するペースを上昇させるスキル。

・二つ名編

【ヴィダの御子】


所有者が『生命の女神』ヴィダから特別に愛され、また認められた人物である事を示す。過去、この二つ名を獲得したのは、ヴィダの直系である吸血鬼やダークエルフ等の新種族の始祖か、ヴィダから与えられた神託や試練を達成した者のみ。

そのため、ヴィダの信者や新種族からは聖人に等しい尊敬を集める。

ヴィダからの神託を受けた時の理解力が高まり、ヴィダの【聖職者】スキルに補正を受ける。

本来なら生命属性の魔術に補正を受ける事が出来るが、ヴァンダルーの場合適性が無いのでそれを受ける事は出来ない。


似ているが別々のスキルである。

【魔力自動回復】スキルは所有者の魔力の総量に対してのパーセンテージで回復する量が決まり、【魔力回復速度上昇】は魔力量にかかわらず回復に必要な時間が減る。なので、魔力量が多い者ほど【魔力自動回復】スキルの方を取得したがる。

ただし、【魔力自動回復】スキルの取得は難しく、更に取得後は魔力を過剰消費して総魔力量を増やす修行方法が取り難くなると言う欠点がある。

尚、魔力の自然回復のペースは健康状態や精神状態にもよるが、睡眠はそれを爆発的に高める方法であると知られており、大魔術師ほど自らの睡眠時間や、環境に拘る傾向がある。

著名な魔術師が旅の間もマイ枕を携帯したのは、伝記にも記されている。

あとがき

四度目は嫌な死属性魔術師七巻を手に取って頂いた皆様、ありがとうございます。初めての方は、初めまして。そうでない方は、毎度お待たせしてすみません。筆者のデンスケです。

ついに七巻目の刊行となりました。また、児嶋建洋先生によるコミカライズ版も四巻が刊行されております。日本のみならず世界中が大変な時期ですが、拙作を読んでくださる皆さんが少しでも楽しんでいただければ幸いです。

そう、このあとがきを書いているのは緊急事態宣言が解除された後ですが、まだまだ日本は大変な事態となっております。気を抜かずに頑張っていきましょう。私もあとがきを書くにあたって、近所を徘徊できないという試練を強いられております。他は出不精なので平気と言えば平気ですが、出不精が体重的な意味を持ちかけており危機感を覚える今日この頃……いや、それは前からでした。

あとがきから先に読まれる方もいると思うので内容に深く触れる事は避けますが、本書でもヴァンダルーは人間離れする事を止めません。むしろ加速気味です。人間社会に侵入して暗躍し、前巻では邪神を食べ【魔王の欠片】を飲み干し、ロドコルテが差し向けた刺客を倒しましたがまだまだ自重するつもりはないようです。

また敵役のハインツ達『五色の刃』や、コミカライズ版で先に絵が描かれたキャラクターが再登場します。初登場時からだいぶ時間が経っているので、もしかするとの彼の事を忘れている方も多いかもしれませんが、彼の活躍にもご期待ください。そして新キャラクターも登場し、盛沢山の内容となっております。

再登場するキャラクターについてですが、実は当初の予定では彼が再登場する予定はありませんでした。より正確に言うなら、当時の私は彼の事をすっかり忘れていたのです。当然プロットに彼の名前は一切ありませんでした。そんな彼がどうして無事再登場できたのかというと、ヴァンダルーがオルバウム選王国に潜入する事から彼の事を覚えていた読者の方から、彼の再登場を予想する感想を頂いたからです。そして「彼の再登場が期待されている」と執筆意欲が刺激され、無事再登場を果たしたという訳です。この書籍版でも再登場に成功し、活躍しております。

このように、私が拙作を書き続けていられるのは冗談でも何でもなく、読者の皆様の声援や感想に支えられているからです。ご指摘を頂いて忘れていたことを思い出したり、質問を受けて答えを考えるうちに新しいアイディアが閃いたりします。レビア王女の火属性のゴースト化と死霊魔術も、頂いた感想から閃いたアイディアでした。

そして刺激を受けてモチベーションが上がります。私が何年も一つの作品を書き続けていられるのは、間違いなく読者の皆さんから頂く感想のお陰です。

紙面も残り僅かとなりましたので、今回も謝辞で締めさせていただきます。校閲さん、担当さん、一二三書房の皆様、毎度ご苦労をかけております。今回も変な要望をお願いしたにもかかわらず、艶のある美麗なイラストを描いて頂いた、ばん！さん。この本の出版に関わった全ての方々、そして応援してくださっている、全ての読者の皆様へ。本当にありがとうございます！

それでは、次巻でも会えることを心から祈っております。

デンスケ

スカーレッドG
Illust いの
ルイ16世に転生してしまった俺はフランス革命を全力で阻止してアントワネットと末永くお幸せに暮らしたい
俺はアントワネットを絶対に守る!!
第8回ネット小説大賞 受賞作品
©G Scarred

魔王令嬢の
1
新人
jin Arata
ill.巻羊
教育係
勇者学院を追放された
平民教師は魔王の娘たちの
家庭教師となる
問題だらけの
ひとつ屋根の下で
魔王令嬢たちと密着指導!
再就職先は5人の魔王令嬢の
家庭教師だった!
第8回ネット小説大賞
期間中受賞!
全国書店で好評発売中!

四度目は嫌な死属性魔術師 7

発　行
2020年10月15日　初版第一刷発行

著　者
デンスケ

発行人
長谷川　洋

発行・発売
株式会社一二三書房
〒101-0003　東京都千代田区一ツ橋2-4-3 光文恒産ビル
03-3265-1881

デザイン
erika

印　刷
中央精版印刷株式会社

作品の感想、ファンレターをお待ちしております。
〒101-0003　東京都千代田区一ツ橋2-4-3 光文恒産ビル
株式会社一二三書房
デンスケ 先生／ばん！ 先生

Printed in japan, ISBN 978-4-89199-640-6
※本書は小説投稿サイト「小説家になろう」（http://syosetu.com/）に
掲載された作品を加筆修正し書籍化したものです。